민족문자출판물특별보조프로젝트
民族文字出版专项资金资助项目

중국고전문학총서

조한대조주해본

우화 중국고대
中国古代寓言

김성우 역주

료녕민족출판사

民族文字出版专项资金资助项目

© 金声宇 2019

图书在版编目（CIP）数据

中国古代寓言：朝鲜文 / 金声宇译注. -- 沈阳：辽宁民族出版社，2019.10

（中国古典文学丛书）

ISBN 978-7-5497-2120-7

Ⅰ.①中… Ⅱ.①金… Ⅲ.①寓言－作品集－中国－古代－朝鲜语（中国少数民族语言） Ⅳ.①I276.4

中国版本图书馆 CIP 数据核字（2019）第 227947 号

中国古代寓言
ZHONGGUO GUDAI YUYAN

出版发行者：辽宁民族出版社
地　　　址：沈阳市和平区十一纬路 25 号　　邮编：110003
印　刷　者：辽宁新华印务有限公司
幅 面 尺 寸：160mm×230mm
印　　　张：19
字　　　数：240 千字
印　　　数：1-200
出 版 时 间：2019 年 10 月第 1 版
印 刷 时 间：2019 年 10 月第 1 次印刷
责 任 编 辑：成玉贤
助 理 编 辑：金诗雯
封 面 设 计：杜　江
责 任 校 对：边京爱

标 准 书 号：ISBN 978-7-5497-2120-7
定　　　价：100.00 元

网址：www.lnmzcbs.com　　　　　邮购热线：024-23284335
淘宝网店：http://lnmz2013.taobao.com
如有印装质量问题，请与出版社联系调换　　联系电话：024-23284340

머리말

중국고전문학의 정품 선독이라고 할 수 있는 《중국고전문학총서》(이하 《총서》로 략칭) 조선문판이 지난 몇년간의 준비과정을 거쳐 향후 몇년간 단계별로 륙속 독자들과 대면하게 된다. 본 《총서》는 2017년도 민족문자출판물특별보조프로젝트에 편입되면서 출판자금을 지원 받아 정식으로 출판단계에 들어갔으며 빛을 볼 수 있게 되었다.

력사를 돌이켜볼 때 중국문화의 형성과 발전 과정은 끊임없는 학습과 창조 과정을 거쳤다. 중화민족은 일찍 주변 국가와 민족으로부터 많은 것을 배우면서 어제날의 휘황한 번영을 이룩하였으며 우수한 중국문화를 루적해왔다. 유구한 력사와 찬란한 문화를 갖고 있는 중화민족은 재래로 외국문화의 새로운 요소들을 섭취하면서 자기를 풍부히 하였고 또한 자신의 새로운 성과로 세계에 기여하였다. 따라서 중국의 우수한 고전을 다른 문자로 체계적으로 정확히 번역, 출판하여 세상에 널리 알리는 일은 여러 세대에 걸쳐 품어온 소망이였다.

세계는 이미 21세기에 들어섰다. 흩어지고 두절되였던 세계는

중국고전문학총서 **중국고대우화**

　　점차 하나의 세계로 이어지고 있고 지구화 추세는 날로 뚜렷해지고 있으며 한 민족, 한 국가의 력사도 점차 큰 범위에서 전세계의 력사로 되고 있다. 지구상의 모든 인류문화는 인류공동의 소중한 유산이다. 정보화를 특징으로 하는 인터넷 시대에 살고 있는 우리는 서로 배우고 공동 발전하는 길에서 인류의 참신한 '지구촌'을 건설하고 있다.

　　세세대대로 교육과 문화를 중시해온 조선민족 선조들도 력사의 흐름 속에서 자체의 훌륭한 문화유산을 창조하였다. 그 어느 문화의 발전도 다른 우수한 문화를 섭취하지 않고서는 이룩할 수 없으며 모두가 다른 우수한 문화의 발전을 전제로 한다. 따라서 본《총서》의 조선문판 출판을 통하여 중화민족 5천년 력사의 우수한 문화를 선전하고 섭취하여 우리 민족의 문화를 더욱 발전시키자는 것이 본《총서》를 기획 출판하게 된 취지이다.

　　본《총서》는 편찬 과정에서 널리 알려진 고전을 위주로 하면서 기타 필요하다고 생각되는 고전들을 포함시켰으며 대부분 고전들은 편폭상의 제한으로 부분적으로 번역하였음을 알리는 바이다. 그리고 독자들이 읽고 리해하는 데 도움을 주기 위하여 번역문 뒤에는 한어 원문을 넣었고 일부 리해하기 어려운 인명이나 지명 등은 주해를 달아 해석하였다.

　　정부의 현명한 민족출판정책의 혜택으로 본《총서》가 빛을 보게 된 데 대하여 행운스럽게 생각하는 동시에 다른 한편으로는 시간적 긴박성과 수준의 제한으로 일부 우수한 작품이 수록되지 못했을 수도 있고 두루 미흡한 부분도 있을 수 있는바 독자들의 량해를 구한다. 본《총서》가 중국의 우수한 고전들을 전면적이고 체계적으로 우리 민족 대중들에게 알리는 데서 자기의 역할을 다할 것을 희망하며 중국고전문학이 세계문학의 한 부분으로 길이 남아 빛을 뿌릴 것이라 기대한다.

편 자
2019년 2월 28일

차 례

《좌전(左傳)》의 우화 ·· 001
  수탉이 제 꽁지를 자르다-雄鸡断尾 ································· 001
《안자춘추(晏子春秋)》의 우화 ··· 003
  신하가 임금의 음주를 제어하다-臣制废酒 ······················ 003
  경공이 비를 빌다-景公求雨 ··· 004
  각을 뜨는 것은 언제부터 시작되였는가-解人何始 ········· 007
  나라에 상서롭지 못한 것 세가지-国有三不祥 ················· 009
  소대가리를 내걸고 말고기를 팔다-挂牛头卖马肉 ·········· 010
  안자가 초나라에 사신으로 가다-晏子使楚 ······················ 012
《묵자(墨子)》의 우화 ·· 015
  생사에 물감들이기-丝入染缸 ··· 015
  이웃집 아들을 두들겨패다-击邻家子 ······························· 016
  공수반이 까치를 만들다-公输为鹊 ···································· 017
《맹자(孟子)》의 우화 ·· 018
  오십보 소백보-五十步笑百步 ··· 018

1

벼모를 잡아당겨 올리다-揠苗助长　　020

왕량이 수레를 몰다-王良驾车　　021

제나라 말을 배우다-学习齐语　　022

하루에 닭 한마리씩 훔치다-日攘一鸡　　023

동곽에 가서 빌어먹다-乞食东郭　　024

둘이 바둑을 배우다-二人学弈　　026

《장자(莊子)》의 우화　　028

붕새와 매미, 산비둘기-鹏、蜩与学鸠　　028

손 트지 않는 약-不皴手药　　030

려지희가 운 것을 뉘우치다-丽之姬悔泣　　033

장주가 꿈에 나비가 되다-庄周梦蝶　　034

포정이 소를 잡다-庖丁解牛　　035

혼돈에게 일곱구멍을 내다-凿开七窍　　037

륜편이 수레바퀴를 깎다-轮扁斫轮　　038

추녀가 서시를 본따 얼굴을 찡그리다-丑妇效颦　　040

하백이 바다를 보며 탄식하다-望洋兴叹　　041

우물 안의 개구리-浅井之蛙　　043

원추와 부엉이-鹓鶵与鸱　　045

호하 다리에서 물고기를 보다-濠梁观鱼　　046

장자가 꿈에 해골을 보다-庄子见髑髅　　048

멍청한 꼴이 나무를 깎아 만든 닭 같다-呆若木鸡　　050

산의 나무와 거위-山木与雁　　051

려관의 두 첩-逆旅二妾　　054

촉씨와 만씨의 싸움-触蛮战争　　055

장자가 쌀을 꾸다-庄周借粟	057
임공자가 대어를 낚다-任公为钓	059
신귀가 곤경에 빠지다-神龟被困	060
제 그림자를 두려워하고 제 발자국을 싫어하다-	
畏影恶迹	063
바람소리가 나게 도끼를 휘두르다-运斤成风	064
룡 잡는 기술-屠龙之技	065
치질을 핥아주고 수레를 얻다-舔痔结驷	066

《렬자(列子)》의 우화 — 068

기나라 사람이 하늘이 무너질가봐 근심하다-	
杞人忧天	068
국씨가 훔치기를 잘하다-国氏善盗	070
아침에 세개 저녁에 네개-朝三暮四	072
연나라 사람이 고국으로 돌아가다-燕人返国	073
우공이 산을 옮기다-愚公移山	075
두 아이가 해를 놓고 다투다-小儿辩日	078
안해가 남편을 못 알아보다-妻不识夫	080
설담이 노래를 배우다-薛谭学讴	082
고산류수-高山流水	085
언사가 사람을 만들다-偃师造人	087
기창이 활쏘기를 배우다-纪昌学射	090
종북국을 다녀오다-北游终北国	092
구방고의 상마-九方皋相马	096
갈림길이 많아 양을 잃다-多歧亡羊	098

손숙오가 호구의 어르신을 만나다-
　　　孙叔敖遇狐丘丈人 ························· 101
　　도끼를 잃고 이웃을 의심하다-亡斧疑邻 ············· 103
　　제나라사람이 금덩이를 쥐다-齐人抓金 ·············· 104
　　진문공이 위나라를 치려 하다-晋文公欲伐卫 ·········· 105
　　조양자가 승전 소식을 듣고 근심하다-
　　　赵襄子闻胜而忧 ··························· 106

《윤문자(尹文子)》의 우화 ························· 109
　　황공이 지나치게 겸손하다-黄公好谦 ··············· 109
　　꿩과 봉황-野鸡与凤 ························· 110
　　무가지보-无价之宝 ························· 112

《한비자(韓非子)》의 우화 ························· 114
　　아들을 칭찬하고 이웃을 의심하다-智子疑邻 ·········· 114
　　화씨가 옥을 바치다-和氏献璧 ··················· 115
　　편작이 병을 치료하다-扁鹊医病 ················· 117
　　삼년 만에 이파리 하나 조각하다-三年雕一叶 ········· 119
　　마른 못의 뱀-涸泽之蛇 ······················· 120
　　늙은 말이 길을 알다-老马识途 ·················· 121
　　불사약-不死之药 ··························· 122
　　자한이 옥을 받지 않다-子罕不受璞玉 ·············· 124
　　로나라 사람이 월나라로 가려 하다-鲁人徙越 ········· 125
　　위나라 사람이 딸을 시집보내다-卫人嫁女 ··········· 126
　　이 세마리가 돼지의 피를 빨아먹다-三虱食彘 ········· 127
　　삼인성호-三人成虎 ························· 128

남곽처사가 피리를 불다-滥竽充数 130
목갑만 사고 진주는 돌려주다-买椟还珠 131
귀신 그리기가 가장 쉽다-画鬼最易 132
초나라 사람의 글을 연나라 사람이 해석하다-
　郢书燕说 133
정나라 사람이 신을 사다-郑人买履 134
증자가 돼지를 잡다-曾子杀猪 135
술집 개가 사나우니 술맛이 시다-狗猛酒酸 136
사당에 사는 쥐가 우환이다-社鼠为患 138
자체모순에 빠지다-自相矛盾 139
나무 밑에서 토끼를 기다리다-守株待兔 141

《려씨춘추(呂氏春秋)》의 우화 142

나쁜 냄새만 붙쫓는 사내-逐臭之夫 142
표식을 따라 밤에 강을 건너다-循表夜涉 143
배전에다 표식을 해놓고 검을 찾다-刻舟求剑 144
아이를 강에 내다버리려 하다-引婴投江 145
송나라 사람이 말을 몰다-宋人驾马 146
려구의 이상한 귀신-黎丘奇鬼 147
우물을 파고 사람을 얻다-穿井得人 149
귀를 막고 종을 훔치다-掩耳盗钟 150

《전국책(戰國策)》의 우화 152

백발백중-百发百中 152
초나라 사람의 두 안해-楚人两妻 153
관장자가 범을 찌르다-管庄子刺虎 155

증삼이 사람을 죽이다-曾参杀人 ······ 156
옥돌과 쥐고기-玉璞与鼠肉 ······ 157
추기가 거울을 들여다보다-邹忌窥镜 ······ 158
대어가 물을 잃다-大鱼失水 ······ 161
뱀을 다 그리고 나서 발을 더 그려넣다-画蛇添足 ······ 163
토우와 목우-土偶桃梗 ······ 164
여우가 범의 위세를 빌다-狐假虎威 ······ 165
활에 놀란 새-惊弓之鸟 ······ 166
천리마가 백락을 만나다-骥遇伯乐 ······ 168
끌채는 남(南)을 향하고 바퀴는 북(北)으로
 굴러가다-南辕北辙 ······ 169
충성과 믿음이 죄가 되다-忠信得罪 ······ 171
천금을 주고 말을 사다-千金买马 ······ 172
백락이 뒤돌아보자 말 값이 십배 오르다-
 伯乐一顾, 马价十倍 ······ 173
도요새와 조개가 다투다-鹬蚌相争 ······ 174

《신자(慎子)》의 우화 ······ 176
로자가 병을 묻다-老子问疾 ······ 176

《할관자(鹖冠子)》의 우화 ······ 178
누가 가장 뛰어난 의원인가-谁最善医 ······ 178

《위문후서(魏文侯書)》의 우화 ······ 180
남에게 의탁만 해서는 안된다-五不足恃 ······ 180

《복자(宓子)》의 우화 ······ 183
양교어와 방어-阳桥与魴 ······ 183

《경자(景子)》의 우화 186
　사람을 쓰는 것과 제힘으로 하는 것-任人与任力 186
《호비자(胡非子)》의 우화 188
　활에 화살을 서로 맞추다-弓矢相济 188
《시자(尸子)》의 우화 190
　장의와 의원-张仪与医生 190
　독주를 사서 강에 버리다-买酖注江 191
《궐자(闕子)》의 우화 193
　금낚시에 향목 미끼-金钩桂饵 193
　연석을 보물로 소장하다-燕石珍藏 194
《어릉자(於陵子)》의 우화 196
　중주의 달팽이-中州之蜗 196
《신어(新語)》의 우화 198
　사슴을 가리켜 말이라고 하다-指鹿为马 198
《신서(新書)》의 우화 200
　해진 신이라도 버리지 아니하다-不弃弊屦 200
《한시외전(韓詩外傳)》의 우화 202
　불을 밝혀들고 고기덩이를 찾다-请火释疑 202
《회남자(淮南子)》의 우화 204
　황룡이 배를 업다-黄龙负舟 204
　문객이 목소리가 높다-门客善呼 205
　같은 물건이라도 사람에 따라 용도가 다르다-
　　物同用异 206
　변새의 로인이 말을 잃다-塞翁失马 207

까치가 둥지를 짓다-喜鹊作巢 209
전자방이 늙은 말을 보다-田子方见老马 209

《사기(史記)》의 우화 211
돼지족발을 바치며 풍년을 빌다-豚蹄禳田 211
사람을 천히 여기고 말을 귀히 여기다-贱人贵马 213

《신서(新序)》의 우화 216
숙오가 뱀을 죽여 파묻다-叔敖埋蛇 216
가죽옷을 뒤집어 입고 시초를 지다-反裘负刍 217
범으로 의심하여 바위를 쏘다-疑虎射石 219
섭공이 룡을 좋아하다-叶公好龙 220
수탉과 기러기-雄鸡与鸿雁 221

《설원(說苑)》의 우화 224
악사 경이 거문고를 타다-师经鼓琴 224
한입같이 갈채하다-唱善若一 226
윤작의 관심-尹绰之爱 228
늘그막 공부는 초불 켠 것과 같다-炳烛而学 229
우공골-愚公之谷 230
사마귀가 매미를 잡다-螳螂捕蝉 232
딴 녀자 쫓다가 제 안해를 잃다-追女失妻 234
백룡이 물고기로 변장하다-白龙鱼服 235
로애후가 나라를 버리고 제나라로 도망가다-
    鲁哀侯弃国走齐 237
어린 새만 다 잡다-黄口尽得 238
소리없는 데서 듣다-听于无声 239

부엉이가 동쪽으로 이사가다-枭将东徙 ········· *242*
스스로는 강을 건너지 못하다-不能自渡 ········· *243*
미자하가 위나라 임금의 총애를 받다-
　弥子瑕宠于卫君 ····················· *244*

《법언(法言)》의 우화 ········· *246*
양의 바탕에 범의 가죽-羊质虎皮 ········· *246*

《론형(論衡)》의 우화 ········· *248*
기회를 한번도 만나지 못하다-未尝一遇 ········· *248*

《한서(漢書)》의 우화 ········· *250*
본래의 걸음걸이를 잊어버리다-失其故步 ········· *250*
굴뚝을 고치고 땔나무를 옮기다-曲突徙薪 ········· *251*

《공총자(孔叢子)》의 우화 ········· *253*
큰미끼로 대어를 낚다-大饵钓大鱼 ········· *253*
발을 동동거리며 후회하다-高蹈而恨 ········· *254*

《공자가어(孔子家語)》의 우화 ········· *256*
초나라 활을 초나라 사람이 가지다-楚弓楚得 ········· *256*

《풍속통(風俗通)》의 우화 ········· *257*
밥은 동쪽 집에서 먹고 잠은 서쪽 집에 가서 자다-
　东食西宿 ····················· *257*
큰 늪의 신 위이-泽神委蛇 ········· *258*
들에서 노루를 잡다-于田得麈 ········· *259*

《홍명집(弘明集)》의 우화 ········· *261*
소에게 거문고를 타주다-对牛弹琴 ········· *261*

《후한서(後漢書)》의 우화 ········· *263*

료동의 돼지–辽东有豕 263
《송서(宋書)》의 우화 265
　　　광천–狂泉 265
《금루자(金樓子)》의 우화 267
　　　부자가 양을 빌다–富者乞羊 267
《계안록(啟顔錄)》의 우화 269
　　　고슴도치와 상수리열매–刺猬与橡壳 269
《류하동집(柳河東集)》의 우화 271
　　　부판이 갖기를 좋아하다–蝜蝂嗜取 271
　　　돈꿰미를 차고 물에 빠져죽다–腰钱溺死 273
　　　복어가 성을 내다–河豚发怒 274
　　　채찍을 파는 상인–鞭子商人 275
　　　림강의 고라니–临江之麋 277
　　　검중도 당나귀의 재주–黔驴之技 278
　　　영주 아무개 집의 쥐들–永某氏之鼠 280
《애자잡설(艾子雜說)》의 우화 282
　　　개구리가 밤에 울다–蛤蟆夜哭 282
　　　귀신이 악인을 겁나하다–鬼怕恶人 283
《일기고사(日記故事)》의 우화 286
　　　쇠공이를 갈아서 바늘을 만들다–铁杵磨针 286
《욱리자(鬱離子)》의 우화 287
　　　중산국의 고양이–中山之猫 287

《좌전(左傳)》의 우화

수탉이 제 꽁지를 자르다
雄鸡断尾

　　빈맹(賓孟)[1]이 교외에 나가 수탉이 스스로 자기 고운 꽁지를 부리로 자꾸 쪼아 없애는 것을 보고 그 까닭을 물으니 시종이 하는 말이 "저 닭은 자기가 희생으로 제물이 되는 것이 싫어서 저렇게 스스로 꼬리를 쪼아 없애는 겁니다."라고 하였다. 그 말에 계발을 받은 빈맹은 급히 돌아와서 경왕(景王)에게 이 일을 알리면서 "닭은 사람들에게 제물로 되는 것이 싫어서 그런 결단을 한 것입니다. 사람은 이렇지 않습니다. 희생은 실로 사람의 쓰임이 되는 것이니 다른 사람을 희생(여기서는 태자를 비유함)으로 삼는다면 화난이 생길 수가 있지만 내가 마음대로 부릴 수 있는 자를 희생으로 삼는다면 무슨 해가 있겠습니까?"라고 하니 왕이 불응하였다.

---

1) 빈맹(賓孟): 주나라 경왕(景王)의 대신.

중국고전문학총서 **중국고대우회**

(원문)

宾孟适郊，见雄鸡自断其尾。问之，侍者曰："自惮其牺也。"遽归，告王。且曰："鸡其惮为人用乎！人异于是。牺者，实用人，人牺实难，己牺何害？"王弗应。(《左传·昭公二十二年》)

[이 우화는 우리에게 결단을 내릴 때 과감하게 결단을 내려야 하며 전반 국면을 돌보기 위하여 필요하다면 전체의 어느 한 부분을 과감히 희생할 수도 있어야 환난을 면할 수 있음을 우리에게 시사해 주고 있다.]

《안자춘추(晏子春秋)》의 우화

신하가 임금의 음주를 제어하다
臣制廢酒

　　제경공(齊景公)¹⁾이 술을 마시는데 련속 이레 동안 낮에 밤을 이어 마셔댔다. 이를 보다못해 대부 현장(弦章)²⁾이 경공에게 간언하였다.

　　"대왕께선 지금 련속 이레 동안 술을 마셨습니다. 술을 이제 그만 마시십시오. 그러지 않고 계속 마시겠으면 청컨대 제가 자결하도록 명을 내려주십시오!"

　　이윽고 안영이 조현하러 들어왔다. 경공이 안영을 보고 방금 있었던 일을 말하였다.

　　"현장이 글쎄 날더러 술을 그만 마시라고 하오. 안 그러면 자기는 자결하겠으니 날 보고 그런 명령을 내리라고 하는구만. 만약 현장의 권고를 듣는다면 난 신하에게 휘둘리는 것이 될 테고 듣지 말

---

1) 제경공(齊景公): 성은 강(姜), 이름은 저구(杵臼), 제장공(齊莊公)의 이복동생임. 재위 때 명재상 안영(晏嬰)의 보좌를 받았음.
2) 현장(弦章): 사람 이름. 제(齊)나라의 대신.

자니 그 사람이 죽는 것이 아깝단 말이요."

그 말에 안영이 이렇게 말하였다.

"현장이 대왕 같은 임금을 만난 것이 참으로 큰 행운입니다. 만약 걸주 같은 폭군을 만났다면 벌써 죽임을 당한 지 오래되였을 겁니다."

안영의 이 말에 제경공은 술을 더 마시지 않았다.

(원문)

景公饮酒，七日七夜不止。弦章谏曰："君饮酒七日七夜，章愿君废酒也！不然，章赐死。"晏子入见，公曰："章谏吾曰：'愿君之废酒也！不然，章赐死。'如是而听之，则臣为制也；不听，又爱其死。"晏子曰："幸矣，章遇君也！令章遇桀、纣者，章死久矣。"于是公遂废酒。

[남을 권고할 때 언어 표현의 방식과 방법을 강구하여야 함을 이 우화를 통해 잘 보여주었다.]

경공이 비를 빌다
景公求雨

제(齊)나라[1]에 왕가뭄이 들어 씨뿌리기 시기가 지나버렸다. 제경공(齊景公)이 여러 대신들을 불러놓고 물었다. "오래동안 비가 오지 않아 백성들 얼굴에 굶주린 빛이 돌고 있소. 내가 사람을 시켜 점

---

1) 제(齊)나라: 춘추전국 시기에 산동성 일대에 있었던 제후국.

을 쳐보았더니 귀신이 높은 산과 넓은 물에서 작간을 하고 있다고 하오. 그래서 부세를 거두어 령산(靈山)[1]에 기우제를 지내려 하는데 어떻소?" 이에 대신들은 아무 대답을 하지 못했다. 이 때 재상 안자가 나서서 임금에게 아뢰였다.

"불가합니다. 산신한테 제사 지내도 아무 소용 없을 겁니다. 령산이란 본래 바위를 몸으로 하고 초목을 터럭으로 하고 있습니다. 오래동안 비가 오지 않으면 초목도 말라죽을 것이고 바위도 타버릴 텐데 비를 바라는 마음이 산신이라고 다르겠습니까? 령산이 하늘더러 비를 내리게 할 수 있다면 비는 벌써 왔을 것입니다."

"그게 아니라면, 하백(河伯)[2]에게 제사 지내는 것이 어떻겠소?"라고 경공이 묻자 안자는 이렇게 아뢰였다.

"그것도 불가합니다. 하백은 물을 나라로 삼고 어별(魚鱉)[3]을 백성으로 삼는데 오래도록 비가 오지 않아 강물과 샘물이 줄어들고 말라버리게 되면 하백으로 말하면 나라가 망하고 백성이 모두 죽는 것입니다. 비를 바라는 마음이 하백이라고 유독 다르겠습니까? 만약 하백이 하늘더러 비를 내려주게 할 수 있다면 비는 벌써 왔을 것입니다. 그러니 하백에게 빌어서 무슨 소용이 있겠습니까?"

그러자 경공이 되물었다. "그럼 지금 어떻게 해야 되오?"

"만약 임금께서 궁실을 떠나서 황야에 나가 거처하면서 령산이나 하백처럼 해볕도 받고 이슬도 맞으며 이 나라 땅과 백성을 걱정하신다면 혹시 하늘이 비를 내릴 수도 있을지도 모릅니다."

경공은 안자의 말 대로 궁실에서 나와 황야에서 해볕에 타고 이

---

1) 령산(灵山): 산신령을 말함.
2) 하백(河伯): 황하의 신.
3) 어별(魚鱉): 물고기와 자라를 아울러 이르는 말. 또는 바다 동물을 통털어 이르는 말.

슬을 맞으며 민정을 살피였다. 이러구러 사흘이 지나자 과연 하늘에서 단비가 내렸다. 그리하여 농군들은 기꺼운 심정으로 씨뿌리기를 하게 되였다.

(원문)

齐大旱，逾时，景公召群臣问曰："天不雨久矣，民且有饥色。吾使人卜之，祟（鬼怪）在高山广水。寡人欲少赋敛，以祠灵山（山神），可乎？"群臣莫对。

晏子进曰："不可。祠此无益也。夫灵山固以石为身，以草木为发，天久不雨。发将焦，身将热，彼独不欲雨乎？祠之何益！"

公曰："不然，吾将祠河伯，可乎？"

晏子曰："不可。河伯以水为国，以鱼鳖为民，天久不雨，水泉将下，百川将竭，国将亡，民将灭矣，彼独不欲雨乎？祠之何益！"

景公曰："今为之奈何？"

晏子曰："君诚避宫殿暴露，与灵山、河伯共忧，其幸而雨乎！"于是景公出野暴露，三日，天果大雨，民尽得种时。（《晏子春秋·内篇谏上》）

[이 우화는 신에게 제사 지내기보다 민중과 친하여야 한다는 선진적인 민본 사상을 반영하고 있다.]

각을 뜨는 것은 언제부터 시작되였는가
解人何始

　　경공(景公)이 자기가 가장 아끼는 말을 어인(圉人)[1]에게 맡겨 기르게 하였는데 그만 그 말이 갑자기 죽어버렸다. 이에 화가 치민 경공은 명령을 내려 그 어인의 각을 뜯어버리라고 하였다. 그 당시 안자가 바로 경공의 곁에 있었다. 경공의 시종이 칼을 들고 들어오자 안자가 막아나섰다. 그리고는 몸을 돌려 경공에게 물었다.

　　"요임금과 순임금 중 사람의 각을 뜨는 것이 누구로부터 시작되였습니까?"

　　그 말에 경공이 깜짝 깨닫고 중얼거렸다.

　　"나부터 시작하는 것 같구면."

　　경공은 드디여 각을 뜨는 형벌을 취하하고 다음과 같이 명령하였다.

　　"그 놈을 감옥에 처넣으라."

　　안자가 말하였다.

　　"이 자는 자기가 도대체 무슨 죄를 범했는지 모르고 죽게 됐으니 제가 이 자의 죄행을 낱낱이 까밝혀놓아 복죄하게 한 후 다시 감옥에 보내는 것이 어떻습니까?" "그리 하도록 하오." 안자가 조목조목 렬거하였다. "너는 세가지 죄상이 있다. 임금께서 너에게 말을 사육하도록 하셨는데 넌 그 말을 죽게 하였다. 이것이 첫째 죄상이고 그 죽은 말은 바로 임금께서 특히 아끼시는 말이다. 이것이 너의 둘

---

[1] 어인(圉人) : 주(周)나라 때에 말을 기르던 일을 맡아보던 벼슬아치. 뜻이 바뀌여 마부(馬夫)를 이르는 말.

째 죄상이다. 다음으로, 임금께서 말 한마리 때문에 사람을 죽이게 되였으니 백성들이 이 소식을 듣고 임금을 미워하게 될 것이고 제후들도 이 사실을 들으면 우리 나라를 꼭 깔보게 될 것이다. 네가 임금의 애마를 죽게 함으로써 임금이 백성의 원한을 사고 군사력이 이웃 나라보다 약하게 되였으니 이것이 네가 반드시 죽어야 할 세번째 죄상이다. 자, 이제는 감옥으로 가거라."

안자의 말을 다 듣고 난 경공이 드디여 감개에 젖어 말하였다.
"선생, 저 자를 풀어주오! 어서 풀어주도록 하오! 내 인덕이 훼손되여서야 안된단 말이오."

(원문)
景公使圉人养所爱马, 暴死, 公怒, 令人操刀解养马者。是时晏子侍前, 左右执刀而进, 晏子止而问于公曰: "尧舜支解人, 从何躯始?" 公矍然曰: "从寡人始。" 遂不支解。公曰: "以属狱。" 晏子曰: "此不知其罪而死, 臣为君数之, 使知其罪, 然后致之狱。" 公曰: "可。" 晏子数之曰: "尔罪有三: 公使汝养马而杀之, 当死罪一也; 又杀公之所最善马, 当死罪二也; 使公以一马之故而杀人, 百姓闻之必怨吾君, 诸侯闻之必轻吾国, 汝杀公马, 使怨积于百姓, 兵弱于邻国, 汝当死罪三也。今以属狱。" 公喟然叹曰: "夫子释之! 夫子释之! 勿伤吾仁也。"(《晏子春秋·內篇谏上》)

[이 우화는 일을 처리함에 있어서 모름지기 여러번 생각하고 실행에 옮겨야 하며 일시 감정적인 충동으로 서뿔리 행동하다간 잘못을 범할 수 있음을 말해주고 있다.]

나라에 상서롭지 못한 것 세가지
国有三不祥

　　제경공(齊景公)이 사냥하러 나갔다가 산에서는 범을 만났고 소택지에서는 뱀을 만났다. 그는 이를 아주 불길하게 여기고 앙앙불락해서 궁으로 돌아와 안자를 불렀다.

　　"오늘 사냥하러 갔다가 산에서는 범을 보고 소택지에서는 뱀을 봤단 말이요. 이게 혹시 상서롭지 못한 것이 아닐가?" 이에 안자는 이렇게 대답하였다.

　　"나라에는 상서롭지 못한 것이 세가지가 있습니다. 방금 말씀하신 것은 모두 거기에 속하지 않습니다. 상서롭지 못한 것 첫째는 어질고 덕이 있는 사람이 있지만 임금이 알지 못하고 있는 것이고 둘째는 알기는 하는데 쓰지 않는 것이고 셋째는 쓰기는 하는데 신임하지 않는 것입니다. 나라에 상서롭지 못한 것이란 바로 이런 것을 두고 하는 말입니다. 임금께서 오늘 산에서 범을 보셨다는데 산이 바로 범이 사는 집입니다. 소택에서 뱀을 보셨다는데 소택 역시 뱀이 사는 소굴입니다. 범이 사는 곳에 가서 범을 보시고 뱀이 있는 곳에 가서 뱀을 보신 건 하나도 이상할 것 없습니다. 다가 예상할 수 있는 일들인데 왜 불길하게 보십니까?"

　　(원문)
　　齐景公出猎，上山见虎，下泽见蛇。归，召晏子而问之曰："今日寡人出猎，上山则见虎，下泽则见蛇，殆所谓不祥也？"晏子曰："国有三不祥，是不与焉。夫有贤而不知，一不祥；知而不用，二不祥；用而不任，三不祥也。所谓不祥，乃若此者也。
今上山见虎，虎之室也；下泽见蛇，蛇之穴也。如虎之室，如蛇
之穴，而见之，曷为不祥也？"

　　[이 우화는 자연계에 나타나는 온갖 현상들은 인류의 길흉화복
을 말해주지 못한다는 것과 현능한 인재를 잘 쓰느냐 못쓰느냐 하는
것이야말로 나라의 안위에 관계되는 가장 큰 길흉화복임을 계시해
주고 있다.]

소대가리를 내걸고 말고기를 팔다
挂牛头卖马肉

　　제령공(齊靈公)[1]은 궁정의 녀인들이 남복을 차려입는 것을 좋
아하였다. 그러자 그 풍기가 만연되여 제나라 녀자들이 로소를 불문
하고 모두 남자복식을 하고 다녔다. 령공이 관리를 파견하여 금지령
을 내리게 하면서 이르기를 "만약 이제 다시 녀자가 남자복색을 하
면 옷을 찢고 띠를 잘라버릴 것이다!"라고 하였다. 미구하여 나라 안
에는 옷을 찢기우고 띠를 잘린 사람들이 많아졌다. 하지만 서로 마
주 볼 뿐이고 남자복색을 하는 풍기를 제지하지 못하였다.
　　하루는 안자가 령공을 만나뵙게 되었다. 령공이 그에게 물었다.
"내가 관리들을 파견하여 녀자들이 남장을 하지 못하게 하고 일단
남장한 녀자를 발견하기만 하면 그 옷을 찢고 띠를 잘라버리게 하였

---

1) 제령공(齊靈公): 춘추시대 제(齊)나라 군주. 기원전 581년부터 기원전 554년까지
　재위하였음. 《설원·정리(說苑·政理)》에서는 경공(景公)으로 되여 있음.

소. 그런데도 이 풍기가 좀처럼 사그라들지 않고 있으니 이는 대체 무엇 때문이요?" 안자가 말하였다. "임금께서 궁 안에서는 대거 제창하면서 궁 밖에서는 엄하게 금지하고 있습니다. 이것은 마치 푸주점에서 밖에다는 소대가리를 내걸고 점포 안에서는 말고기를 팔고 있는 것과 같습니다! 임금께서 남장을 금지시키려고 하시며는 궁궐 안부터 금절시키십시오. 그러면 궁 밖의 녀자들 어느 누가 감히 남장을 하고 다니겠습니까." 그 말에 령공은 "그렇게 하기오."라고 하고는 궁내부터 단속하였다. 그랬더니 한달도 안 가서 온 나라에 감히 남장하고 다니는 녀자가 한명도 없게 되었다.

(원문)
灵公好妇人而丈夫饰者，国人尽服之。公使吏禁之曰："女子而男子饰者，裂其衣断其带。"裂衣断带，相望而不止。晏子见，公问曰："寡人使吏禁女子而男子饰者，裂断其衣带，相而望不止者，何也？"晏子对曰："君使服之于内，而禁之于外，犹悬牛首于门，而卖马肉于内也。公何以不使内勿服，则外莫敢为也。"公曰："善。"使内勿服，不逾月，而国人莫之服也。(《晏子春秋·内篇杂下》)

[이 우화는 집정자가 무슨 정책이나 법령을 발포할 때는 반드시 안팎에 대한 요구가 일치해야 하는 바 소대가리를 내걸고 말고기 파는 식으로 해서는 안된다는 것을 말해주고 있다.]

안자가 초나라에 사신으로 가다
晏子使楚

　　안자(晏子)가 초(楚)나라에 사신으로 가게 되였다. 초왕(楚王)은 안자의 키가 작은 것을 알고서 대문 옆에다가 높이 오척 밖에 안 되는 작은 곁문을 내고서 거기로 안자를 청하였다. 안자는 그 문안으로 들어가지 않고 이렇게 말하였다.

　　"개들의 나라에 사신으로 오면 개구멍으로 들어갈 수 있으나 나는 오늘 초나라에 사신으로 왔은즉 이런 개구멍으로 다닐 수 없다."

　　그래서 손님을 영접하는 관리가 안자를 큰문으로 맞아들이여 초왕을 배견하게 하였다. 안자를 보자 초왕이 말을 꺼냈다.

　　"제나라에는 사람이 그렇게도 없는가? 당신 같은 사람을 다 사신으로 보내다니."

　　안자가 그 말을 맞받아쳤다.

　　"우리 제나라 도읍인 림치(臨淄)만 해도 7,000여 가구가 살고 있고 행인들이 소매만 쳐들어도 해를 가릴 지경이고 땀만 휘뿌려도 마치 비가 내리는 것 같습니다. 길에는 사람들이 서로 어깨를 부비고 다니고 발들이 서로 부딪치며 붐비는데 왜 제나라에 사람이 없다고 그러십니까?"

　　"그렇다면 왜 당신 같은 사람을 사신으로 보냈소?"

　　"우리 제나라에서는 사신을 보낼 때 상대에 따라 다르게 보냅니다. 똑똑한 사신은 똑똑한 군주가 있는 나라에 사신으로 가고 못난 사신은 못난 임금이 있는 나라에 사신으로 갑니다. 저는 제일 무능하기에 억울한 대로 여기 초나라에 사신으로 오게 되였습니다."

안자가 초나라에 사신으로 오게 되자 초왕은 신하들을 불러놓고 이런 모의를 했다.

"안영은 제나라에서 말을 잘하기로 이름난 사람인데 이제 이리 온다고 하오. 내가 안영을 욕보일가 하는데 무슨 수가 없겠소?"

그러자 좌우가 왕에게 이렇게 일러주었다.

"이제 그 자가 오면 우리가 사람 하나 결박해서 대왕 앞을 지나가겠습니다. 그러면 대왕께서 '이 자는 어느 나라 사람인가?'고 물으시면 '제나라 사람입니다.'라고 할 터인즉 '무슨 죄를 지었는가?' 물으시면 저희들이 있다가 '절도죄를 지었습니다.'라고 아뢰겠습니다." 그래서 그리 하기로 하였다.

안자가 도착하자 초왕은 안자에게 술상을 내리 대접하였다. 술좌석이 한창 무르익을 때 두 관리가 웬 사람을 포승지워가지고 왕의 앞을 지나가려고 하였다. 초왕이 물었다.

"묶이운 자가 어느 나라 사람이냐?"

근시가 아뢰였다.

"제나라 사람인데 절도죄를 범했습니다." 그러자 초왕은 안자를 곁눈으로 흘끔 보고나서 짐짓 능청을 부렸다.

"제나라 사람들은 원체 저렇게 도적질을 잘 하오?" 이에 안자는 자리를 옮기며 이렇게 대꾸하였다.

"제가 듣기로는 귤이라는 과실은 회하 남쪽에서는 귤인데 회하 이북에서 자라면 탱자로 변하면서 잎사귀만 같을 뿐 과실의 맛은 전혀 다르다고 합니다. 무슨 까닭이겠습니까? 두 곳의 수토가 다르기 때문입니다. 지금 백성은 제나라에서는 도적질을 전혀 모르는데 여기 초나라에 와서 도적질을 한다니 아마 초나라 수토가 백성더러 도적질을 잘하게 만드는 건 아닌지?" 이에 초왕은 허허허 웃고나서 말하였다.

"성인을 놀려주려고 하면 안되는군, 오히려 내가 멋적게 되고 말았소그려."

(원문)

晏子使楚。楚人以晏子短，为小门于大门之侧而延晏子。晏子不入，曰："使狗国者从狗门入。今臣使楚，不当从此门入。"傧者更道，从大门入。见楚王，王曰："齐无人耶？使子为使。"晏子对曰："齐之临淄(zī)三百闾，张袂(mèi)成阴，挥汗成雨，比肩继踵而在，何为无人？"王曰："然则何为使子？"晏子对曰："齐命使各有所主。其贤者使使贤主，不肖者使使不肖主。婴最不肖，故宜使楚矣。"

晏子将使楚。楚王闻之，谓左右曰："晏婴，齐之习辞者也。今方来，吾欲辱之，何以也？"左右对曰："为其来也，臣请缚(fù)一人，过王而行，王曰：'何为者也？'对曰：'齐人也。'王曰：'何坐？'曰：'坐盗。'"晏子至，楚王赐晏子酒，酒酣，吏二缚一人诣(yì)王。王曰："缚者曷(hé)为者也？"对曰："齐人也，坐盗。"王视晏子曰："齐人固善盗乎？"晏子避席对曰："婴闻之，橘生淮南则为橘，生于淮北则为枳，叶徒相似，其实味不同。所以然者何？水土异也。今民生长于齐不盗，入楚则盗，得无楚之水土使民善盗耶？"王笑曰："圣人非所与熙也，寡人反取病焉。"(《晏子春秋·内篇杂下》)

[상대의 사고방식을 역리용하여 그 상대를 대처하는 것으로서 외교에서 안자의 림기응변의 지혜를 잘 표현하고 있다.]

《묵자(墨子)》의 우화

생사에 물감들이기
丝入染缸

묵자[1]가 어느 한번 볼일이 있어 염색소에 갔다가 염색공들이 여러가지 물감으로 생사를 물들이는 것을 보았다. 그는 한참 구경하다가 탄식하며 말하였다.

"생사는 원래 흰 것인데 그것을 검은 염색항아리에 집어넣으면 검게 되고 누른 염색항아리에 집어넣으면 누렇게 된다! 넣는 물감이 변하면 색갈도 따라 변한다. 생사를 다른 물감으로 다섯번 물들이면 다섯가지 다른 색갈이 물들여지게 된다. 그러므로 생사를 물들일 때 신중하지 않으면 안된다."

(원문)
　　子墨子言，见染丝者而叹曰："染于苍则苍，染于黄则黄。

---
1) 묵자(墨子) : (기원전 480년—기원전 390년) 춘추전국시대 사상가이며 철학가. 성은 묵(墨), 이름은 적(翟). 묵가(墨家)의 시조로, 유가(儒家)에게 배웠으나 무차별적 박애의 겸애(兼愛)를 설파하고 평화론을 주장하여 유가와 견줄 만한 학파를 이루었음.

所入者变，其色亦变；五入必而已，则为五色矣。故染不可不慎也！(《墨子·所染》)

[이 우화는 무슨 일을 하든간에 다 침착하고 조심성이 있어야 한다는 것을 일깨워준다. 후에 와서 이 우화는 환경과 교육의 중요성을 강조하는 의미로 쓰이여 환경과 교육에 따라 사람이 변함을 비유하는 말이 되였다.]

이웃집 아들을 두들겨패다
击邻家子

어떤 사람이 자기 아들이 강포하고 우직하여 매를 들고 때리니까 이웃집 사람도 달려나와 몽둥이로 그 사람 아들에게 매질을 해댔다. 그러면서 이런 말을 하였다.

"내가 이 집 아들을 패는 건 바로 그 애비의 뜻을 따르는 것이야."

이 어찌 사리에 어긋나는 일이 아니겠는가?

(원문)
譬有人于此，其子强梁不材，故其父笞之。其邻家之父，举木而击之，曰："吾击之也，顺于其父之志。"则岂不悖哉？(《墨子·兼爱》)

[묵자는 전쟁을 반대하고 겸애를 주장하였다. 그는 이 우화를

통하여 그럴 듯한 허울을 쓰고서 타인의 권리를 침범하고 다른 나라의 내정을 간섭하는 그런 파렴치한 자들을 풍자하고 타격하였다.]

공수반이 까치를 만들다
公输为鹊

　　공수반(公輸盤)[1]이 대를 깎아서 까치를 만들어 공중에 날려보냈더니 사흘 동안이나 내려앉지 않았다. 이에 공수반은 스스로 아주 정교하다고 여겼다. 묵자가 공수반에게 말하였다.
　　"당신이 만든 까치는 장인이 만든 수레비녀장보다 정교하지 못합니다. 장인은 잠시 동안에 세치 나무를 깎아 50석의 무게를 실을 수 있는 수레에 쓰게 합니다. 그러므로 만든 물건이 사람들에게 리롭지 않은 것을 졸렬하다고 하는 것입니다."

(원문)
　　公输子削竹木以为鹊，成而飞之，三日不下。公输子自以为至巧。子墨子谓公输子曰：子之为鹊也，不如匠之为车辖，须臾斲(zhuó)三寸之木，而任五十石之重。故所谓功，利于人谓之巧，不利于人谓之拙。(《墨子·兼爱》)

　　[한 창조물을 평가하는 데 있어서 왕왕 구체적인 정형에 따라서 전혀 달리 평가될 수 있음을 말해주는 우화이다.]

---

1) 공수반(公輸盤): 원문에는 공수자(公輸子)로 되여 있음. 로반(魯班)이라고도 함. 로(魯)나라 대목장임.

《맹자(孟子)》의 우화

오십보 소백보
五十步笑百步

량혜왕(梁惠王)이 말하였다.

"과인은 나라를 위해 마음을 다하고 있습니다. 하내(河內)²⁾가 흉년이 들면 그 곳 백성을 하동(河東)³⁾으로 이주시키고 그 곳의 일부 곡식을 하내로 옮겼고 하동에 흉년이 들어도 역시 그런 식으로 하였습니다. 그런데 이웃 나라의 정사를 살펴보면 과인만큼 마음을 쓰는 자가 없지만 이웃 나라의 백성들이 더 줄지 않고 과인의 백성들이 더 늘지 않는 것은 무슨 원인입니까?"

맹자가 대답하였다.

"왕께서 전쟁을 좋아하시니, 전쟁에 비유해서 말씀드리겠습니

---

1) 량혜왕(梁惠王) : (기원전 400년-기원전 319년) 즉 위혜왕(魏惠王)을 가리킴. 위무후(魏武侯)의 아들이고 위문후(魏文侯)의 손자로서, 위(魏)나라 세번째 임금임. 위나라는 대량(大梁)에 도읍하고 있었으므로 량(梁)이라고도 하였음.
2) 하내(河內) : 오늘의 하남성 황하 북쪽 지역임.
3) 하동(河東) : 황하 동쪽 지역임.

다. 북이 울리고 백병전이 벌어져서 한쪽이 패하여 갑옷을 버리고 병장기를 질질 끌며 달아나게 되었는데 어떤 자는 백보를 달아난 뒤에 멈춰서고 어떤 자는 오십보를 달아난 뒤에 멈춰섰는데 만약 오십보 달아난 자가 백보 달아난 자를 비웃는다면 어떻습니까?"

왕이 말하였다.

"불가합니다. 백보를 달아나지 않았을 뿐이지 이 역시 달아난 것입니다."

맹자가 말하였다.

"왕께서 만일 이것을 아신다면 백성들이 이웃 나라보다 더 많아지길 바라지 마십시오.

(원문)

梁惠王曰：“寡人之于国也，尽心焉耳矣。河内凶，则移其民于河东，移其粟于河内。河东凶亦然。察邻国之政，无如寡人之用心者。邻国之民不加少，寡人之民不加多，何也？”

孟子对曰：“王好战，请以战喻。填然鼓之，兵刃既接，弃甲曳兵而走，或百步而后止，或五十步而后止。以五十步笑百步，则何如？曰：“不可。直不百步耳，是亦走也。”

曰：“王如知此，则无望民之多于邻国也。”（《孟子·梁惠王上》）

[이 우화는 사물을 볼 때 그 본질을 보아내야 하며 수량의 다소만 가지고는 그 본질이 다르다는 것을 말하기 어렵다는 철리적인 계시를 주고 있다. '오십보 소백보(五十步笑百步)', '오십보백보(五十步百步)', '오십소백(五十笑百)'이란 성어가 이 우화에서 유래되었다.]

중국고전문학총서 **중국고대우회**

벼모를 잡아당겨 올리다
揠苗助长

송(宋)나라의 어떤 사람이 자기 논의 벼모가 빨리 자라지 않는 것을 안타깝게 여겨 벼포기를 쭉쭉 잡아당겨 올려놓았다. 그러고는 몸이 게나른해가지고 집에 돌아와서 집안사람들을 보고 말하였다.

"오늘 너무 피곤하구나. 벼포기를 우로 잡아당겨 놓고 왔더니."

그 아들이 부랴부랴 논에 달려가서 살펴보니 벼모가 다 말라 죽었다.

(원문)

宋人有闵其苗之不长而揠之者，芒芒然归，谓其人曰："今日病矣! 余助苗长矣!" 其子趋而往视之，苗则槁矣。(《孟子·公孙丑上》)

['일을 급하게 이루려 하다가 오히려 일을 그르치다'라는 뜻의 '알묘조장(揠苗助長)'이라는 성어가 여기서 유래되였다.]

왕량이 수레를 몰다
王良驾车

　　이전에 조간자(趙簡子)[1]가 왕량(王良)[2]더러 자기의 심복하인 해(奚)[3]를 수레에 태우고 나가 사냥하게 하였는데 종일토록 새 한 마리도 잡지 못했다. 해가 돌아와 말하기를 "왕량은 천하에 형편없는 마부더군요."라고 하였다. 누가 이 말을 왕량에게 전하자 왕량이 해를 찾아 다시 한번 사냥가기를 청하였다. 해는 처음에는 가려고 하지 않다가 여러번 간청하니 마지못해 수락하였다. 그래서 사냥을 나갔는데 이번에는 아침 한나절 동안에 짐승 열마리나 잡았다. 해가 기뻐하면서 돌아와 "왕량이야말로 천하에서 으뜸가는 마부입니다."라고 왕에게 말하였다. 이에 조간자는 "그럼 왕량보고 네 수레만 몰게 해야겠다." 하고는 왕량에게 이 말을 하였다.

　　왕량이 대뜸 사양하면서 말하기를 "제가 그 사람을 위해 수레를 규칙 대로 몰았더니 그 사람 온종일 짐승 한마리도 잡지 못했습니다. 그런데 규칙을 어기고 수레를 몰았더니 아침나절에 짐승 열 마리나 잡았습니다. 《시경》에 이르기를 '수레 모는 규칙을 어기지 않으니 활을 쏘면 쏘는 족족 명중하누나.[4] '라고 하였습니다. 해는 규칙을 어기는 소인배입니다. 그런 자의 수레를 저는 잘 몰 수가 없습니다. 그러니 저는 사양하겠습니다!" 라고 하였다.

---

1) 조간자(趙簡子) : 춘추말기 진(晉)나라의 집정대부 조앙(趙鞅).
2) 왕량(王良) : 당시 수레를 잘 몰기로 유명한 사람.
3) 해(奚) : 부중에 두고 부리는 하인.
4) 《시경》의 〈소아·거공(小雅·車攻)〉에서 나오는 문구임.

(원문)

昔者，赵简子使王良与嬖奚乘，终日而不获一禽，嬖奚反命曰：“天下之贱工也。”或以告王良。良曰：“能复之。”强而後可。一朝而获十禽。嬖奚反命曰：“天下之良工也。”简子曰：“我使掌与女乘。”

谓王良。良不可，曰：“吾为之范我驰驱，终日不获一；为之诡遇，一朝而获十。诗云：‘不失其驰，舍矢如破’，我不贯与小人乘，请辞！”（《孟子·滕文公下》）

[이 우화는 무슨 일을 함에 있어서 도의적인 원칙을 따라야 하며 단순히 리익에 눈이 멀어 원칙을 어기면서까지 남에게 정당치 못한 요구를 들이대는 것은 옳지 못하다는 것을 일깨워주고 있다.]

제나라 말을 배우다
学习齐语

맹자가 대불승(戴不勝)[1]에게 말하였다.

"그대는 그대의 왕이 선해지기를 바라는가? 그렇다면 내 분명히 그대에게 말해주겠소. 여기에 초(楚)나라 대부가 있는데 아들에게 제(齊)나라 말을 배워주려고 한다면 제나라 사람더러 아들을 가르치게 하겠는가 아니면 초나라 사람더러 가르치게 하겠는가?"

대불승이 말하였다.

"거야 제나라 사람더러 가르치게 해야지요."

---

1) 대불승(戴不勝): 송(宋)나라의 대부임.

맹자가 또 말하였다.

"만약 초나라에 살고 있으면서 제나라 사람 혼자서 그 대부의 아들에게 제나라말을 가르치고 주변의 여러 초나라 사람들이 초나라 말로 떠들어댄다면 비록 날마다 매를 들고 때리면서 제나라 말을 잘 배우라고 하여도 될 수 없을 것이다. 그러나 그 아들을 데려다가 제 나라의 장악(莊嶽)[1] 같은 번화가에 몇년 동안 있게 한다면 비록 날마다 매를 치면서 초나라 말을 하라고 하여도 역시 될 수 없을 것이다."

(원문)

孟子谓戴不胜曰：" 子欲子之王之善与？我明告子。有楚大夫于此，欲其子之齐语也，则使齐人傅诸？使楚人傅诸？" 曰："使齐人傅之。" 曰："一齐人傅之，众楚人咻之，虽日挞而求其齐也，不可得矣；引而置之庄岳之间数年，虽日挞而求其楚，亦不可得矣。"（《孟子·滕文公下》）

하루에 닭 한마리씩 훔치다
日攘一鸡

맹자가 말하였다.

"지금 어떤 사람이 날마다 이웃집의 닭을 훔치고 있는데 누가 있다가 그더러 "이는 군자의 도리가 아니다."라고 하자 그 사람이 대답하기를 '그러면 이제부터는 그 수를 줄여 한달에 한마리씩만 훔치

---

1) 장악(莊嶽)：장(莊)과 악(嶽). 당시 제나라의 번화한 거리 이름임.

다가 명년에 가서 그만두겠다.'라고 하였소. 그것이 도리에 맞지 않는 것임을 알았으면 즉각 그만두어야지 어찌 래년까지 기다린단 말이오?"

(원문)
今有人日攘邻之鸡者, 或告之曰: "是非君子之道。" 曰: "请损之月攘一鸡, 以待来年, 而后已。" 如知其非义, 斯速已矣, 何待来年? (《孟子·滕文公下》)

[이 우화의 기본 뜻은 폭정을 반대하고 인정을 주장하는 것이다. 이 우화에서는 각종 구실을 대여 폭정을 연장하려는 통치배들의 행위를 신랄하게 풍자하였다. 나라의 정치나 개인의 행위나를 막론하고 정의에 맞지 않으면 즉각 그만두고 인차 바르게 고쳐야 하지 알면서 잘못을 계속 범하거나 구실을 대여 회피하여서는 안된다.]

동곽에 가서 빌어먹다
乞食东郭

제(齊)나라에 처첩 하나씩 두고 한집에서 사는 사람이 있었다. 그런데 이 남편이라는 사람은 밖에 나가면 번마다 반드시 술과 고기를 배불리 먹은 뒤에 집에 돌아오군 하였다. 처가 있다가 궁금해서 물었다.

"누구와 함께 음식을 자셨어요?"

그러자 남편은 모두 부귀한 사람들과 식사했다고 대답하는 것이였다.

그래서 하루는 그 처가 첩에게 이렇게 말하였다.

"우리 주인량반이 밖에 나가기만 하면 언제나 술과 고기를 배불리 자시고 들어오는데 누구와 함께 식사했는가 물어보면 하나같이 모두 부귀한 사람들이라고 하오. 그런데 지금까지 한번도 그런 분들이 우리 집을 찾은 적이 없소. 그러니 내 이번에는 주인량반이 어디로 가는지 뒤를 밟아봐야겠소."

그러고는 다음날 아침 일찍 일어나 남편의 뒤를 몰래 밟았다. 남편은 온 거리를 어슬렁어슬렁 돌아다니기만 하였고 누구를 만나서 얘기를 나누는 일도 없었다. 남편은 그러다가 마침내 동곽[1]에 있는 공동묘지의 제지내는 데 가서 제사밥을 구걸하여 얻어먹고 그것도 모자라면 또 주변을 둘러보고 다른 곳으로 구걸가는 것이였다. 이것이 바로 그 남편이 술과 고기를 배불리 얻어먹는 방법이였다.

그 안해는 집으로 돌아와서 첩에게 오늘 있었던 일을 들려주고는 이렇게 덧붙였다.

"남편이란 우러러보면서 평생 살아야 하는 사람인데 오늘 보니 하는 짓이 그 모양이다."

그러고 나서 안해는 첩과 함께 남편을 원망하며 뜰 가운데에서 울고 있었다. 그런데 남편은 그런 줄도 모르고 밖에서 돌아와서는 처첩 앞에서 여전히 잘난 체 거드름을 피우는 것이였다."

(원문)
齐人有一妻一妾而处室者。其良人出, 则必餍酒肉而后反。其妻问所与饮食者, 则尽富贵也。其妻告其妾曰: "良人出, 则必

---

1) 동곽: 동쪽 성곽.

餍酒肉而后反，问其与饮食者，尽富贵也。而未尝有显者来。吾将瞷良人之所之也。"

蚤起，施从良人之所之，遍国中无与立谈者，卒之东郭墦间之祭者乞其余；不足，又顾而之他。此其为餍足之道也。

其妻归，告其妾，曰："良人者，所仰望而终身也。今若此！"与其妾讪其良人，而相泣于中庭。而良人未之知也，施施从外来，骄其妻妾。(《孟子·离娄下》)

[이 우화는 겉으로는 엄연하나 명리 지위를 다툼에 있어서는 악착하고 비렬하기 그지없는 위선자의 몰골을 적라라하게 보여주고 있다.]

둘이 바둑을 배우다
二人学弈

바둑 기사 추(秋)는 전국에서 바둑을 가장 잘 두는 사람이다. 가령 추를 시켜 두 사람에게 바둑을 가르치게 했는데 그 중 저 사람은 정신을 집중하여 오직 기사 추의 말만 열중해 듣고 이 사람은 기사 추의 말을 듣기는 하지만 한편 속으로(기러기나 고니가 날아오면 주살1)로 잡아야지.) 하는 생각을 하고 있었다면 설사 똑같이 바둑을 배우더라도 저 사람만 못할 것이다. 그럼 이 사람의 지혜가 저 사람보다 못해서인가? 그렇지 않다."

---

1) 주살: 작은 날짐승이나 길김승을 잡기 위하여 오늬에 줄을 매여 쏘는 화살.

(원문)

弈秋，通国之善弈者也。使弈秋诲二人弈，其一人专心致志，惟弈秋之为听；一人虽听之，一心以为有鸿鹄将至，思援弓缴而射之。虽与之俱学，弗若之矣。为是其智弗若与？曰：非然也。(《孟子·告子上》)

[이 우화는 두가지 철리를 포함하고 있다. 하나는 태도가 성패를 결정한다는 것이다. 때문에 학습하거나 사업을 함에 있어서 반드시 전심전력하여야 한다. 다른 하나는 학습이나 사업에 있어서 노력이 조건보다 더 중요하다는 것이다. 때문에 학습이나 사업에서 효과를 보려면 조건보다는 자신이 더 노력하여야 한다.]

중국고전문학총서 중국고대우화

《장자(莊子)》의 우화

붕새와 매미, 산비둘기
鹏、蜩与学鸠

　　북쪽바다에 물고기가 있는데 그 이름을 곤(鯤)이라고 한다. 곤의 크기는 몇천리나 되는지 알 수 없다. 곤이 변하여 새가 되니 그 이름을 붕(鵬)이라고 한다. 붕의 등은 몇천리나 되는지 알 길 없다. 붕이 솟구쳐 오르면 그 날개는 하늘에 드리운 구름 같았다. 이 새는 큰바람이 불면서 바다가 출렁일 때 남쪽바다로 날아가는데 남쪽바다란 바로 천지이다.

　　《제해(齊諧)》라는 책은 기이한 일들을 기록하는 책이다. 이 책에서는 이렇게 씌여있다.

　　"붕새가 남쪽바다로 날아갈 때면 두 날개로 수면을 후려치는데 물보라가 삼천리에 흩날린다. 붕새는 회오리바람을 타고 구만리 장천에 날아올라 륙월의 바람을 타고 날아간다."

　　아물거리는 아지랑이와 흩날리는 먼지는 생물이 토해내는 숨이다. 하늘이 푸르디 푸른 것은 하늘의 원색인가 아니면 하늘이 한없이 멀어 그런 것인가? 만약 붕새가 아래를 내려다 보아도 역시 이와 같을 것이다.

　물이 깊게 모이지 않으면 큰배를 띄우지 못한다. 한장의 물을 정원의 패인 곳에 부으면 지푸래기를 배처럼 띄울 수 있지만 컵을 놓으면 가라앉고 말 것이다. 물은 얕은데 배가 크기 때문이다. 바람이 세차지 못하면 붕새의 큰 날개를 지탱해주지 못한다. 바로 거센 바람이 아래에 있기 때문에 붕새가 구만리 날아오를 수 있고 남쪽을 향해 날아갈 훨훨 날아갈 수가 있다. 매미와 산비둘기가 그것을 보고 비웃으며 말하였다.

　"우리는 기껏 날아올라 봤자 느릅나무나 박달나무 같은데 오르면 고작이고 때로는 거기까지도 오르지 못하고 떨어지기도 하는데 어쩜 구만리나 날아올라 남쪽 끝까지 날아갈 것이 무엇인가?"

　교외에 나가는 사람은 세끼밥만 먹어도 돌아올 때까지 배가 고프지 않지만 천리길을 떠나는 사람은 석달분 식량을 준비해야 한다. 그런즉 이 벌레나 새가 어찌 그것을 알겠는가? 작은 지혜는 큰 지혜에 미치지 못하고 목숨이 짧은 것은 목숨이 긴 것에 미치지 못하니 어찌 이것을 알겠는가?

(원문)
　北冥有鱼，其名为鲲。鲲之大，不知其几千里也。化而为鸟，其名为鹏。鹏之背，不知其几千里也。怒而飞，其翼若垂天之云。是鸟也，海运则将徙于南冥。南冥者，天池也。《齐谐》者，志怪者也。《谐》之言曰："鹏之徙于南冥也，水击三千里，抟扶摇而上者九万里，去以六月息者也。"野马也，尘埃也，生物之以息相吹也。天之苍苍，其正色邪？其远而无所至极邪？其视下也，亦若是则已矣。且夫水之积也不厚，则其负大舟也无力。覆杯水于坳堂之上，则芥为之舟。置杯焉则胶，水浅而舟大也。风之积也不厚，则其负大翼也无力。故九万里则风斯在下矣，而后乃今培风；背负青天而莫之夭阏者，而后乃今将图南。蜩与学鸠笑之曰："我决起而飞，抢榆枋，时则不至而控于地而已矣，奚以之九万里而南为？"适莽苍者，三餐而反，腹犹果然；适百里者，宿舂粮；适千里者，三月聚粮。之二虫又何知！小知不及大知，小年不及大年。奚以知其然也？

[만물은 각기 자기의 특점을 갖고 있다. 최고의 경지는 바로 자연에 순응하는 것이다. 자연에 순응하여야 정신이 자유로울 수 있으며 물외(物外)의 바깥세상을 소요(逍遙)할 수 있다. 이것이 이 우화의 기본 뜻이나 후세에 와서는 이 우화의 객관현상에서 설명하여 안목이 좁은 자는 남의 원대한 지향을 알 수 없다는 뜻으로 쓰이였다. 이런 객관적 의의에서 후에 '붕정만리(鵬程萬里)' 같은 한자 성어들이 탄생하였다.]

손 트지 않는 약
不皴手药

혜자(惠子)¹⁾가 장자(莊子)에게 말하였다.
"위왕(魏王)이 나에게 호로병박 박씨를 주었는데 내가 그것을

---

1) 혜자(惠子): (약 기원전 390년—기원전 317년) 혜시(惠施)를 가리킴. 전국 중기의 송나라 사람으로서 명가(名家) 학파의 대표적인 인물임.

심어 키웠더니 쌀을 5석이나 담을 수 있는 큰 박이 열렸소. 그런데 그 박에 마실 물을 담으면 무거워 들 수가 없었소. 그래서 이것을 둘로 켜서 바가지를 만들었더니 너무 커서 또 어디다 둘 수가 없더구먼. 이 물건은 크기만 했지 아무 쓸모가 없어서 난 그걸 부셔버리고 말았소."

이에 장자가 말하였다.

"선생은 큰 걸 쓸 줄 모르는 사람이구먼. 송(宋)나라 사람중에 손이 안 트게 하는 것을 방지하는 약을 잘 만드는 사람이 있었소. 이 사람 집안은 대대로 풀솜[1]을 물에 씻는 일을 생업으로 삼고 있었소. 그런데 어느 날 한 나그네가 그 이야기를 듣고 그 비법을 거액의 돈을 주고 사겠다고 하였소. 그러자 그 송나라 사람은 친족들을 모아놓고 상의하기를 '우리는 대대로 풀솜을 씻는 걸 생업으로 지금껏 살아왔지만 버는 돈이랬자 얼마 안되는데 이제 하루 아침에 이 비법을 거금에 팔게 되었으니 팔아버리고 말자.'라고 하였다오. 그 나그네는 손 트지 않는 약의 제조비법을 얻은 후 오왕(吳王)에게 가서 그 약을 수전(水戰)에 사용하도록 설득하였소. 오나라가 마침 월(越)나라와 싸우게 되자 오왕이 그 나그네를 장수로 삼아 겨울에 월나라와 수전을 벌려 월나라 군사를 대패시켰다오. 이에 오왕은 그 나그네에게 땅을 주고 령주로 봉하였소. 손 안 트게 하는 약의 비방은 하나이지만 어떤 사람은 그것으로 령주로 봉해지고 어떤 사람은 그것으로 풀솜 씻는 일을 한생 면할 수 없었으니 이는 곧 같은 비방이라도 그 쓰임이 다르기 때문이요. 그대에게 다섯섬들이의 큰 박이 있다면 어찌하여 그것으로 큰 술통 모양을 만들어 배로 삼아 강이나 호수

---

1) 풀솜: 실을 켤 수 없는 허드레 고치를 삶아서 늘여 만든 솜. 색상이 하얗고 윤기 나며 가볍고 포근함.

에 띄우고 노닐 생각을 하지 않고 아무 것도 담을 수 없다고 그냥 걱정만 하고 있단 말이오? 당신은 마치 쑥대 속처럼 마음이 좁고 막힌 사람이구먼!"

(원문)

惠子谓庄子曰：“魏王，贻我大瓠之种，我树之成而实五石。以盛水浆，其坚不能自举也。剖之以为瓢，则瓠落无所容。非不呺然大也，吾为其无用而掊之。”

庄子曰：“夫子固拙于用大矣。宋人有善为不龟手之药者，世世以洴澼絖为事。客闻之，请买其方百金。聚族而谋曰：'我世世为洴澼絖，不过数金。今一朝而鬻技百金，请与之。'客得之，以说吴王。越有难，吴王使之将。冬，与越人水战，大败越人，裂地而封之。能不龟手一也，或以封，或不免于洴澼絖，则所用之异也。今子有五石之瓠，何不虑以为大樽而浮乎江湖，而忧其瓠落无所容？则夫子犹有蓬之心也夫！”(《庄子·逍遥游》)

[이 우화는 외계사물을 리용할 때 그 자연적인 특성에 맞게 하여야 함을 말해주고 있다.]

려지희가 운 것을 뉘우치다
丽之姬悔泣

　　려지희(麗之姬)[1]는 려융(麗戎)[2]의 한 봉인(封人)[3]의 딸이였는데 진(晉)나라에 처음 잡혀왔을 때에는 눈물로 옷섶을 적시며 울었다. 하지만 왕의 처소에 이르러 왕과 함께 좋은 침상에서 자고 소고기, 돼지고기 음식을 먹게 되자 처음에 울었던 일을 몹시 뉘우치는 것이였다.

　　(원문)
　　丽之姬，艾封人之子也。晋国之始得之也，涕泣沾襟。及其至于王所，与王同筐床，食刍豢，而后悔其泣也。(《庄子·齐物论》)

　　[외계의 생소한 것에 대한 두려움과 사람의 마음은 처한 환경에 따라 변한다는 것을 설명한 우화이다.]

---

1) 려지희(麗之姬): 려융국(麗戎國)의 유명한 미녀 려희(麗姬)를 말함.
2) 려융(麗戎): 려융국(麗戎國)임. 지금의 섬서성 림동현(臨潼縣) 려산진(驪山鎭) 일대임.
3) 봉인(封人): 변강을 지키는 작은 관리.

장주가 꿈에 나비가 되다
庄周梦蝶

　　예전에 장주(莊周)는 자신이 나비가 된 꿈을 꾸었다. 나풀나풀 가벼이 잘도 날아다니는 나비였다. 마음에 내키는 대로 즐겁게 날아다니다니 자기가 장주였는지도 알지 못했다. 얼마 있다가 불현듯 꿈에서 깨여보니 갑자기 장주가 되여 있었다. 그렇다면 장주의 꿈에 장주가 나비로 된 것인지 나비의 꿈에 나비가 장주로 된 것인가?
　　장주와 나비는 반드시 구별이 있는바 이를 일러 물화(物化)[1]라고 한다.

　　(원문)
　　昔者庄周梦为蝴蝶，栩栩然蝴蝶也。自喻适志与！不知周也。俄然觉，则蘧蘧然周也。不知周之梦为蝴蝶与？蝴蝶之梦为周与？周与蝴蝶则必有分矣。此之谓物化。(《庄子·齐物论》)

　　[이 우화는 만물은 가히 호상 전화할 수 있고 한데 융합될 수도 있으며 사물과 나와의 계선이 소실될 수도 있는데 이를 '물화'라고 한다는 장주의 제물아(齊物我)리론을 설명하고 있다.]

---

1) 물화(物化): 사물로 변화함.

포정이 소를 잡다
庖丁解牛

　　포정[1]이 량혜왕[2]을 위해서 소를 잡는데 손으로 쇠뿔을 잡아 어깨에 받치게 하고 발로 소를 밟고 무릎으로 소를 누르며 칼질하는데 처음에는 그 소리가 획획 하고 울리다가 칼을 연거퍼 움직여 나가면 샤륵샤륵 소리가 나는데 모두 음률에 맞지 않음이 없었으니 〈상림(桑林)〉의 무악(舞樂)[3]에도 알맞을 뿐만 아니라 〈경수(經首)〉[4] 악곡의 박자에도 딱딱 맞았다.

　　량혜왕이 보고서 감탄했다.

　　"아! 훌륭하구나. 기술이 어쩜 이런 경지에까지 이른단 말인가!"

　　포정이 칼을 내려놓고 대답했다.

　　"제가 좋아하는 것은 도(道)인데 그건 일반 기술보다 더 앞선 것입니다. 처음 제가 소를 잡을 때에는 눈에 뵈는 게 온전한 소 아닌 것이 없었습니다. 그런데 3년이 지나니 온전한 소는 보이지 않게 되었습니다. 지금은 제가 정신을 통해 소를 대하고 눈으로 보지 않습니다. 감각기관의 지각 능력이 활동을 멈추고 대신 신묘한 작용이 움직이면 자연히 결을 따라 커다란 틈새를 치며 커다란 공간에서 칼을 움직이되 본시 그러한 바를 따를 뿐인지라 경락(經絡)과 뼈에 붙은 살과 힘줄이 칼놀림을 조금도 방해하지 않는데 하물며 큰 뼈이겠

---

1) 포정(庖丁): 소나 개, 돼지 따위를 잡는 일을 직업으로 하는 사람.
2) 량혜왕(梁惠王): 원문에는 '文惠君'으로 되여있음.
3) 〈상림(桑林)〉의 무악(舞樂): 옛날 송나라의 춤 이름. 여기서는 소를 잡는 동작이 춤추는 동작처럼 우미하다는 뜻임.
4) 〈경수(經首)〉: 요(堯) 임금이 지은 악곡이라고 함. 여기서는 소를 잡을 때 칼질하는 소리를 형용한 것임.

습니까?"

"솜씨 좋은 포정은 일년에 한번 칼을 바꾸는데 살고기를 베기 때문이고 보통의 포정은 한달에 한번씩 칼을 바꾸는데 뼈를 치기 때문입니다. 지금 제가 쓰고 있는 칼은 19년이 되었고 그동안 잡은 소가 수천마리인데도 칼날이 마치 숫돌에서 막 새로 갈아낸 듯합니다. 뼈마디에는 틈이 있고 칼날 끝에는 두께가 없습니다. 두께가 없는 것을 가지고 틈이 있는 사이로 드놀기 때문에 넓고 넓어서 칼날을 놀리는 데 반드시 남는 공간이 있기 마련입니다. 이 때문에 이 칼은 쓴 지가 19년이 되여도 칼날이 마치 숫돌에서 막 새로 갈아낸 듯합니다. 비록 그러하지만 매양 뼈와 근육이 엉켜 모여 있는 곳에 이를 때마다 저는 그것을 처리하기 어려움을 알고 두려워하면서 경계하여 시선을 한 곳에 집중하고 손놀림을 더디게 합니다. 그 상태에서 칼을 조금씩 조금씩 움직여서 스르륵 하고 고기가 이미 뼈에서 갈라져 마치 흙이 땅에 떨어져 있는 듯하면 칼을 잡고 서서 사방을 돌아보며 태연자약하고 흡족스럽게 칼을 닦아서 간직합니다."

량혜왕이 말했다. "훌륭하다. 내가 포정의 말을 듣고 양생(養生)의 방법을 깨닫게 되였구나."

(원문)
庖丁为文惠君解牛，手之所触，肩之所倚，足之所履，膝之所踦，砉(xū)然向然，奏刀騞然，莫不中音。合于《桑林》之舞，乃中《经首》之会。

文惠君曰："嘻，善哉！技盖(通：盍)至此乎？"

庖丁释刀对曰："臣之所好者道也，进乎技矣。始臣之解牛之时，所见无非牛者。三年之后，未尝见全牛也。方今之时，臣以神遇而不以目视，官知止而神欲行。依乎天理，批大郤，导大窾，因其固然。技经肯綮之未尝，而况大軱(gū)乎！良庖岁更刀，割也；族庖月更刀，折也。今臣之刀十九年矣，所解数千牛矣，而刀刃若新发于硎(xíng)。彼节者有间，而刀刃者无厚；以无厚入有间，恢恢乎其于游刃必有余地矣，是以十九年而刀刃若新发于硎。虽然，每至于族，吾见其难为，怵然为戒，视为止，行为迟。动刀甚微，謋(huò)然已解，如土委地。提刀而立，为之四顾，为之踌躇满志，善刀而藏之。"

文惠君曰："善哉，吾闻庖丁之言，得养生焉。"(《庄子·养生主》)

[이 우화는 일처리를 함에 있어서 맹목성을 피면하고 대상의 자연법칙에 순응하여야 성공할 수 있음을 말해주고 있다.]

혼돈에게 일곱구멍을 내다
凿开七窍

남해의 최고 신은 숙(儵)[1]이고 북해의 최고 신은 홀(忽)이고 중앙의 최고 신은 혼돈(渾沌)이다. 숙과 홀이 때때로 혼돈의 땅에서 서로 만나는데 혼돈이 그들을 매우 잘 대접하였다. 이에 숙과 홀이 혼돈의 은덕에 보답하려고 함께 상의하여 이렇게 말했다. "사람들은 모두 일곱개의 구멍[2]이 있어 보고 듣고 먹고 숨쉬는데 이 혼돈만은

---
1) 숙(儵): 장자가 신화전설을 리용하여 지어낸 허구적인 이름임. '홀, 혼돈'도 역시 그러함.
2) 일곱개의 구멍: 눈, 귀, 입, 코의 일곱 구멍을 가리킴.

없구먼. 시험삼아 구멍을 뚫어줍시다." 그리고 나서 하루에 한구멍
씩 뚫었더니 이레만에 혼돈은 그만 죽어버렸다.

(원문)
南海之帝为儵(shū)，北海之帝为忽，中央之帝为浑沌。儵
与忽时相与遇于浑沌之地，浑沌待之甚善。儵与忽谋报浑沌之
德，曰："人皆有七窍以视听食息，此独无有，尝试凿之。"日凿
一窍，七日而浑沌死。(《庄子·应帝王》)

[이 우화는 만약 사물의 객관법칙을 위배하게 되면 좋은 동기지
만 역시 나쁜 결과를 빚어낼 수 있음을 설명하여주고 있다.]

륜편이 수레바퀴를 깎다
轮扁斫轮

환공(桓公)[1]이 당상에서 글을 읽고 있었는데 륜편(輪扁)[2]이 당
하에서 수레바퀴를 깎고 있다가 망치와 끌을 내려놓고 환공을 올려
다보며 물었다.
"감히 묻습니다. 임금께서 지금 읽고 계시는 것이 어떤 글입니
까?"
환공이 대답했다.
"성인의 말씀이다."

---

1) 환공(桓公): 제(濟)나라의 환공(桓公)임. 춘추 5패의 한 사람임.
2) 륜편(輪扁): 수레바퀴 만드는 장인으로, 이름이 편(扁)임.

"그 성인이 지금 살아있습니까?"

"이미 죽었다."

"그렇다면 임금께서 읽고 계시는 것은 옛사람의 찌꺼기로군요."
이에 환공이 말했다.

"과인이 글을 읽고 있는데 수레만드는 장인 따위가 어찌 론의하는가. 그럴 만한 리유를 댄다면 괜찮겠지만 그렇지 못하면 죽임을 당할 것이다."

륜편이 말했다. "신은 신이 하는 일로 살펴보겠습니다. 수레바퀴를 여유 있게 깎으면 헐거워서 견고하지 못하고 너무 꼭 맞게 깎으면 빡빡해서 들어가지 않으니 여유 있게 깎지도 않고 너무 꼭 맞게 깎지도 않는 것은 손에서 터득하여 마음으로 호응하는 것이여서 입으로 말할 수 없습니다. 교묘한 기술이 그 사이에 있으니 신도 그것을 신의 자식에게 깨우쳐 줄 수 없고 신의 자식도 그것을 신에게서 받을 수 없습니다. 이 때문에 나이가 칠십에 이르러 늙을 때까지 수레바퀴를 깎고 있습니다. 옛사람도 말로는 전할 수 없는 것을 함께 가지고 죽었을 것입니다. 그렇다면 임금께서 읽고 있는 것은 옛사람의 찌꺼기일 따름입니다."

(원문)

桓公读书于堂上，轮扁斫轮于堂下。释椎凿而上，问桓公曰："敢问公之所读者何言邪？"公曰："圣人之言也。"曰："圣人在乎？"公曰："已死矣。"曰："然则君之所读者，古人之糟粕已夫。"桓公曰："寡人读书，轮人安得议乎？有说则可，无说则死。"轮扁曰："臣也，以臣之事观之。斫轮徐则甘而不固，疾则苦而不入，不徐不疾，得之于手而应于心。口不能言，有数存焉于其间。臣不能以喻臣子，臣之子亦不能受之于臣，是以行年七十而老斫轮。古之人与其不可传也死矣。然则君之所读者，古人之糟粕已夫。"(《庄子·天道》)

[수레바퀴 만드는 장인이 실천경험만 강조하고 고서를 찌꺼기로 보는 것은 편파적인 관점이지만 장기간 실천을 통해 쌓은 비법, 기술이 후대에 전해지지 않고 당사자와 함께 사라지는 잔혹한 현실을 말한 것은 일정한 일리가 있는 것이다.]

추녀가 서시를 본따 얼굴을 찡그리다
丑妇效颦

서시(西施)[1]가 속병이 있어 마을에서 얼굴을 찡그리고 다니자 그 마을의 어떤 추녀[2]가 그 모습을 보고 아름답게 여겨 자기도 돌아가 가슴을 부여잡고 마을 사람들 앞에서 얼굴을 찡그려 보이니 그 마을의 부자들은 그 꼴을 보고는 문을 굳게 닫고 밖으로 나오려 하지 않았고 가난한 사람들은 그 꼴을 보고는 처자식을 이끌고 멀리 피해버렸다. 그 추녀는 서시가 얼굴을 찡그린 것을 아름답게 여길 줄만 알았지 그 찡그린 것이 왜 아름다운지 그 까닭을 알지 못한 것이다.

---

1) 서시(西施): 고대에 미인을 이르는 말. 또는 중국 춘추시대 월나라의 미인의 이름. 오나라에 패한 월나라 왕 구천이 서시를 부차에게 보내여 부차가 그 미색에 빠져 있는 사이에 오나라를 멸망시켰다고 함.
2) 추녀: 얼굴이 못생긴 녀인.

(원문)

西施病心而顰其里,其里之丑人见而美之,归亦捧心而顰其里。其里之富人见之,坚闭门而不出;贫人见之,絜妻子而去之走。彼知顰美而不知顰之所以美。(《庄子・天云》)

[못생긴 녀자가 서시의 눈섭 찌프리는 것을 본받는다는 뜻으로 시비나 선악의 기준이 없이 무턱대고 남을 흉내냄을 이르는 말인 한자성구 '동시효빈(東施效矉)'이 바로 이 이야기에서 유래되였다.]

하백이 바다를 보며 탄식하다
望洋兴叹

가을에 큰물이 나서 모든 물이 황하로 흘러들었다. 출렁이는 황하는 어찌 넓은지 건너편 물가에 있는 소와 말을 구별 못할 정도였다. 이 때, 황하의 신 하백(河伯)[1]은 흔연히 스스로 기뻐하여 천하의 아름다움이 모두 자기에게 집중되여 있다고 생각했다. 하백이 흐름을 따라 동쪽으로 가서 북해[2]에 이르러 동쪽을 바라보았더니 아무리 보아도 망망대해만 보일 뿐 바다의 끝을 볼 수 없었다. 이 때에야 하백이 비로소 그 얼굴을 돌려 멍한 눈으로 북해(北海)의 신 약[3](若)을 보고 탄식하며 이렇게 말했다.

"항간의 속담에 이르기를 '도(道)에 대해 조금 들었다고 세상에

---

1) 하백(河伯): 황하의 신.
2) 북해: 발해를 가리킴.
3) 약(若): 바다의 신

나 만한 사람이 없다고 우쭐댄다.'고 했는데 바로 나 같은 사람을 두고 한 말입니다. 뿐만 아니라 나는 일찌기 중니(仲尼)[1]의 견문(見聞)을 적다 하고 백이(伯夷)[2]의 의로운 행동을 가벼이 여기는 이야기를 듣고 처음에는 내가 그것을 믿지 않았더니만, 지금 나는 그대의 끝을 헤아리기 어려운 광대함을 보았습니다. 그러니 내가 당신의 문에 이르지 않았던들 위태로울 번했습니다. 나는 하마트면 큰도리를 깨달은 사람들에게 두고두고 비웃음을 당할 번했습니다."

이에 북해의 신 약이 말했다.

"우물 안 개구리에게 바다에 관한 이야기를 해줄 수 없는 것은 그 개구리가 자신이 머무는 곳에만 얽매여 있기 때문이며 여름벌레에게 얼음에 관한 이야기를 해줄 수 없는 것은 그 여름벌레가 자신이 사는 때에만 얽매여 있기 때문이며, 옹졸한 선비에게 도(道)에 관한 이야기를 해줄 수 없는 것은 그런 선비는 자기가 알고 있는 교리(敎理)에 얽매여 있기 때문이다. 이제 그대는 황하의 량쪽 기슭 사이에서 벗어나 큰 바다를 보고 마침내 그대 자신이 보잘것없음을 알았으니 그대와는 함께 큰도리를 이야기할 만하다."

(원문)

秋水时至, 百川灌河。泾流之大, 两涘、渚崖之间, 不辩牛马。于是焉, 河伯欣然自喜, 以天下之美为尽在己。顺流而东行, 至于北海, 东面而视, 不见水端。于是焉, 河伯始旋其面目。望洋向若而叹曰:"野语有之曰:'闻道百以为莫己若者', 我

---

1) 중니(仲尼): 공자(孔子)의 자임.
2) 백이(伯夷): 은나라 말 주나라 초기의 현인. 이름은 윤(允). 자는 공신(公信). 주나라 무왕이 은나라의 주왕을 치려고 했을 때 아우인 숙제(叔齊)와 함께 간하였으나 받아들여지지 않고 주나라가 천하를 통일하자 수양산으로 들어가 굶어죽었음.

之谓也！且夫，我尝闻少仲尼之闻而轻伯夷之义者，始吾弗信。今我睹子之难穷也。吾非至于子之门，则殆矣！吾长见笑于大方之家。"(《庄子·秋水》)

[큰바다를 바라보며 하는 한탄이란 뜻으로 어떤 일에 자기 자신의 앎이나 힘이 미치지 못할 때에 하는 탄식을 이르는 말로 쓰인 한자성구 '망양지탄(望洋之歎)'이 바로 이 우화에서 유래하였다.]

우물 안의 개구리
浅井之蛙

우물에 사는 개구리가 동해바다에서 온 자라를 만나 자랑했다.
"난 이 우물 안에서 사는 것이 얼마나 즐거운지 모릅니다. 풀쩍 뛰여 우물 방틀에 올라와 놀기도 하고 놀다가 지치면 안에 들어가 돌틈에서 한잠 자기도 한답니다. 그러지 않으면 물에 들어가서는 두 겨드랑이를 물에 찰싹 붙인 채 턱을 고이고 몸을 편안히 물에 잠그고 머리와 입만 내놓든가 또는 부드러운 흙 우에서 거닐든가 하는데 기분이 무척 좋거든요. 장구벌레나 게나 올챙이 따위는 나하고 비길 수도 없습니다. 이 우물은 내가 독차지하고 맘대로 하고 있답니다. 최고로 즐거운 곳입니다. 자라 선생도 여기 우물을 좀 구경해보십시오."
개구리의 말을 듣고 동해의 자라는 우물에 한번 들어가 보려고 작정하였다. 그러나 왼발을 채 들여놓기 전에 오른 다리가 우물 방틀에 걸리였다. 그는 얼른 뒤로 물러나서 망설이다가 청개구리에게 바다에 대한 이야기를 하였다.

"당신은 바다를 본적이 있습니까? 바다의 넓이는 천리도 더 되고 깊이는 천길도 더 됩니다. 옛날 우(禹)임금[1]때는 10년에 9년이나 큰물이 졌지만 바닷물은 별로 붇지 않았고 후에 탕(湯)임금[2] 때에는 8년에 7년이나 왕가물이 들었지만 바닷물은 별로 줄어들지도 않았습니다. 이렇게 세월이 흘러도 꿈만하고 장마나 가물에도 줄고 붇는 법이 없습니다. 그런 바다에서 사는 것이야말로 참으로 유쾌하고 즐겁답니다."

자라의 말을 들은 개구리는 어찌나 놀랐던지 두근거리는 가슴을 안고 우물 안에서 망연자실하였다.

(원문)

井之蛙, 谓东海之鳖曰: "吾乐与! 出跳梁乎井干之上, 入休乎缺甃之崖; 赴水则接腋持颐, 蹶泥则没足灭跗; 还虷、蟹与科斗, 莫吾能若也。且夫擅一壑之水, 而跨跱坎井之乐, 此亦至矣。夫子奚不时来入观乎!" 东海之鳖左脚未入, 而右膝已絷矣。于是逡巡而却, 告之海曰: "夫千里之远, 不足以举其大; 千仞之高, 不足以极其深。禹之时十年九潦, 而水弗为加益; 汤之时八年七旱, 而崖不为加损。夫不为顷久推移, 不以多少进退者, 此亦东海之大乐也。" 于是井之蛙闻之, 适适然惊, 规规然自失也。(《庄子·秋水》)

[여기에 따르는 우리말 속담으로 '우물 안 개구리'가 있으며 한자성어로 '정저지와(井底之蛙)', '감정지와(坎井之蛙)', 감중지와(坎

---

1) 우(禹)임금: 중국 하나라의 시조 우를 임금으로 부르는 말.
2) 탕(湯)임금: 중국 은나라의 초대 임금. 원래 이름은 리(履) 또는 대을(大乙). 박(亳)에 도읍을 정하고 국호를 상(商)이라 하였음.

中之蛙) 등이 있고 정와(井蛙), 정정와(井庭蛙), 정중와(井中蛙) 등 모두 이 우화에서 유래하였다.]

원추와 부엉이
鹓鶵与鸱

혜자(惠子)[1]가 량(梁)나라의 재상이 되자 장자(莊子)가 가서 만나 보려 하였다. 누가 있다가 혜자에게 말했다.

"장자가 와서 당신을 대신해서 재상 자리에 들어앉을 것입니다."

그래서 혜자는 두려워서 온 도성 안을 밤낮 사흘을 샅샅이 수색하여 장자를 붙잡으려 했다. 그러자 장자가 스스로 혜자를 찾아와 이렇게 말했다.

"남쪽에 새가 있는데 그 이름이 원추(鹓鶵)[2]라고 하지. 그대도 알고 있는가? 이 원추는 멀리 남쪽바다에서 날아올라 북쪽바다로 날아가는데 오동나무가 아니면 머물지 않고 련실(練實)[3]이 아니면 먹지 않고 례천(醴泉)[4]이 아니면 마시지 않는다네. 그런데 그 때 부엉이가 썩은 쥐 한 마리를 얻었는데 마침 원추가 그 곳을 지나가게 되었다네. 그랬더니 부엉이가 썩은 쥐를 빼앗길가 두려워 공중을 올려다 보며 꽥 하고 소리를 질렀다더구만. 지금 그대는 자신의

---

1) 혜자(惠子): (약 기원전 390년—기원전 317년) 즉 혜시(惠施)를 가리킴. 전국(戰國) 중기의 송나라 사람으로서 명가(名家)학파의 대표적인 인물임.
2) 원추(鹓鶵): 봉황을 달리 이르는 말.
3) 련실(練實): 대나무 열매. 죽실이라고도 함.
4) 례천(醴泉): 감미로운 샘물.

그 량나라 재상 자리를 가지고 부엉이처럼 나한테 꽥 소리를 지르는 건가?"

(원문)

惠子相梁, 庄子往见之。或谓惠子曰:"庄子来, 欲代子相。"于是惠子恐, 搜于国中三日三夜。庄子往见之, 曰:"南方有鸟, 其名为鹓鶵, 子知之乎? 夫鹓鶵发于南海而飞于北海, 非梧桐不止, 非练实不食, 非醴泉不饮。于是鸱得腐鼠, 鹓鶵过之, 仰而视之曰:'吓!'今子欲以子之梁国而吓我邪?"(《庄子·秋水》)

[이 우화에서는 자기의 비뚤어진 좁은 마음으로 남의 소탈한 흉금을 가늠하며 악랄하게 노는 비렬하고 옹졸한 정객, 속물을 조소, 풍자하고 있다.]

호하 다리에서 물고기를 보다
濠梁观鱼

장자(莊子)와 혜자(惠子)가 호하(濠河)[1]의 다리에서 거닐었다. 장자가 말했다.

"피라미[2]들이 한가로이 놀고 있으니 저게 바로 물고기의 즐거움이구먼."

---

1) 호하(濠河): 강 이름. 지금의 안휘성 풍양(鳳陽) 경내에 있음.
2) 피라미: 잉어과의 민물고기. 몸의 길이가 10~16센치메터밖에 안되는 잔고기임. 조어(鯈魚)라고도 함.

혜자가 말했다. "그대는 물고기가 아닌데 물고기의 즐거움을 어떻게 알 수 있는가?"

장자가 말했다.

"그대는 내가 아닌데 어떻게 내가 물고기의 즐거움을 알지 못하는지 알 수 있겠는가?"

혜자가 말했다.

"내가 그대가 아니기 때문에 그대를 알지 못하거니와 마찬가지로 그대도 당연히 물고기가 아닌지라 그대가 물고기의 즐거움을 알지 못하는 것이 틀림없네."

장자가 말했다.

"다시 처음으로 돌아가 말해보세. 그대가 나를 보고 '자네가 어떻게 물고기의 즐거움을 알 수 있느냐'고 말한 것은 이미 내가 그것을 알고 있음을 알고서 어떻게 아는가고 나에게 물은 것이 아닌가. 나는 그것을 호하(濠河)가에서 알았네."

(원문)

庄子与惠子,游于濠梁之上。庄子曰:"儵鱼出游从容。是鱼之乐也!"惠子曰:"子非鱼,安知鱼之乐?"庄子曰:"子非我,安知我不知鱼之乐?"惠子曰:"我非子,固不知子矣。子固非鱼也,子之不知鱼之乐,全矣。"庄子曰:"请循其本。子曰:'汝安知鱼乐'云者,既已知吾知之而问我。我知之濠上也。"(《庄子·秋水》)

[이 우화는 사람이 능히 사물을 감지할 수 있고 이 점에서는 만물이 다 같다는 관점을 설명하여주고 있다.]

장자가 꿈에 해골을 보다
庄子见髑髅

장자(莊子)가 초(楚)나라로 가던 도중 속이 빈 해골바가지가 앙상하게 형체만 남아 있는 것을 보았다. 장자는 말채찍으로 그 해골을 툭툭 건드리며 질문했다. "그대는 과도하게 삶의 욕망을 추구하다가 도리를 잃어서 이 지경이 된 것인가? 아니면 그대는 나라가 멸망되어 죽었거나 도끼로 주륙당하는 형벌에 처해져 이렇게 된 것인가? 또는 그대는 좋지 못한 짓을 저질러 부모와 처자에게 치욕을 남기게 된 것을 부끄럽다고 자살하여 이렇게 된 것인가? 아니면 추위와 기아의 고통을 겪다가 이렇게 된 것인가? 아니면 그대의 수명이 다해서 이렇게 된 것인가?"

이에 말을 끝마치고 해골을 끌어당겨 베개 삼아 베고 누워 잤는데 한밤중에 해골이 꿈에 나타나 이렇게 말했다.

"당신이 말하는 걸 들으니 완전 달변이더구먼. 그런데 당신이 이야기한 것들은 모두 산 사람들의 걱정거리인데 죽게 되면 그런 고뇌가 없다오. 죽은 사람의 이야기를 어디 한번 들어보시겠소?"

장자가 말했다.

"그럼 어디 말해보시우. 들어보리다."

해골이 말했다.

"죽음의 세계는 우로는 군주가 없고 아래로는 신하가 없으며 또한 계절에 따라 쫓기는 일도 없소. 자유롭게 천지자연의 장구한 시간을 봄가을로 삼으니 비록 천하를 다스리는 왕의 즐거움이라 할지라도 이보다 더 즐거울 수가 없다오."

장자는 그 말을 믿지 않고 말했다.

"내가 수명을 관장하는 신더러 당신 육체를 다시 살아나게 해서 당신의 뼈와 살점과 살갗을 만들고 당신의 부모처자와 동네의 지인들에게 돌려보낼 테니 당신 그것을 바라는가?"

그러자 해골은 언짢아서 상을 잔뜩 찌프리며 "내가 어찌 남면(南面)하는 왕의 즐거움보다도 더 즐거운 이 죽음의 세계를 버리고 다시금 인간에 가서 고생을 한단 말이오?"라고 말하는 것이였다.

(원문)

庄子之楚，见空髑髅，髐然有形。撽以马捶，因而问之，曰："夫子贪生失理而为此乎？将子有亡国之事、斧钺之诛，而为此乎？将子有不善之行，愧遗父母妻子之丑，而为此乎？将子有冻馁之患，而为此乎？将子之春秋故及此乎？"于是语卒，援髑髅，枕而卧。

夜半，髑髅见梦曰："子之谈者似辩士，视子所言，皆生人之累也，死则无此矣。子欲闻死之说乎？"庄子曰："然。"髑髅曰："死，无君于上，无臣于下，亦无四时之事，从然以天地为春秋，虽南面王，乐不能过也。"庄子不信，曰："吾使司命复生子形，为子骨肉肌肤，反子父母、妻子、闾里、知识，子欲之乎？"髑髅深矉蹙頞曰："吾安能弃南面王乐，而复为人间之劳乎？"(《庄子·至乐》)

[이 우화는 사회적 악이 조성한 염세사상을 폭로한 것으로서 언어가 형상적이고 우의(寓意)가 심각하다.]

멍청한 꼴이 나무를 깎아 만든 닭 같다
呆若木鸡

기성자(紀渻子)¹⁾가 왕²⁾을 위해 싸움닭을 훈련시켰다. 열흘이 지나자 왕이 물었다.

"싸움닭이 다 되였는가?"

기성자가 말했다.

"아직 안되였습니다. 지금은 공연히 센 척하면서 집적거릴가 합니다."

또 열흘이 지나서 왕이 다시 물어보자 기성자가 대답했다.

"아직 못되였습니다. 약간한 기척에도 민감해하고 있습니다."

그리고 나서 열흘이 지나자 왕이 또 물으니 기성자가 대답했다.

"아직도 안됩니다. 지금은 다른 닭을 노려보며 혈기를 드러내고 있습니다."

또 열흘이 지나 왕이 물어보자 기성자가 대답했다.

"이제는 거의 훈련되였습니다. 어쩌다 두어마디 꺽꺽거리기나 할 뿐 아무런 반응이 없습니다. 바라보면 마치 나무로 깎아서 만든 닭 같습니다. 이제는 침착하게 싸움에 대처할 수 있는 본연의 덕(德)이 완전히 갖추어지게 되였습니다."

이 닭이 싸움판에 나서자 다른 닭들은 감히 맞서지 못하고 달아나버리는 것이였다.

---

1) 기성자(紀渻子): 사람 이름임.
2) 왕:《렬자・황제편(列子・黃帝篇)》에서는 주선왕이라고 하였음.

(원문)

紀渻子为王养斗鸡。十日而问："鸡已乎？"曰："未也，方虚骄而恃气。"十日又问。曰："未也，犹应响景。"十日又问。曰："未也，犹疾视而盛气。"十日又问。曰："几矣，鸡虽有鸣者，已无变矣。"望之，似木鸡矣，其德全矣。"异鸡无敢应者，反走矣。(《庄子·达生》)

[이 우화는 싸움닭을 길들이는 과정을 통하여 최상의 수양은 허장성세나 감정충동 대신 내재적인 실력을 착실하게 쌓아가야 함을 설명하였다.]

산의 나무와 거위
山木与雁

장자(莊子)가 산속을 가다가 가지와 잎사귀가 무성한 큰 나무를 보았는데 벌목군들은 그 옆에 있으면서도 그 나무를 베지 않았다. 그래서 그 까닭을 물었더니 하는 말이 "별로 쓸 것이 못된다."라고 하는 것이였다.

이에 장자가 말했다.

"이 나무는 쓸모가 없기 때문에 제 수명을 다할 수 있구나."

장자가 산에서 나와 옛 친구의 집에서 묵게 되였다. 친구가 기뻐하며 아이 종에게 거위를 잡아 료리하라고 시켰더니 아이 종이 이렇게 여쭈는 것이였다.

"한마리는 잘 우는데 한마리는 울지 못합니다. 어느 것을 잡을 가요?"

그러자 주인이 말했다.

"울지 못하는 놈을 잡아라."

다음 날 제자가 장자에게 물었다. "어제 산중의 나무는 쓸모가 없기 때문에 제 수명을 다할 수 있었고 지금 주인집 거위는 쓸모가 없었기 때문에 죽었으니 선생께서는 스스로 어떻게 처신하시는 것이 좋겠습니까?"

장자가 웃으면서 말했다.

"나는 쓸모 있음과 쓸모 없음의 사이에 머물 것이다. 그런데 쓸모 있음과 쓸모 없음의 사이에 머무는 것은 한편으로는 그럴 듯하지만 아직 완전한 옳바름이 아니기 때문에 세속의 번거로움을 면치 못할 것이다. 하지만 도(道)와 덕(德)을 타고 어디든 정처없이 떠다니듯 노니는 사람은 그렇지 않다. 명예도 없고 비방도 없이 한번은 하늘에 오르는 룡이 되었다가 또 한번은 땅속을 기는 뱀이 되어 때와 함께 변화하면서 한가지를 오로지 고집하는 것을 기꺼워하지 않는다. 한번 하늘 높이 올라가고 한번 땅속 깊이 내려감에 조화로움을 한량으로 삼아서 만물의 시초에 자유롭게 노닐며 만물을 만물로 존재하게 하면서도 스스로는 사물에 의해 사물로 규정받지 않으니 어떤 사물이 그것을 시끄럽게 할 수 있겠는가? 이것이 옛날 신농(神農)1)과 황제(黃帝)2)가 지켰던 삶의 법칙이다. 그런데 만물의 실정(實情)과 인간세상사의 전변(轉變)은 그렇지 않다. 그래서 합치였다가는 갈라지고 완성된 듯 싶으면 파괴되고 모가 났다 하면 어느새 다슬어지고 존귀하다 싶으면 어느새 몰락하고 훌륭한 행동을 하는

---

1) 신농(神農): 신농씨. 중국 고대 전설의 제왕. 삼황(三皇)의 한 사람.
2) 황제(黃帝): 헌원씨. 중국 고대 전설의 제왕. 삼황(三皇)의 한 사람.

인간이다 싶으면 무너지고 현명하면 모함에 걸리고 어리석으면 기만당하니 어찌 기피할 수 있겠는가. 슬픈 일이다. 제자들은 잘 기억해 두어라. 오직 도와 덕일 뿐인 것을."

(원문)

庄子行于山中，见大木，枝叶盛茂。伐木者止其旁而不取也。问其故，曰："无所可用。"庄子曰："此木以不材得终其天年。"夫子出于山，舍于故人之家。故人喜，命竖子杀雁而烹之。竖子请曰："其一能鸣，其一不能鸣，请奚杀？"主人曰："杀不能鸣者。"

明日，弟子问于庄子曰："昨日山中之木，以不材得终其天年；今主人之雁，以不材死。先生将何处？"庄子笑曰："周将处乎材与不材之间。材与不材之间，似之而非也，故未免乎累。若夫乘道德而浮游则不然，无誉无毁，一龙一蛇，与时俱化，而无肯专为。一上一下，以和为量，浮游乎万物之祖。物物而不物于物，则胡可得而累邪！此神农、黄帝之法则也。若夫万物之情，人伦之传则不然：合则离，成则毁，廉则挫，尊则议，有为则亏，贤则谋，不肖则欺。胡可得而必乎哉！悲夫，弟子志之，其唯道德之乎！(《庄子·山木》)

[이 우화는 령리하게 처세하여야 몸에 닥치는 화를 피면할 수 있다는 도리를 설명한 것임.]

려관의 두 첩
逆旅二妾

양자(陽子)[1]가 송(宋)나라에 갔다가 려관에서 하루밤 묵었다. 려관 주인에게 두명의 첩이 있었는데 그중 한명은 미녀이고 또 다른 한명은 추녀였다. 그런데 추녀가 귀한 대접을 받고 미녀가 박대받고 있었다.

양자가 그 까닭을 물었더니 젊은 려관주인이 이렇게 말했다.

"미녀는 스스로 아름답다고 여기는지라 제가 오히려 아름다운지 알지 못하겠고 추녀는 스스로 추하다고 여기는지라 제가 오히려 추한지 알지 못하겠습니다."

양자는 따라온 제자들에게 말했다.

"제자들아, 잘 기억해 두어라. 현명하게 행동하면서도 스스로 현명하다고 과시하는 태도를 버리면 어디 간들 사람들에게 사랑받지 않겠는가."

(원문)

阳子之宋, 宿于逆旅。逆旅人有妾二人, 其一人美, 其一人恶, 恶者贵而美者贱。

阳子问其故, 逆旅小子对曰: "其美者自美, 吾不知其美也; 其恶者自恶, 吾不知其恶也。"

阳子曰: "弟子记之, 行贤而去自贤之行, 安往而不爱

---

1) 양자(陽子): 양주(楊朱)를 가리킴. 전국시기 철학자. '위아(爲我)'를 제창한 자기중심적 주장을 내세웠음.

哉?"(《庄子·山木》)

[이 우화는 스스로 '자기가 곱다'고 여기는 녀인과 스스로 '자기는 밉다'고 여기는 녀인에 대한 주변의 평가를 통하여 자기를 곱다고 여기면서 잘난 체하면 주변 사람들의 랭대를 받게 되고 자기를 밉다고 여기면서 매사에 겸허하면 오히려 주변 사람들의 존경을 받게 됨을 설명해주고 있다.]

촉씨와 만씨의 싸움
触蛮战争

대진인(戴晉人)[1]이 위(魏)나라 임금에게 말했다.
"임금께서 혹시 달팽이를 아십니까?"
"알고 있소."
"달팽이의 왼쪽 뿔에 나라를 세우고 있는 군주가 있는데 촉씨(觸氏)라고 합니다. 또 달팽이의 오른쪽 뿔에 나라를 세우고 있는 군주가 있는데 만씨(蠻氏)라고 합니다. 어느 때에 이 두 나라가 서로 령토를 다투는 전쟁을 일으켜 싸움터에 쓰러진 시체가 수만이나 되였는데 패배한 적을 십여일이나 추격한 뒤에 회군하였습니다."
"허허, 거 실없는 소리를 다하는구면."
"그러면 제가 임금님을 위하여 이 이야기를 실증해 보이겠습니다. 임금님께서는 생각하시기에 우주공간의 상하 사방에 다함이 있다고 생각하십니까?"

---

1) 대진인(戴晉人): 위(魏)나라의 현인임. 혜시가 위왕(魏王)에게 천거하였음.

임금이 말했다.
"그야 무한하지."
대진인이 말했다.
"무한한 상하 사방에 마음을 노닐게 할 줄 알면서 다시 인적이 통하는 한 나라에 마음을 두면 한 나라가 있는 것 같기도 하고 없는 것 같기도 한 작은 존재로 여겨질 것입니다."
임금이 말했다.
"그렇소."
대진인이 말했다.
"인적이 통하는 나라중에 위(魏)라는 나라가 있고 위나라 안에 서울인 대량(大梁)이 있고 대량 안에 임금님께서 계신 것입니다. 이렇게 볼 때 임금님의 존재와 달팽이 오른쪽 뿔 위의 군주인 만씨(蠻氏)와 무슨 구별이 있겠습니까?"
임금이 말했다.
"구별이 없구먼."
하여 손님들이 가버린 후 임금이 망연자실하며 심란에 빠졌다.

(원문)

戴晋人曰: "有所谓蜗者, 君知之乎?" 曰: "然"。"有国于蜗之左角者曰触氏, 有国于蜗之右角者曰蛮氏。时相与争地而战, 伏尸数万, 逐北旬有五日而后反。" 君曰: "噫! 其虚言与?" 曰: "臣请为君实之。君以意在四方上下有穷乎?" 君曰: "无穷。" 曰: "知游心于无穷, 而反在通达之国, 若存若亡乎?" 君曰: "然"。曰: "通达之中有魏, 于魏中有梁, 于梁中有王。王与蛮氏有辩乎?" 君曰: "无辩。" 客出而君惝然若有亡也。(《庄子·则阳》)

[이 우화의 함의는 대천세계에서 우리는 모두 아주 미소한 존재이고 우리는 마땅히 생명을 아껴야 하며 우리의 이 세계를 귀중하게 여겨야 한다는 것이다.]

장자가 쌀을 꾸다
庄周借粟

장주(莊周)[1]는 집이 가난했다. 그래서 어느 날 감하후(監河侯)[2]에게 쌀을 꾸러 갔다. 감하후가 말했다.

"그러지요. 내가 이제 봉읍 안의 조세를 받아서 선생께 300금을 빌려드리겠습니다. 그러면 되겠습니까?"

그 말에 장주는 몹시 노여워하였다. 그는 발연변색하며 이렇게 말했다.

"내가 어저께 이리로 올 때 도중에 나를 부르는 소리가 났습니다. 그래서 돌아보았더니 수레바퀴 자국의 물 고인 곳에 붕어가 한 마리 있었습니다. 그래서 내가 물었습니다. '붕어야, 너는 거기서 뭘 하고 있느냐?' 그랬더니 붕어가 말하기를 '나는 동해의 파도를 맡은 신하인데 지금 여기 이렇게 떨어져 있습니다. 그대는 한말 한되 적은 량의 물이라도 좋으니 가지고 와서 나를 좀 살려주십시오.'라고 하는 것이었습니다. 그래서 내가 '그렇게 하기오. 내가 지금 남쪽의 오(吳)나라와 월(越)나라 왕한테 유세하러 가는데 이제 가서 서강

---

1) 장주(莊周): 장자를 가리킴.
2) 감하후(監河侯): 황하를 관리하는 관리.

(西江)¹⁾의 물을 끌어다가 그대를 바다로 보내게 하겠소. 그러면 되겠지?' 하고 말했습니다. 그랬더니 그 붕어가 발연변색하며 말하기를 '나는 지금 늘 함께 있어야 할 물이 없어서 몸을 둘 곳이 없습니다. 당장 한말 한되의 물만 있어도 충분히 살 수 있겠는데 당신이 이런 헛소리를 하니 차라리 일찌감치 나를 건어물전²⁾에 가서 찾는 것이 더 나을 것입니다.'라고 하였습니다."

(원문)

庄周家贫, 故往贷粟于监河侯。监河侯曰:"诺。我将得邑金, 将贷子三百金, 可乎?"庄周忿然作色, 曰:"周昨来, 有中道而呼者, 周顾视, 车辙中有鲋鱼焉。周问之曰:'鲋鱼, 来! 子何为者邪'对曰:'我, 东海之波臣也。君岂有斗升之水而活我哉?'周曰:'诺!且南游吴、越之王, 激西江之水而迎子, 可乎?"鲋鱼忿然作色, 曰:'吾失我常与, 我无所处。吾得斗升之水然活耳, 君乃言此, 曾不如早索我于枯鱼之肆!"(《庄子·外物》)

[이 우화는 처지가 곤핍한 사람에게는 약간의 도움이라도 절실히 필요하기에 마땅히 선뜻 도와주어야 하며 말로만 도와준다고 흰소리쳐서는 아니 됨을 설명한 것이다.]

---

1) 서강(西江) : 장강을 가리킴.
2) 건어물전(乾魚物廛) : 생선, 조개류 따위를 말린 식품을 전문적으로 파는 가게.

임공자가 대어를 낚다
任公为钓

　　임(任)나라의 한 공자(公子)가 커다란 낚시바늘을 만들고 굵은 검은 바줄을 굵게 꼬아서 낚시줄을 만든 다음 불친소 50마리를 낚시 미끼로 삼아 회계산(會稽山)[1]에 올라가 앉아서 동해에 낚시줄을 던져놓고 매일 아침 낚시하였다. 그런데 일년이 지났는데도 물고기를 잡지 못했다. 그러던 어느 날 커다란 물고기가 미끼를 물었다. 거대한 낚시바늘을 끌고 엄청나게 큰 소를 입에 문 채 바다 속으로 빠져들어 밑바닥까지 내려갔다가 다시 바다 우로 뛰여올라 등지느러미를 마구 휘둘러대니 산 같은 파도가 일어나며 바다가 뒤집힐 듯 요동쳤다. 그 신음소리는 귀신의 울부짖음과 같아서 천리 밖에 사는 사람들까지 놀라고 두려워났다. 임(任)나라의 공자는 그 물고기를 잡은 다음 베여서 포를 만드니 전당강(錢塘江)[2]의 동쪽에서부터 창오(蒼梧)[3]의 북쪽에 이르기까지의 사람들이 이 물고기의 포를 배불리 먹지 못한 사람이 없었다. 후세에 혀 놀리기 좋아하는 속물들이 서로 이 이야기를 전하며 크게 놀라워마지 않았다. 가느다란 낚시줄을 맨 보통의 낚시대를 쳐들고 보도랑이나 따라다니며 붕어 따위 잔고기를 지켜보고 낚으려는 자는 이런 대어를 낚기 어렵다.

---

1) 회계산(會稽山): 절강 소흥북부평원의 남부에 자리잡고 있음.
2) 전당강(錢塘江): 원문에는 '制河'로 되여 있음. 절강성 북부를 흐르는 강. 동북쪽으로 항주만(杭州灣)에 흘러듦.
3) 창오(蒼梧): 옛날 고장 이름. 지금의 호남 구의산(九嶷山) 이남과 광서의 하강(賀江), 계강(桂江), 울강(郁江) 지역임.

(원문)

　　任公子为大钓巨缁，五十犗以为饵，蹲乎会稽，投竿东海，旦旦而钓，期年不得鱼。已而，大鱼食之，牵巨钩䧹没而下，骛扬而奋鬐，白波若山，海水震荡，声侔鬼神，惮赫千里。

　　任公子得若鱼，离而腊之，自制河以东，苍梧以北，莫不厌若鱼者。已而后世辁才讽说之徒，皆惊而相告也。夫揭竿累，趣灌渎，守鲵、鲋，其于得大鱼，难矣！(《庄子·外物》)

　　[이 우화는 원대한 포부가 있어야 할 뿐만 아니라 시간을 들여야 하고 노력을 하여야 비로소 대업을 이룰 수 있음을 설명한 것이다.]

신귀가 곤경에 빠지다
神龜被困

　　송원군(宋元君)[1]이 한밤중에 꿈을 꾸었다. 꿈에 어떤 사람이 머리를 풀어헤치고 궁실 쪽문을 들여다보면서 이렇게 말했다.

　　"저는 재로(宰路)[2]라고 하는 못에서 왔습니다. 저는 청강(清江)의 수신의 분부로 하백(河伯)[3]이 있는 곳에 심부름을 왔는데 어부 여저(余且)[4]에게 잡혔습니다."

---

1) 송원군(宋元君): 송원공임. 춘추시기 송나라 군주임. 기원전 531년부터 기원전 517년까지 재위하였음.
2) 재로(宰路): 물 이름. 깊은 못임.
3) 하백(河伯): 황하의 신.
4) 여저(余且): 어부의 이름.

원군이 꿈에서 깨여나 사람을 불러 해몽하게 하였더니 이렇게 말하는 것이였다.

"이 거부기는 신귀입니다."

그래서 원군이 좌우를 보며 말했다.

"어부 가운데 여저라는 자가 있는가?"

좌우가 말했다.

"있습니다."

"여저를 조회에 나오게 하라."

다음 날 여저가 조회에 나오자 원군이 말했다.

"물고기 잡으러 가서 무엇을 잡았는가?"

여저가 대답했다.

"제 그물에 흰 거부기가 잡혔는데 등딱지 직경이 다섯자나 됩니다."

원군이 말했다. "그 거부기를 나에게 헌상하라."

어부가 거부기를 가져오자 원군은 이 거부기를 죽여야 할지 살려줘야 할지 몰라 두어번 망설이다가 점을 치게 하였다. 그랬더니 '거부기를 죽여서 그걸로 점을 치면 길할 것입니다.'라고 하였다. 그래서 마침내 거부기의 배를 가르고 내장을 다 꺼내고 등딱지를 가지고 점을 쳤는데 수십번이나 쳤어도 점이 맞지 않은 일이 한번도 없었다.

공자는 이렇게 말하였다. "그 신귀는 송원군의 꿈에 나타날 정도로 신통력이 있었지만 여저의 그물을 피할 수 없었고 수십번이나 점쳐도 길흉을 정확히 알아맞히는 그 지혜를 가지고 있음에도 내장이 갈라져 목숨을 잃는 재앙을 피할 수는 없었다. 이와 같다면 지력(智力)이라고 하는 것도 막히는 경우가 있으며 신통력이라고 하는 것도 미치지 못하는 경우가 있는 것이다. 비록 최고의 지혜를 가지고 있는 사람이라 하더라도 만사람이 지혜를 모은다면 당해내지 못할 것이다."

(원문)
宋元君夜半而梦人被发窥阿门, 曰: "予自宰路之渊, 予为清江使河伯之所, 渔者余且得予。"

元君觉, 使人占之, 曰: "此神龟也。" 君曰: "渔者有余且乎?" 左右曰: "有。" 君曰: "令余且会朝。"

明日, 余且朝, 君曰: "渔何得?" 对曰: "且之网得白龟焉, 其圆五尺。" 君曰: "献若之龟。" 龟至, 君再欲杀之, 再欲活之, 心疑, 卜之, 曰: "杀龟以卜吉。" 乃刳龟, 七十二钻而无遗筴。

仲尼曰: "神龟能见梦于元君, 而不能避余且之网; 知能七十二钻而无遗策, 不能避刳肠之患。如是, 则知有所困, 神有所不及也。虽有至知, 万人谋之。"(《庄子·外物》)

[이 우화는 제아무리 귀신같이 점 잘치는 신귀일지라도 자기 앞날을 예측 못한다는 것을 통해 비록 아무리 총명한 사람일지라도 만인의 지혜를 못당함을 설명한 것이다.]

제 그림자를 두려워하고 제 발자국을 싫어하다
畏影恶迹

어떤 사람이 자기 그림자가 무섭고 자기 발자국이 싫어서 그것을 떨쳐내려고 달음박질하여 도망친 자가 있었는데 발을 들어 올리는 회수가 많으면 많을수록 그만큼 발자국도 더욱 많아졌고 빨리 뛸수록 그림자도 함께 빨리 뛰면서 몸에서 떨어지지 않았다. 자신의 달음박질 속도가 더디다고 스스로 단정한 그 사람은 더 힘을 내여 쉬지 않고 뛰다가 종당에는 기진하여 죽고 말았다. 그늘에 들어가 그림자를 없애고 조용히 멈춰서도 발자국이 나지 않건만 그것을 몰랐으니 어리석음이 또한 너무 한심하다.

(원문)
人有畏影恶迹而去之走者，举足愈数而迹愈多，走愈疾而影不离身，自以为尚迟，疾走不休，绝力而死。不知处阴以休影，处静以息迹，愚亦甚矣。(《庄子·渔父》)

[이 우화는 원인을 모르고 맹목적으로 행동하는 것을 풍자한 것이다.]

바람소리가 나게 도끼를 휘두르다
运斤成风

　　장자(莊子)가 장례식에 참석하러 가다가 혜자(惠子)¹⁾의 묘 앞을 지나게 되였다. 그는 따르는 제자를 돌아보며 이런 말을 하였다.
　　"영도(郢都)²⁾ 사람중에 자기 코끝에다 백토를 파리날개 만큼 얇게 바르고 성이 석(石)가인 장인더러 도끼로 그것을 깎아내게 하자 장인 석씨가 도끼를 바람소리가 날 정도로 휘두르며 백토를 깎았는데 백토는 다 깎이여졌지만 코는 조금도 다치지 않았다. 그 영도 사람도 똑바로 딱 선 채 자세가 조금도 흐트러지지 않았다. 송원군(宋元君)³⁾이 그 이야기를 듣고 그 장인 석씨를 불러 '어디 시험 삼아 나한테도 한번 해보게.' 하니까 장인 석씨가 하는 말이 '제가 이전에는 그렇게 할 수 있었지만 지금은 이 기술을 쓸 만한 상대가 죽은 지 오래되였습니다.'라고 하였다더군. 그 장인 석씨가 상대가 없어진 것처럼 지금 나도 혜시가 죽은 뒤로 같이 더불어 변론할 사람이 없어지고 말았구나."

　　(원문)
　　庄子送葬, 过惠子墓。顾谓从者曰: "郢人垩慢其鼻端, 若蝇翼。使匠石斲之, 匠石运斤成风, 听而斲之, 尽垩而鼻不伤; 郢

---

1) 혜자(惠子): 즉 혜시(惠施)를 가리킴. 전국 중기의 송나라 사람으로서 명가(名家) 학파의 대표적인 인물임.
2) 영도(郢都): 초나라의 도읍임.
3) 송원군(宋元君): 송원공임. 춘추시기 송나라 군주임. 기원전 531년부터 기원전 517년까지 재위하였음.

人立不失容. 宋元君闻之, 召匠石曰: '尝试为寡人为之.' 匠石曰: '臣则尝能斫之. 虽然, 臣之质死久矣.' 自夫子之死也, 吾无以为质也, 吾无与言之矣."(《庄子·徐无鬼》)

[이 우화는 석수장인의 솜씨도 아주 출중하지만 같이 낯빛 하나 변치 않고 협력해주는 조수가 있었기에 그 솜씨를 발휘할 수 있었다는 것을 통하여 한가지 일을 성공하려면 각 방면의 밀접한 협력이 있어야 이루어낼 수 있다는 것을 설명한 것이다.]

룡 잡는 기술
屠龍之技

주평만(朱泙漫)은 지리익(支離益)[1]에게서 룡을 잡는 기술을 배웠는데 천금의 가산을 써서 3년 만에 그 기술을 완전히 장악하였다. 하지만 그 뛰어난 기술을 어디에다 쓸 곳이 없었다.

(원문)
朱泙漫学屠龙于支离益. 单千金之家. 三年技成, 而无所用其巧.(《庄子·列御寇》)

[아무리 교묘하고 탁월해도 실용적 가치가 없는 기술을 비유적으로 이르는 말로 룡을 잡는 기술이란 뜻의 '도룡지기(屠龍之技)'라

---
1) 주평만(朱泙漫), 지리익(支離益): 두 사람 모두 장자가 문장의 전개를 위해 내세운 허구적인 인물임.

는 성구가 바로 이 우화에서 유래된 것이다.]

치질을 핥아주고 수레를 얻다
舐痔结驷

　　송(宋)나라 사람중에 조상(曹商)이라는 사람이 있었는데 송나라 왕의 사신으로 진(秦)나라에 갔다. 갈 적에는 송나라 왕이 수레 몇대 주었을 뿐인데 진나라에 가서 어찌나 진나라 왕의 환심을 샀던지 돌아올 때 진왕이 그를 좋아한 나머지 수레 100대를 주었다.

　　조상이 돌아와 장자를 찾아보고 이런 말을 했다. "당신처럼 가난한 마을의 비좁고 지저분한 골목에서 짚신이나 삼아 겨우 입에 풀칠하며 겨릅대 같은 마른 목에 얼굴이 누래져 가지고 사는 건 나로서는 도저히 할 수 없는 것이 내 단점일세. 하지만 일단 만승 대국의 군주를 만나 그를 설복시켜 수레 100대나 나를 따르게 하는 것 같은 건 내가 해낼 수 있는 장점이라네."

　　이에 장자가 말했다. "진왕(秦王)이 병이 나 의사를 부르니 종기를 터뜨리고 부스럼을 없애주는 자에게는 수레 한대를 주고 치질을 핥아 고쳐 준 자에게는 수레 다섯대를 주었으니 치료받을 부위가 아래로 내려갈수록 수레를 더 많이 주는 것이였네. 그대는 아마 진왕의 치질이라도 핥아주었나 보군. 그러지 않고서야 어떻게 그렇게 많은 수레를 얻었단 말인가. 그러니 당장 여기서 떠나게."

　　(원문)
　　宋人有曹商者，为宋王使秦。其往也，得车数乘；王说之，益车百乘。反于宋，见庄子曰："夫处穷闾阨巷，困窘织屦，槁项黄馘者，商之所短也；一悟万乘之主而从车百乘者，商之所长也。"庄子曰："秦王有病召医，破痈溃痤者得车一乘，舐痔者得车五乘，所治愈下，得车愈多。子岂治其痔邪，何得车之多也？子行矣！"（《庄子·列御寇》）

[이 우화에서는 부귀, 재산을 위해서라면 그 어떤 짓도 서슴지 않는 무치한 자를 생동하고도 신랄하게 비판하였다.]

《렬자(列子)》의 우화

기나라 사람이 하늘이 무너질가봐 근심하다
杞人忧天

기(杞)나라[1]에 하늘이 무너지고 땅이 꺼지면 몸 둘 바가 없을 것이라 근심하여 침식을 전폐한 어떤 사람이 있었다. 또 이런 근심을 하는 사람을 걱정해서 한 사람이 일부러 찾아와서 일깨워주었다.

"하늘이란 기가 어디라 없이 가득 차 있다오. 그래서 당신이 그 속에서 몸을 굽혔다 폈다 하고 호흡하며 종일 하늘 속에서 생활하면서 왜 하늘이 무너진다고 걱정한단 말이오?"

그러자 기나라 사람이 이렇게 물었다.

"하늘이 과연 기가 쌓여 이루어졌다면 해와 달과 별은 마땅히 떨어져야 하지 않나요?"

일깨워주는 사람이 설명해주었다.

"해와 달과 별도 또한 기운이 쌓여 있는 가운데 빛이 있는 것이라 비록 떨어지더라도 거기 맞아서 상할 수도 없다오."

---

1) 기(杞) 나라: 춘추시기 나라 이름. 지금의 하남성 기현에 있었음.

그러나 기나라 사람은 또 이렇게 묻는 것이였다.
"그럼 어찌하여 땅은 무너지지 않나요?"
일깨워주는 사람이 또 이렇게 설명하였다.
"땅은 기운이 뭉쳐서 이루어진 것이니 어찌 그 무너짐을 근심하리요?"
그 기나라 사람은 근심을 풀고서 크게 기뻐하게 되였고 일깨워준 사람도 걱정을 풀고서 크게 기뻐하였다.

(원문)

杞国有人，忧天地崩坠，身亡所寄，废寝食者。又有忧彼之所忧者，因往晓之，曰："天，积气耳，亡处亡气。若屈伸呼吸，终日在天中行止，奈何忧崩坠乎？"其人曰："天果积气，日月星宿，不当坠邪？"晓之者曰："日月星宿，亦积气中之有光耀者，只使坠，亦不能有所中伤。"其人曰："奈地坏何？"晓者曰："地积块耳，充塞四虚，亡处亡块。若躇步跐蹈，终日在地上行止，奈何忧其坏？"其人舍然大喜。晓之者亦舍然大喜。(《列子·天瑞》)

[쓸데없는 근심걱정을 한다는 뜻의 한자성어 '기인우천(杞人憂天)', '기인지우(杞人之憂)'가 바로 이 우화에서 유래된 것이다.]

국씨가 훔치기를 잘하다
国氏善盗

　　제나라에 한 부자가 있는데 성이 국(國)씨이고 송나라에 한 가난뱅이가 있는데 성이 향(向)씨였다. 향씨는 제나라에 와서 국씨를 찾아 부유해지는 방법을 가르쳐달라고 청들었다.
　　이에 국씨는 향씨에게 그 방법을 알려주었다.
　　"나는 훔치기를 좋아해 첨부터 도적질로 시작하였소. 그래서 첫해는 생활을 유지할 수 있었고 이듬해부터는 먹고쓰는 데 여유가 있게 되였고 삼년 째 되니 집안이 가멸차게 되였소. 그래서 그 이후부터는 향리의 이웃들에게 베풀어주기 시작했다오."
　　향씨는 듣고나서 크게 기뻐하였다. 하지만 그는 도적질했다는 말만 들었지 구경 무엇을 어떻게 도적질하였는지는 알지 못하였다. 그래서 남의 집 담을 뚫고 집문을 마스고 들어가 손에 잡히는 대로 눈에 보이는 대로 마구 훔쳐 제집으로 가져왔다. 이러다 얼마 안 가서 그는 장물과 함께 붙잡히였고 집의 모든 재산을 몰수당하였다. 향씨는 자신을 국씨가 해쳤다고 생각하고 국씨를 찾아와 원망하였다. 국씨가 물었다.
　　"당신은 대체 훔치기를 어떻게 하였기에 그럽니까?"
　　향씨는 자기가 도적질을 한 경위를 죽 이야기하였다. 국씨는 듣고 나서 허허 웃으며 말하였다.
　　"당신은 내가 하는 방법과는 너무도 동떨어진 짓을 해 이 지경이 되였구먼! 내 지금 말해주리다. 하늘에는 시기라는 것이 있고 땅에는 실리라는 것이 있소. 내가 도적질한 것은 바로 이 천지의 시기와 실리라오. 구름과 비는 만물을 적셔주고 산과 호수는 만물을 키워주는데 난 그것을 훔쳐온다오. 그래서 그것으로 내 농사를 하고 담장과 집을 짓고 금수를 사냥하고 어별을 잡고 하였으니 어느 것 하나 훔치지 않은 것이 없소. 무릇 곡식, 토목, 금수, 어별, 모두가 하늘이 내린 것이지 어찌 내 것이라고 할 수 있겠소? 하지만 나는 하늘의 것을 도적질하였기에 아무런 재앙도 당하지 않았소. 그런데 당신이 훔친 금은재보며 곡물이나 비단 따위는 남이 모아놓은 것이지 그게 어디 하늘의 것이요? 당신은 그걸 훔쳐서 판결 받았으니 누구를 원망하겠소?"

(원문)

齐之国氏大富，宋之向氏大贫，自宋之齐请其术，国氏告之曰："吾善为盗，始吾为盗也，一年而给，二年而足，三年大穰，自此以往，施及州闾。"向氏大喜，喻其为盗之言，而不喻其为盗之道，遂逾垣凿室，手目所及亡不探也，未及时以赃获罪，没其先居之财。

向氏以国氏之谬己也，往而怨之。国氏曰："若为盗若何？"

向氏言其状。国氏曰："嘻，若失为盗之道至此乎！今将告若矣。吾闻天有时，地有利，吾盗天地之时利、云雨之滂润、山泽之产育。以生吾禾，殖吾稼，筑吾垣，建吾舍；陆盗禽兽，水盗鱼鳖，亡非盗也。夫禾稼、土木、禽兽、鱼鳖，皆天之所生，岂吾之所有？然吾盗天而亡殃。夫金玉珍宝、谷帛财货，人之所聚，岂天之所与？若盗之而获罪，孰怨哉？(《列子·天瑞》)

[이 우화는 행동에 옮기기에 앞서 그 행동의 실질을 잘 료해하

여야만 자칫 발생할 수 있는 화를 피면할 수 있음을 설명하였다.]

아침에 세개 저녁에 네개
朝三暮四

송(宋)나라[1] 때 저공(狙公)이라는 사람이 있었는데 원숭이를 좋아하여 여러 마리를 기르고 있었다. 그러다나니 저공이 능히 원숭이의 뜻을 알 수 있었고 원숭이도 또한 저공의 마음을 알 수 있을 정도였다. 저공이 집안 식구들의 먹을 것을 줄여서 원숭이의 식욕을 달래주는데 마침 먹을 것이 딸리였다. 앞으로 그 먹이를 줄이고자 하나 여러 원숭이가 말을 잘 듣지 않을 것을 두려워 먼저 그들을 속이여 말했다.

"너희들에게 먹이를 주되 아침에 세개를 주고 저녁에 네개를 주겠으니 좋으냐?"

그러자 원숭이들이 벌떡 일어서며 화를 냈다. 저공이 다시 말하였다. "너희들에게 먹이를 아침에 네개를 주고 저녁에 세개를 주겠으니 좋으냐?" 그 말에 원숭이들이 즉시로 땅에 착 엎드리면서 다들 좋아하는 것이였다.

(원문)
宋有狙公者, 爱狙, 养之成群。能解狙之意, 狙亦得公之心。损其家口, 充狙之欲。俄而匮焉, 将限其食。恐众狙之不驯

---

1) 송(宋)나라: 주나라 무왕(武王)이 은나라를 멸망시키고 주왕(紂王)의 서형(庶兄) 미자계(微子啓)에게 은나라 유민들이 제사를 이어가게 봉지를 떼주어 세운 나라.

于己也，先诳之曰："与若芧，朝三而暮四，足乎？"众狙皆起而怒。俄而曰："与若芧，朝四而暮三，足乎？"众狙皆伏而喜。(《列子·黄帝》)

[한자성어 '조삼모사(朝三暮四)'가 바로 이 우화에서 유래된 것임. 《장자·제물론(庄子·齐物论)》에도 이 이야기가 실려있다.]

연나라 사람이 고국으로 돌아가다
燕人返国

어떤 연(燕)나라 사람이 연나라에서 태여나 초(楚)나라에서 자랐는데 나이가 들어 늙게 되자 본국인 연나라로 돌아가려 하였다. 돌아가는 도중에 진나라를 지나게 되였는데 같이 가는 사람이 있다가 성곽을 가리키며 그에게 거짓말을 하였다.
"저게 바로 연나라 성곽이요."
그랬더니 그 연나라 사람은 얼굴에 처연한 빛이 어리였다. 동행자가 한 서낭당[1]을 가리키며 계속해서 말하였다.
"저 서낭당이 당신네 마을 서낭당이라오."
그 연나라 사람은 위연히[2] 긴 한숨을 내쉬며 탄식하는 것이였다. 계속하여 동행자가 집 하나를 가리켰다.
"저 집이 댁의 선조들이 살던 집이요."
그러자 연나라 사람은 사람은 훌쩍거리기 시작하였다. 동행자

---
1) 서낭당: 토지와 마을을 지켜 준다는 서낭신을 모신 집. 성황당.
2) 위연히(喟然-): 한숨을 쉬는 모양이 서글프게.

가 무덤 하나를 가리키며 계속 거짓말을 해댔다.

"저기 저 무덤이 바로 댁의 선친님의 산소라오."

그 말에 연나라 사람은 울음을 그치지 못하였다. 이러는 광경을 보고 동행자가 저도 모르게 하하하 하고 웃음을 터뜨리며 고백하였다.

"방금 말한 것들은 죄다 거짓말이요. 여긴 진나라 경내라오."라고 말하자 그 연나라 사람은 무척 참괴해 하였다. 이러구러 연나라에 도착하여 진짜로 연나라 성곽이며 서낭당이며 그리고 조상이 살던 집이며 선친의 무덤을 보았을 때 그 연나라 사람은 슬픔이 퍼그나 진정된 상태였다.

(원문)

燕人生于燕, 长于楚, 及老而还本国。

过晋国, 同行者诳之。指城曰:"此燕国之城。"其人愀然变容。指社曰:"此若里之社。"乃喟然而叹。指舍曰:"此若先人庐。"乃涓然而泣。指垅曰:"此若先人之冢。"其人哭不自禁。同行者哑然大笑, 曰:"予昔绐若, 此晋国耳。"其人大惭及至燕, 真见燕国之城社, 真见先人之庐冢, 悲心更微。(《列子‧周穆王第三》)

[이 우화는 가짜에 감정을 너무 쏟다가 일단 진짜가 나지면 감정반응이 오히려 미소해짐을 말한 것이다.]

우공이 산을 옮기다
愚公移山

  태항산(太行山)[1]과 왕옥산(王屋山)[2] 이 두 산은 사방 칠백리요, 높이가 만길이 된다. 본디 기주(冀州)[3]의 남쪽이고 하양(河陽)[4]의 북쪽에 있었다. 북산 우공(愚公)[5]이라는 사람이 있었는데 나이가 아흔인데 산을 마주하고 살고 있었다. 산 북쪽은 통행할 수 없도록 막혀 있어서 나들이하려면 멀리 돌아가야 했으니 여간 불편하지 않았다.

  그래서 우공은 가족들을 모아 놓고 의논하였다.

  "나는 너희들과 함께 힘을 다하여 험한 산을 평평하게 하고 길을 예주(豫州)[6] 남쪽으로 직통하여 한음(漢陰)[7]까지 이르게 해야겠다. 어떠냐?"

  모두들 그렇게 하자고 찬성하였으나 그의 마누라가 의문을 제기하였다.

  "당신의 힘으로는 작은 괴보산(魁父山)[8]의 작은 흙더미도 어찌

---

1) 태항산(太行山): 산 이름. 하북과 산서 경계에 있음.
2) 왕옥산(王屋山): 산 이름. 산서 양성현 서남쪽에 있음.
3) 기주(冀州): 옛날의 지리 구획. 구주의 하나로 지금의 하북 산서 하남 북부 료녕 서부 등 지역이 포괄됨.
4) 하양(河陽): 고장 이름. 옛날의 하양은 지금의 하남 맹현 서쪽에 있었음
5) 북산 우공(愚公): 아래에 나오는 지수(智叟)와 함께 모두 허구로 된 인물임. '북산', '하곡'은 전부 고장 이름임.
6) 예주(豫州): 옛날의 지리 구획. 구주의 하나로 지금의 하남성 등 지역이 포괄됨.
7) 한음(漢陰): 한수(漢水) 남쪽을 가리킴. 한수: 장강의 지류. 섬서성 서남쪽, 진령산맥(秦嶺山脈)에서 시작하여 한중(漢中)을 지나 호북성(湖北省) 한구(漢口)에서 장강으로 흘러듦.
8) 괴보산(魁父山): 산 이름. 하남 진류현 경내에 있음.

지 못할 텐데 태항산과 왕옥산을 어찌 허물 수 있습니까? 그리고 그 흙과 돌은 어디에다 버린단 말입니까?"

그러자 모두들 이구동성으로 말하였다.

"그것을 발해의 끝인 은토(隱土)[1] 북쪽에다 버립시다."

이에 우공은 드디어 아들과 손자와 짐을 지는 사람 세 남자를 데리고 돌을 캐내고 흙을 파서 키와 삼태기에 담아 발해의 끝으로 운반하였다. 이웃에 사는 경성씨(京城氏)의 과부에게 유복자가 있었는데 갓 이를 갈기 시작하는 어린 나이임에도 달려와서 도와주었다. 겨울에서 여름으로 한 철이 바뀌는 사이에 처음으로 왕복 한차례 갔다가 돌아왔다.

하곡(河曲)에 사는 지수(智叟)라는 로인이 이 광경을 보고 웃으면서 말리였다.

"참, 한심하구먼. 이렇게 어리석다니! 당신 이제는 늙어서 그 힘 가지고는 저 산의 풀 한포기도 뽑기 어려울 텐데 저 많은 흙과 돌을 어떻게 한단 말인가?"

북산 우공은 그 말에 한숨 한번 크게 내쉬고 나서 이렇게 말하였다.

"당신은 머리가 굳어도 여간 굳지 않구먼. 저 과부집 어린아이만도 못하니 말일세. 비록 내가 죽는다고 치더라도 내 아들이 있지 않은가. 아들이 손자를 낳고 손자가 또 자식을 낳을 게고 그 손자에게 또 자식이 있고 그 자식에게 또 손자가 생기지 않겠는가. 그래서 자자손손(子子孫孫)은 대를 이어 끝이 없지만 이 산은 불어나는 일이 없으니 어찌 저 산을 평평하게 만들지 못할가봐 걱정이겠는가?"

이에 하곡의 지수는 더 할 말이 없었다. 뱀을 관리하는 산신(山

---

1) 은토(隱土) : 신화전설에 나오는, 중원 동북쪽에 있는 한 고장 이름.

神)이 이 말을 듣고 이 일이 계속될까봐 두려워서 상제(上帝)에게 아뢰였다. 상제가 그 정성에 감동이 되어 과아씨(夸蛾氏)[1]의 두 아들에게 명하여 그 두 산을 업어다가 하나는 삭방(朔方)[2]의 동쪽으로 옮겨놓고 하나는 옹주(雍州)[3]의 남쪽으로 옮겨놓게 하였다. 이리하여 기주 남쪽에서부터 한수 북쪽에 이르기까지 가로막힌 높은 산이 없게 되었다.

(원문)

太行、王屋二山, 方七百里, 高万仞。本在冀州之南, 河阳之北。

北山愚公者, 年且九十, 面山而居, 惩山北之塞, 出入之迂也。聚室而谋, 曰:"吾与汝毕力平险, 指通豫南, 达于汉阴, 可乎?"杂然相许。其妻献疑曰:"以君之力, 曾不能损魁父之丘, 如太行、王屋何? 且焉置土石?"杂曰:"投诸渤海之尾, 隐土之北。"遂率子孙荷担者三夫, 叩石垦壤, 箕畚运于渤海之尾。邻人京城氏之孀妻, 有遗男, 始龀, 跳往助之。寒暑易节, 始一反焉。

河曲智叟笑而止之, 曰:"甚矣, 汝之不惠! 以残年余力, 曾不能毁山之一毛, 其如土石何?"北山愚公长息曰:"汝心之固, 固不可彻, 曾不苦孀妻弱子。虽我之死, 有子存焉。子又生孙, 孙又生子; 子又有子, 子又有孙, 子子孙孙, 无穷匮也。而山不加增, 何苦而不平?"河曲智叟亡以应。

---

1) 과아씨(夸蛾氏): 신화에 나오는 힘이 센 신.
2) 삭방(朔方): 지금의 산서성.
3) 옹주(雍州): 옛날의 지리 구획. 구주의 하나로 지금의 산서, 섬서, 감숙 일대임.

操蛇之神闻之，惧其不已也，告之于帝。帝感其诚，命夸娥氏二子负二山，一厝朔东，一厝雍南。自此，冀之南，汉之阴，无陇断焉。(《列子·汤问篇》)

[이 우화는 큰뜻을 품고 실제에 립각하여 곤난을 박차고 초지일관 꾸준히 노력하는 우공의 형상을 선명하고 생동한 대비수법을 운용하여 잘 부각해냄으로써 '무슨 일이나 마음을 굳게 먹고 완강히 분투한다면 못해낼 리 없다'는 도리를 알려주고 있음. 성어 '우공이산(愚公移山)'이 바로 이 우화에서 유래된 것이다.]

두 아이가 해를 놓고 다투다
小儿辩日

공자(孔子)[1]가 동쪽으로 유세를 다니다가 두 어린이가 서로 말다툼을 하고 있는 것을 보았다. 공자가 무엇 때문에 다투는가고 물으니 한 아이가 이렇게 말하는 것이였다.

"저는 해가 방금 솟아오를 때 우리하고 가까이에 있고 정오에는 우리와 멀리 있다고 생각합니다. 그런데 저 아이는 해가 처음 뜰 때에는 우리하고 멀리 있고 정오에는 우리와 가깝게 있다고 우긴단 말입니다."

그러자 다른 아이가 말하였다.

"해가 처음 솟아오를 때는 둥근 수레바퀴처럼 크지만 해가 하

---

1) 공자(孔子): 이름은 구(丘), 자는 중니(仲尼). 춘추말기의 사상가, 정치가, 교육가이며 유가 학파의 창시자임.

늘 한 가운데까지 오면 둥근 접시나 사발 같이 작습니다. 이게 바로 멀리 있으니까 작게 보이고 가까이 있으면 크게 보인다는 리치가 아니겠습니까?"

먼저 말한 아이가 또 말했다.

"그렇지 않습니다. 해가 처음 뜰 때에는 서늘하고 하늘 한복판에 오면 끓는 물 같이 뜨겁단 말입니다. 이건 바로 열이 있는 것은 가까이 있으면 뜨겁고 멀리 있으면 서늘하다는 리치가 아니겠습니까?"

공자는 이 두 아이의 말중 어느 것이 맞고 틀린지 판정을 할 수가 없었다. 이에 두 아이는 공자를 비웃으며 말했다.

"이러고도 어찌 당신을 박학다식하다고 하겠습니까?"

(원문)

孔子東游，见两小儿辩斗，问其故。一儿曰："我以日始出时去人近，而日中时远也。"一儿以日初出远，而日中时近也。一儿曰："日初出大如车盖，及日中则如盘盂，此不为远者小而近者大乎？"一儿曰："日初出沧沧凉凉，及其日中如探汤，此不为近者热而远者凉乎？"孔子不能决也。两小儿笑曰："孰为汝多知乎？"(《列子·汤问》)

[이 우화에 나오는 두 어린이는 자신의 느낌에 근거하여 자기의 결론이 옳다고 우기고 있는데 이런 방법으로 문제를 보는 것은 사실 국부로 전체를 개괄하는 것으로서 느낌으로 실질을 대체하기에 정확한 결론이 나올 수 없다. 그러므로 실제 생활 속에서 바로 이러한 관찰방법을 피면해야 한다.]

안해가 남편을 못 알아보다
妻不识夫

　　로(魯)나라[1] 사람 공호(公扈)[2]와 조(趙)나라 [3]사람 제영(齊嬰)[4]이 병에 걸렸다. 하루는 두 사람이 함께 편작(扁鵲)[5]에게 병을 고쳐 달라고 부탁했다. 편작은 쾌히 승낙하고 두 사람을 다 고쳐 주었다. 그리고 나서 편작은 공호와 제영 두 사람에게 말했다.

　　"당신들의 병의 원인은 본래부터 외부에서 병균이 오장륙부에 침입한 것인데 그런 병은 약을 쓰면 그만입니다. 그러나 당신네 두 사람에게는 나면서부터 지닌 질병이 신체와 함께 자라고 있습니다. 이제 내가 당신들을 위하여 근본적으로 치료를 하려고 하는데 괜찮겠습니까?"

　　두 사람이 대답했다.

　　"고마우신 말씀입니다만 먼저 그 방법을 들려 주셨으면 좋겠습니다."

　　편작이 공호에게 말했다.

　　"당신의 의지는 강하지만 기질이 약합니다. 그러므로 무슨 일을 처음에 계획은 잘하지만 그것을 실행할 만한 과단성이 아주 적습

---

1) 로(魯)나라: 기원전 1055년에 주(周)나라 무왕의 아우인 주공(周公) 단(旦)에게 책봉한 제후국. 지금의 산동성(山東省) 곡부(曲阜) 일대임.
2) 공호(公扈): 사람 이름.
3) 조(趙)나라: 기원전 403년에 진(晉)나라의 유력한 귀족인 조씨(趙氏)가 한씨(韓氏), 위씨(魏氏)와 함께 진(晉)나라의 령지(領地)를 삼분(三分)하여 세운 나라임.
4) 제영(齊嬰): 사람 이름.
5) 편작(扁鵲): 발해군(渤海郡) 사람. 성이 진(秦)씨이고 이름은 월인(越人). 전설적인 유명한 의원임.

니다."

편작은 계속하여 제영에게 말했다.

"그 다음 당신은 의지는 약하지만 기질이 강합니다. 그러므로 무슨 일을 할 때에 처음부터 깊이 생각하는 일은 적지만 일단 결정된 일은 과감하게 잘 실행합니다. 그러나 실패할 때가 있습니다."

편작이 말을 계속하였다.

"만일 당신네 두 사람의 마음의 주택인 심장을 서로 바꾸어 놓으면 두 사람이 아주 훌륭하게 될 것입니다."

두 사람은 흔쾌히 승낙했다. 편작은 곧 두 사람에게 독한 술을 마시게 하여 사흘 동안 혼수상태에 빠지게 했다. 편작은 그 동안에 그 두 사람의 흉부를 해부하고 심장을 찾아내여 이것을 서로 바꾸어 넣었다. 그리고는 신약을 마시게 하여 처음과 같이 의식을 회복하게 하였다. 두 사람은 편작에게 고맙다고 인사를 한 후 저마다 집으로 돌아갔다. 그 두 사람은 마음이 각각 바뀌여졌기 때문에 공호는 자기 집으로 간다는 것이 제영의 집으로 가게 되였다. 제영의 안해와 아들딸들은 물론 공호를 몰라보았다. 또한 제영도 자기 집으로 간다는 것이 공호의 집으로 가게 되여 그 집의 안해와 아들딸들도 역시 제영을 몰라보았다. 공호와 제영의 가족들은 큰일이라고 소동을 하던 끝에 두 집 부인이 편작을 찾아가서 이 일을 어쩌면 좋은지 호소하였다. 편작이 공호의 부인에게 타이르며 말했다.

"사람의 정신이 건전한 것도 좋지만 무엇보다 첫째는 몸이 튼튼해야 합니다."

편작은 다시 제영의 부인에게 타이르며 말했다.

"사람은 몸이 튼튼한 것도 좋지만 무엇보다 첫째는 정신이 건전해야 합니다."

이리하여 두 집의 소동은 멈추어졌다.

(원문)

魯公扈赵齐婴二人有疾，同请扁鹊求治。扁鹊治之。既同愈。谓公扈齐婴曰："汝曩之所疾，自外而干府藏者，固药石之所已。今有偕生之疾，与体偕长；今为汝攻之，何如？"二人曰："愿先闻其验。"扁鹊谓公扈曰："汝志强而气弱，故足于谋而寡于断。齐婴志弱而气强，故少于虑而伤于专。若换汝之心，则均于善矣。"扁鹊遂饮二人毒酒，迷死三日，剖胸探心，易而置之；投以神药，既悟如初。二人辞归。于是公扈反齐婴之室，而有其妻子，妻子弗识。齐婴亦反公扈之室，有其妻子，妻子亦弗识。二室因相与讼，求辨于扁鹊。扁鹊辨其所由，讼乃已。(《列子·汤问》)

[이 우화는 사람의 행위를 주재하는 것은 그 사람의 마음이며 사상이기에 결함이나 부족점을 극복하려면 모름지기 마음과 사상을 개변하여야 함을 말하여주고 있다.]

설담이 노래를 배우다
薛谭学讴

설담(薛譚)[1]이 진청(秦青)[2]에게서 노래를 배웠다. 그는 스승인

---

1) 설담(薛譚) : 전설중의 인물. 노래를 잘 부른다고 함.
2) 진청(秦青) : 전설중의 인물. 진(秦)나라 가수임.

진청에게 제대로 다 배우지도 못하고도 스스로 스승에게 더 이상 배울 것이 없다고 생각했다. 그래서 스승에게 하직하고 고향으로 돌아가려고 했다. 스승 진청은 구태여 말리지 않았다. 진청은 제자 설담을 교외까지 전송을 하러 나갔다. 진청은 절(節)이라는 악기를 손에 들고 연주하며 슬픈 노래를 불렀다. 그의 노래는 주위에 있는 삼림을 흔들어 놓았고 그 울림이 흘러가는 구름을 멈추게 했다. 설담은 스승에게 절을 하고 다시 되돌아가기를 청했다. 그리고는 일생 동안 고향으로 돌아가겠다는 말을 하지 못했다. 어느 날 진청이 그의 친구에게 이런 말을 했다.

"옛날에 한아(韓娥)[1]라는 아가씨가 있었소. 한번은 그 아가씨가 동쪽 제(齊)나라에 가는데 도중에 식량이 떨어졌다오. 그래서 옹문(雍門)을 지나갈 때는 노래를 팔아 밥을 먹을 수 밖에 없었소. 그런데 그 아가씨가 노래를 한번 부르고 간 뒤에는 그 여음이 그 건물의 대들보를 싸고돌아 사흘이 지나도 그치지를 않았다고 하오. 주변에 사는 사람들은 다들 그 아가씨가 아직 가지 않고 있다고 여겼소. 그러던 어느 날, 한아가 한 려관에 묵으려 할 때 한아의 차림새가 하도 초라하여 려관집 사람들이 모두 그를 업신여겼다오. 그래서 한아는 너무 원통하여 목소리를 길게 빼면서 한동안 애절하게 통곡하였소. 그랬더니 그 통곡소리에 온 마을의 늙은이 어린이까지 할 것 없이 모두가 슬픈 표정으로 서로 마주하고 눈물만 흘리며 여러날째 밥도 먹지 못하였소. 사람들은 한아를 뒤쫓아가 한아를 다시 려관에 되돌아오게 하였소. 한아는 려관에 되돌아와 즐거운 노래를 불러주었다오. 그러자 온 마을의 늙은이 어린이까지 할 것 없이 전에 그렇게 슬퍼하던 마음을 언제 그랬던가 싶게 싹 잊고 손벽을 치고 춤을

---

1) 한아(韓娥): 한(韓)나라의 가수임.

추며 기뻐서 어쩔 줄을 몰라했다오. 그러고 나서 사람들은 한아에게 좋은 선물을 많이 주었다오. 후날 옹문에 사는 사람들이 노래도 잘 하고 울기도 잘 우는 까닭은 다 한아가 그 때 남겨 놓았던 소리를 모방하였기 때문이라고 하오."

(원문)

薛谭学讴于秦青，未穷青之技，自谓尽之，遂辞归。秦青弗止，饯行于郊衢，抚节悲歌，声振林木，响遏行云。薛谭乃谢求反，终身不敢言归。秦青顾谓其友曰："昔韩娥东之齐，匮粮，过雍门，鬻(yù, 卖)歌假食。既去而余音绕梁欐(lí, 栋)，三日不绝，左右以其人弗去。过逆旅，逆旅人辱之。韩娥因曼声哀哭，一里老幼悲愁，垂涕相对，三日不食。遽而追之。娥还，复为曼声长歌。一里老幼喜跃抃(biàn, 鼓掌)舞，弗能自禁，忘向之悲也。乃厚赂发之。故雍门之人，至今善歌哭，放（仿）娥之遗声也。"(《列子·汤问》)

[이 우화는 설담이 진청에게서 노래를 배우는 것을 통하여 스승이나 선배의 특기나 솜씨를 완전하게 배우려면 모름지기 허심한 태도와 고심참담한 노력이 있어야 함을 생동하게 설명하였다.]

고산류수
高山流水

　　백아(伯牙)[1]는 거문고를 잘 탔고 그의 친구 종자기(鍾子期)[2]는 그 악상을 잘 리해하였다. 어느 하루, 백아가 높은 산에 뜻을 두고 거문고를 퉁기니 종자기는 그 소리를 듣고 말했다.
　　"참 좋구먼. 하늘 높이 솟아 있는 태산 마루에서 천하를 바라보는 느낌이요." 또 어느 하루, 백아가 흘러가는 물에 뜻을 두고 거문고를 탔는데 종자기는 그 소리를 듣고 감탄하며 말했다.
　　"참 좋구나. 호호탕탕 흘러가는 장강, 황하의 물소리 같구먼."
　　이처럼 백아가 무엇을 생각하여 거문고를 타든지 종자기는 꼭 그 뜻을 알아맞추었다. 어느 날, 백아가 태산 북쪽에 놀러 갔다가 갑자기 폭우를 만나 큰 바위 밑에서 비를 피하면서 마음이 슬퍼진 적이 있었다. 백아는 그 때를 상상하여 곡을 만들어 거문고를 탔다. 처음에는 소나기가 좍좍 내리는 곡이요, 그 다음은 태산이 무너지는 곡이였다. 이와 같이 백아가 여러 곡을 연주할 때마다 종자기는 그 곡을 알아맞추었다. 백아는 거문고를 내려놓고 감탄하며 종자기에게 말했다.
　　"당신 참으로 대단하오. 거문고소리를 너무 잘 알고 내 마음을 그대로 알아맞히니 말이오. 당신 앞에서 거문고를 타면 내 마음을 숨길 수가 없구먼." 그 후 종자기가 죽은 다음 백아는 거문고를 내던지고 한번도 타지 않았다는 말이 전해지고 있다.

---

1) 백아(伯牙) : 춘추시기 초나라의 악사로 거문고를 잘 탔음. 지음이던 종자기가 죽자 슬퍼한 나머지 거문고의 줄을 끊고 일생 동안 거문고를 타지 않았다고 함.
2) 종자기(鍾子期) : 춘추시기의 사람. 백아의 지음(知音)임.

(원문)

伯牙善鼓琴，钟子期善听。伯牙鼓琴，志在登高山。钟子期曰："善哉！峨峨兮若泰山！"志在流水，钟子期曰："善哉！洋洋兮若江河！"伯牙所念，钟子期必得之。

伯牙游于泰山之阴，卒逢暴雨，止于岩下，心悲，乃援琴而鼓之。初为霖雨之操，更(gèng)造崩山之音，曲每奏，钟子期辄穷其趣。伯牙乃舍琴而叹曰："善哉！善哉！子之听夫！志想象犹吾心也。吾于何逃声哉？"(《列子·汤问》)

[이 우화는 지음을 찾기 어렵기에 우의는 마땅히 상호료해를 바탕으로 건립해야 함을 말해주고 있다. 지음이였던 종자기가 죽자 백아는 더는 다시 거문고를 타지 않았다고 한다. 풍류의 곡조를 잘 아는 사람이 아니면 알지 못할 미묘한 거문고의 소리를 비유적으로 이르는 말인 성어 '고산류수(高山流水)'가 바로 이 우화에서 유래된 것이다.]

언사가 사람을 만들다
偃师造人

주(周)나라 목왕(穆王)¹⁾이 어느 날 서쪽으로 순행을 떠났다. 곤륜산(崑崙山)²⁾을 넘어 해가 지는 엄산(弇山)³⁾까지 갔다가 돌아오는 길이었다. 중원에 채 이르기 전에 도중에 어떤 사람이 무엇이든 다 잘 만든다는 언사(偃師)⁴⁾라는 장색(匠色)을 목왕에게 추천하였다. 목왕이 물었다.

"자네는 무엇을 잘하는가?"

"임금님께서 무엇이든 만들라고 하시면 다 만들어 보이겠습니다. 그러나 제가 이미 만들어 둔 것이 있으니 그것을 먼저 보여드리겠습니다." 라고 언사가 대답하니 목왕이 말했다.

"오늘은 좀 늦었으니 다음날 아무때고 가지고 오너라."

다음날 언사가 자기가 만든 물건을 목왕에게 가지고 왔다. 목왕이 그에게 말했다.

"자네가 만든 물건을 가지고 온다더니 그 물건은 가지고 오지 않고 같이 온 저 사람은 누구인가?"

언사가 대답하였다.

"이것이 바로 제가 만든 물건인데 창극을 잘합니다."

목왕이 깜짝 놀라 가만히 살펴보니 앞으로 나가는 것이나 허리를 굽히는 것이나 머리를 들고 쳐다보는 동작이 꼭 사람과 같았다.

---
1) 목왕(穆王) : 이름은 만(滿). 주(周)나라 임금으로서 소왕(昭王)의 아들임.
2) 곤륜산(崑崙山) : 산 이름. 중국의 서북쪽에 있으며 옥(玉)이 난다고 함.
3) 엄산(弇山) : 산 이름. 전설에 해가 드는 곳이라고 함.
4) 언사(偃師) : 장인의 이름.

뿐만 아니라 언사가 그 인형의 턱을 움직이게 하니 곡조에 맞추어 노래를 불렀고 손을 드니 박자에 맞추어 춤을 추었다. 그 여러 가지로 변화하는 모습이 자유자재여서 목왕은 진짜 인간이라고 여겼다. 그래서 목왕은 애첩 성희라는 미인과 여러 내시를 데리고 와서 구경을 시키였다. 이렇게 한참 동안 연극을 하다가 연기가 다 끝날 무렵에 그 인형은 눈을 한번 끔뻑이더니 왕의 곁에 앉아 있는 시첩을 꾀여내려 했다. 이에 왕이 크게 노하여 언사의 목을 베려 했다. 언사는 크게 놀라 그 인형을 해체하여 왕에게 보여주었다. 왕이 일일이 검사해 보니 모두가 가죽과 나무를 합친 것이요, 희고 검고 붉고 푸른 색을 칠해 만든 것이였다. 왕이 좀더 자세히 보니 배속에 있는 간장과 담과 심장과 폐장과 비장과 신장과 위장이라든가 또 곁에 있는 힘살, 뼈마디, 살갗, 이발과 머리털 같은 것이 모두 만들어진 것으로서 어느 한 부분이라도 모자라거나 제대로 갖추어지지 않은 것이 없었다. 그러나 그 해체된 각 부분을 한데 합쳐 놓으면 처음 보던 때와 조금도 다름이 없었다. 왕이 시험 삼아 그 인형에게서 심장을 떼여놓으니 입으로 말을 하지 못했고 간장을 떼여놓으니 눈으로 물건을 보지 못했으며 신장을 떼여놓으니 걷지를 못했다. 목왕은 비로소 기뻐하며 탄식하듯 혼자말로 중얼거렸다.

"사람의 재간이란 참으로 조물주와 같은 위치에 있는 것이 아니겠는가?"

목왕은 언사를 어가에 태워 수도로 돌아왔다. 그 때 반수(班輸)[1]라는 사람은 공중에 올라가는 운제를 발명하였고 묵적(墨翟)[2]이라는 사람은 공중을 날아가는 나무 연을 발명했다. 두 사람은 다

---

1) 반수(班輸) : 사람 이름. 로반(魯班)을 가리킴. 공수반(公輸班)이라고도 함. 중국 고대 전설적인 목수임.
2) 묵적(墨翟) : 사람 이름. 묵자(墨子)의 본명. 제자백가중 묵가(墨家)의 시조임.

스스로 자기가 이 세상에서 최고의 발명가라고 자부했다. 그 두 사람 각각 제자들을 두었는데 그중에 동문가(東門賈)와 금활리(禽滑釐)라는 제자가 있었다. 그들은 언사가 재간 있다는 말을 듣고 각각 자기 스승에게 그 말을 하였다. 이 말을 들은 반수와 묵적은 크게 놀라서 일생 동안 다시는 자기들이 최고의 발명가라는 말을 감히 하지 못하고 그저 세상에 맞게 성실하게 살아갔다고 한다.

(원문)

周穆王西巡狩,越昆仑,不至弇山,反还,未及中国,道有献工人名偃师。穆王荐之。问曰:"若有何能?"偃师曰:"臣唯命所试。然臣已有所造,愿王先观之。"穆王曰:"日以俱来,吾与若俱观之。"翌日,偃师谒见王,王荐之,曰:"若与偕来者何人邪?"对曰:"臣之所造能倡者。"穆王惊视之,趋步俯仰,信人也。巧夫!鎮其颐则歌合律;捧其手,则舞应节。千变万化,惟意所适。王以为实人也,与盛姬内御并观之。技将终,倡者瞬其目而招王之左右侍妾,王大怒,立欲诛偃师。偃师大慑,立剖散倡者以示王,皆傅会革、木、胶、漆、白、黑、丹青之所为。王谛料之,内则肝胆、心肺、脾肾、肠胃,外则筋骨、支节、皮毛、齿发,皆假物也,而无不毕具者。合会,复如初见。王试废其心,则口不能言;废其肝,则目不能视;废其肾,则足不能步。穆王始悦而叹曰:"人之巧乃可与造化者同功乎?"诏贰车载之以归。夫班输之云梯,墨翟之飞鸢,自谓能之极也。弟子东门贾、禽滑釐闻偃师之巧,以告二子,二子终身不敢语艺,而时执规矩。(《列子·汤问》)

[이 우화는 우리에게 '뛰는 놈 우에 나는 놈 있다'는 속담처럼 아무리 재주가 뛰여나도 그보다 더 뛰여난 사람이 있기에 스스로 뽐 내지 말아야 함을 일깨워준다. 이 우화에서는 또한 중국사상 최초로 기계인형을 언급했던바 그 기발한 상상력과 섬세한 언어묘사로 하 여 아주 형상적으로 기술되여 있다.]

기창이 활쏘기를 배우다
纪昌学射

감승(甘蠅)[1]은 활을 잘 쏘는 사람이다. 활을 겨누기만 해도 짐 승들은 땅에 쓰러지고 새들은 공중에서 떨어졌다. 그의 제자로 비위 (飛衛)[2]라는 사람이 있었는데 감승에게서 궁술을 배워 그 솜씨가 스 승보다 앞섰다. 기창(紀昌)[3]이라는 사람이 비위에게 활쏘기를 배우 려고 찾아왔다. 비위가 그에게 말했다.

"궁술을 배우기 전에 먼저 눈을 깜박이지 않는 것부터 배워야 하네."

기창은 이 말을 듣고 집으로 돌아가서 자기 안해가 비단을 짜는 베틀 다리 아래에 누워서 눈으로 실북이 왔다갔다하는 것을 지켜보 았다. 그러기를 2년 하고 나니 비록 송곳 끝으로 눈을 찌르려 해도 눈을 깜박이지 않게 되였다. 기창이 다시 비위를 찾아가서 말했다.

"이 정도면 어떻습니까?"

---

1) 감승(甘蠅): 사람 이름. 중국 고대 전설적인 명궁임.
2) 비위(飛衛): 사람 이름. 감승의 제자. 중국 고대 전설적인 명궁수임.
3) 기창(紀昌): 사람 이름. 비위의 제자. 중국 고대 전설적인 명궁수임.

비위가 말했다.

"그 정도만으로는 아직 안되네. 이제부터는 보는 것을 련습해야 한다. 작은 물건을 크게 보고 희미한 물건을 또렷이 봐야 한다. 그런 다음에 다시 오너라."

이 말을 들은 기창은 소 꼬리에 있는 털로 이를 한마리 잡아매여 창문에 달아놓고 남쪽으로 향하여 앉아 매일 바라보고 있었다. 열흘후부터는 이가 차츰 크게 보였고 삼년후에는 그것이 수레바퀴만큼 크게 보였고 그 밖의 다른 물건들은 다 큰 언덕이나 높은 산 같이 보였다. 이렇게 시력이 강해지자 기창은 연나라에서 생산되는 뿔로 만든 활과 북쪽 나라에서 나는 유명한 봉이라는 화살을 구하여 그 창문에 매달아 놓았던 이를 단번에 쏘아 그 심장을 꿰뚫었다. 그러나 이를 달아맨 소털이 끊어지지 않았다. 그런 뒤에 기창은 또 다시 비위를 찾아가서 말했다.

"자, 이제 이만하면 되였습니까?"

비위는 너무 기뻐 손으로 가슴을 어루만지며 말했다.

"자넨 이제 나의 궁술을 체득하였네."

(원문)

甘蝇, 古之善射者, 彀(gòu)弓而兽伏鸟下。弟子名飞卫, 学射于甘蝇, 而巧过其师。纪昌者, 学射于飞卫。飞卫曰:"尔先学不瞬, 而后可言射矣。"纪昌归, 偃(yǎn)卧其妻之机下, 以目承牵挺。二年后, 虽锥末倒眦(zì), 而不瞬也。以告飞卫, 飞卫曰:"未也, 必学视而后可。视小如大, 视微如著, 而后告我。"昌以牦(máo)悬虱于牖(yǒu), 南面而望之。旬日之间, 浸(jìn)大也。三年之后, 如车轮焉。以睹余物, 皆丘山也。乃以燕角之弧、朔蓬之簳(gǎn)射之，贯虱之心，而悬不绝。以告飞卫。飞卫高蹈拊膺(fǔ yīng)曰：“汝得之矣！”(《列子·汤问》)

[재주를 배우려면 반드시 오랜 기간 꾸준히 련마하여 실력을 기초로부터 착실히 쌓아야 하는 바 스승의 지도는 외부조건이고 관건은 자신의 각고의 노력이라는 것을 알려주는 우화이다.]

종북국을 다녀오다
北游终北国

우(禹)임금[1]이 수토를 다스리다가 한번은 길을 잃고 어떤 나라에 잘못 들어서게 되였다. 그 나라는 북해(北海)[2]의 북쪽에 있는데 제주(齊州)에서 거기까지 그 거리가 몇천만리인지 알 수 없다. 그 나라의 이름은 종북(終北)이라 하였다. 너무 넓고 커서 국경이 어디인지도 알 수 없었다. 바람과 비나 서리와 이슬도 없었다. 새나 짐승이나 벌레와 물고기나 풀과 나무 같은 종류도 나지 않았다. 사방이 다 평지이지만 그 주위에는 높은 언덕으로 뺑 둘러싸여있었다. 그 나라의 중앙에는 하나의 산이 있는데 그 산의 이름을 호령(壺領)이라 했다. 그 생김새는 큰 시루와 같고 그 꼭대기에는 구멍이 한개 있어서 그 모양이 둥근 원과 같았다. 그 구멍의 이름을 자혈(滋穴)이라 했는데 그 가운데서 솟아나는 샘물을 신분(神濆)이라 불렀다. 그 물 냄새는 란초(蘭椒)보다도 더 향기롭고 맛은 감미로운 술보다도 더 맛

---

1) 우(禹)임금: 중국 하나라의 시조 우를 임금으로 부르는 말.
2) 북해(北海): 북쪽에 있는 바다. 여기서는 발해를 가리킨다.

이 있었다. 그 샘물의 근원이 네갈래로 나뉘여 산 우에서 흘러 산 아래로 쏟아져 그 나라의 전역에 퍼지지 않는 곳이 없었다. 기후가 따뜻하여 사람들이 나쁜 병에 걸려 죽는 일이 없었다. 사람들은 환경에 잘 적응하였고 성질은 온순하여 서로 다투지도 않고 싸우지도 않았다. 마음은 부드럽고 온화하였다. 교만하지 않고 시기하지도 않았다. 어른과 어린이가 같이 사이 좋게 살았다. 임금과 신하를 나누는 등급차이도 없었다. 남자와 녀자가 같이 섞여서 놀았다. 남녀가 부부의 인연을 맺을 때 중매를 필요하지도 않고 례물도 필요하지 않았다. 물을 따라 살고 밭을 갈지도 않고 곡식을 심지도 않았다. 기후는 알맞게 온화하였다. 방직을 하지도 않고 옷을 입지도 않았다. 백세를 살다가 죽고 그 동안 요절하는 일도 없고 병드는 일도 없었다. 백성들은 번성해서 그 수효를 헤아릴 수 없었다. 기쁨과 즐거움만으로 가득 차있고 몸이 로쇠해지거나 슬퍼하고 괴로워하는 것을 몰랐다. 그 나라 풍속은 백성들이 성악을 좋아하여 서로 손에 손을 잡고 노래를 하며 온종일 그칠 줄 몰랐다. 배가 고프거나 권태증이 나서 신분이란 샘물을 마시면 배도 부르고 정신도 화평하게 된다. 그 샘물을 너무 많이 마시면 취하여 열흘이 지난 뒤에야 비로소 깨여 날 수 있다. 그 샘물에 목욕을 하면 살결이 윤택하고 기름기가 돌며 향기도 나서 열흘이 지난 뒤에야 없어진다.

　　주(周)나라 목왕(穆王)은 북쪽으로 놀러 갔다가 이 종북국에 한 번 들어가 보고는 즐거워서 삼년 동안 돌아올 줄을 몰랐다. 자기 나라에 돌아와서도 그 나라를 그리다가 그만 넋이 빠져서 술을 마시고 고기를 먹어도 맛을 몰랐다. 아름다운 녀인이 있어도 불러들이지 않았다. 두어 달이 된 뒤에야 겨우 정신이 돌아왔다.

제(齊)나라의 재상 관중(管仲)[1]은 자신의 임금 환공(桓公)에게 권하여 료구(遼口)[2] 땅으로 갔다가 같이 그 종북국에 들리려고 했다. 거의 다 가기로 결정이 되였을 때 습붕(隰朋)[3]이란 신하가 그 일을 말리며 말했다.

"임금님께서는 버리려고 하는 제나라는 땅이 넓고 백성들도 많이 살고 있습니다. 산천의 경치는 좋을 뿐만 아니라 생산물도 풍부합니다. 백성의 례의범절도 훌륭하며 풍속제도도 아름답습니다. 요염한 미녀들도 뜰에 가득 있고 조정에 충성하고 선량한 신하들도 많고도 많습니다. 한번 소리를 내여 호령을 하시면 백만의 군대가 동원됩니다. 제후들은 한번 지휘하면 임금의 명령에 따라 움직입니다. 어찌 제나라의 사직(社稷)을 버리시고 오랑캐의 것을 따르려 하십니까? 이것은 중부(仲父)[4] 관중의 로망이 든 생각입니다. 어찌하여 그의 말을 따르려 하십니까?"

이에 환공은 종북국으로 가는 것을 그만두고 습붕의 말을 관중에게 전하였다. 관중이 말했다.

"이런 일은 원래 습붕 같은 사람이 알지 못하는 것입니다. 저는 그가 그 나라를 리해할 만한 지식이 없는 것을 걱정할 뿐입니다. 제나라의 부유한 것에 어찌 미련을 가지며 또 습붕의 말인들 어찌 일고의 가치가 있겠습니까."

---

1) 관중(管仲): 춘추(春秋)시기 제(齊)나라의 정치가. 이름은 이오(夷吾), 자(字)는 중(仲). 환공(桓公)을 도와 패자(霸者)로 되게 하였음.
2) 료구(遼口): 료하(遼河)가 바다로 들어가는 입구.
3) 습붕(隰朋): 제(齊)나라 대부. 제장공의 증손임. 관중(管仲), 포숙아(鮑叔牙)와 더불어 제환공을 보좌하였음.
4) 중부(仲父): 둘째아버지. 여기서는 오랜 중신에 대한 경칭으로 쓰였음.

(원문)

禹之治水土也，迷而失涂，谬之一国。滨北海之北，不知距齐州几千万里。其国名曰终北，不知际畔之所齐限，无风雨霜露，不生鸟兽、虫鱼、草木之类。四方悉平，周以乔陟。当国之中有山，山名壶领，状若甔甀(dānzhuī)，顶有口，状若员环，名曰滋穴。有水涌出，名曰神瀵(fèn)，臭过兰椒，味过醪醴(láolǐ)。一源分为四埒，注于山下。经营一国，无不悉遍。土气和，亡札厉。人性婉而从物，不竞不争；柔心而弱埒骨，不骄不忌；长幼侪居，不君不臣；男女杂游，不媒不聘；缘水而居，不耕不稼；土气温适，不识不衣；百年而死，不夭不病。其民孳阜亡数，有喜乐，亡衰老哀苦。其俗好声相携而迭谣终日不辍音，饥惓则饮神瀵，力志和平。过则醉，经旬乃醒。沐浴神瀵，肤色脂泽，香气经旬乃歇。周穆王北游过其国，三年忘归。既反周室，慕其国，惝然自失。不进酒肉，不召嫔御者，数月乃复。管仲勉齐桓公因游辽口，俱之其国。几克举，隰朋谏曰：＂君舍齐国之广，人民之众，山川之观，殖物之阜，礼义之盛，章服之美；妖靡盈庭，忠良满朝。肆咤则徒卒百万，视捴则诸侯从命，亦奚羡于彼而弃齐国之社稷，从戎夷之国乎？此仲父之耄，奈何从之？＂桓公乃止，以隰朋之言告管仲。仲曰：＂此固非朋之所及也。臣恐彼国之不可知之也。齐国之富奚恋？隰朋之言奚顾？＂(《列子‧汤问》)

[이 우화는 이방에 대한 유토피아적인 서술을 통해 당시 사람들이 리상적인 표적으로 외부세계를 설정하고 그것을 인지하려는 갈망을 표현하였다.]

구방고의 상마
九方皋相马

진목공(秦穆公)[1]이 상마(相馬)[2]로 유명한 백락(伯樂)[3]을 불러 말했다.

"그대가 지금까지 좋은 말을 잘 골라주었는데 이제 그대는 퍽 늙었으니 후계자가 있어야 하겠소. 혹시 그대의 집안 사람중에 그대를 대신할 만한 사람이 있소?"

백락이 말했다. "보통의 좋은 말은 그 생긴 모습이나 골격을 보고서 알아낼 수 있지만 천하의 명마는 형체나 골격이나 털빛만 가지고는 쉽게 알아낼 수가 없습니다. 이런 명마는 보일 듯 말 듯 하고 종잡을 수 없는 존재입니다. 그것들이 달릴 때 발에 먼지가 묻지 않는 정도이고 심지어 발자국까지 남겨지지 않습니다. 제 아들녀석들은 본래 재주가 떨어져서 보통의 좋은 말은 알아볼 수 있지만 천하의 명마는 알아보지 못합니다. 그러나 저의 친구 가운데 저와 같이 나무를 하러 다니던 나무군이 하나 있는데 이름이 구방고(九方皋)[4]라 합니다. 그 사람이 말에 대해서는 저보다 훨씬 많이 압니다. 한번 만나보십시오."

목공은 그를 만나보고 곧 가서 말을 구해오라고 했다. 석달 만

---

1) 진목공(秦穆公): 춘추시기 진나라의 군주. 춘추 오패의 하나.
2) 상마(相馬): 말의 생김새를 관찰하여 그 말의 좋고 나쁨을 가리는 것.
3) 백락(伯樂): 상마로 유명한 전설적인 인물. 본명은 손양(孫陽)이라고 함. '백락'은 본디 천계에서 천마를 관장하는 별의 이름임. 손양이 상마를 잘하므로 백락이라는 이름이 붙여졌음.
4) 구방고(九方皋): 사람 이름. '구방'은 복성임. 《회남자(淮南子)》에서는 '九方堙'로 되여있음.

에 그는 돌아와서 임금에게 말했다.

"찾아냈습니다. 그 말은 사구(沙丘)[1]라는 곳에 있습니다."

"어떤 말인가?"

"암말인데 털빛이 누렇습니다."

목공은 곧 사람을 보내여 그 곳에 가서 보고오라고 했다. 목공이 돌아온 사람의 말을 들으니 암말이 아니고 수말인데 털빛도 누런빛이 아니고 검은 빛이라고 했다. 목공은 그 사람을 추천했던 백락을 불러 물었다.

"이번 일은 실패했소. 그대의 말을 듣고 말을 구해오라고 보냈던 사람이 말의 털빛이 누런지 검은지조차 구별할 줄 모르고 또 암말인지 수말인지도 모르니 그런 사람이 말이 좋고 나쁜지를 알겠소."

백락은 깊이 한숨을 내쉬며 말했다.

"아! 그 사람이 그런 경지에까지 도달했던가. 이것이 바로 저같은 사람은 천만명을 갖다 놓아도 그를 능가하지 못한다는 것입니다. 구방고와 같은 사람은 말의 형체와 골격과 털빛에서 찾아볼 수 없는 말의 기상을 봅니다. 그는 말의 정기를 보았고 그 형체를 잊어버렸으며 말의 내면을 보았고 외면은 잊었으며 말의 반드시 봐야 할 점을 보았고 보지 않아도 될 점은 보지 않았으며 살펴보아야 할 것은 보았고 보지 않아도 될 점은 보지 않았습니다. 구방고와 같은 사람은 그저 상마하는 것이 아니라 더 귀중한 그 무엇을 갖고 있는 듯합니다."

드디어 말이 도착했다. 아니나 다를가 그 말은 과연 천하에 첫째가는 명마였다.

---

1) 사구(沙丘): 고장 이름. 지금의 하북성 거록(鉅鹿) 남쪽임.

중국고전문학총서 **중국고대우희**

(원문)

秦穆公谓伯乐曰："子之年长矣, 子姓有可使求马者乎?"伯乐对曰："良马, 可形容筋骨相也。天下之马者, 若灭若没, 若亡若失。若此者绝尘弭辙。臣之子皆下才也, 可告以良马, 不可告以天下之马也。臣有所与其担缠薪菜者, 有九方皋, 此其于马, 非臣之下也。请见之。"穆公见之, 使行求马。三月而反。报曰："已得之矣, 在沙丘。"穆公曰："何马也?"对曰："牝而黄。"使人往取之, 牡而骊。穆公不说。召伯乐而谓之曰："败矣! 子所使求马者, 色物牝牡尚弗能知, 又何马之能知也?"伯乐喟然太息曰："一至于此乎? 是乃其所以千万臣而无数者也。若皋之所观天机也。得其精而忘其粗, 在其内而忘其外。见其所见, 不见其所不见; 视其所视, 而遗其所不视。若皋之相马, 乃有贵乎马者也。"马至, 果天下之马也。(《列子·说符》)

[이 우화는 구방고의 상마이야기를 통하여 사물을 관찰하고 판단하려면 반드시 사물의 본질을 파악하여야 정확한 결론을 내릴 수 있다는 것을 설명하였다.]

갈림길이 많아 양을 잃다
多歧亡羊

어느 날, 양자(楊子)[1]의 이웃집 양 한마리가 달아났다. 그래서 그 집 사람들은 물론 양자네 집 하인들까지 청해서 양을 찾아다녔

---

1) 양자(楊子): 양주(楊朱)를 가리킴.

다. 하도 소란스러워서 양자가 물었다.

"양 한마리 찾는데 왜 그리 많은 사람이 나섰느냐?"

양자의 하인이 대답했다.

"예, 양이 달아난 그 곳에는 갈림길이 많기 때문입니다."

얼마후, 모두들 돌아오자 양자가 물었다.

"그래 양은 찾았느냐?"

이웃이 대답하였다.

"갈림길이 하도 많아서 그냥 되돌아오고 말았습니다."

"그러면 양을 못 찾았단 말이냐?"

"그렇습니다. 갈림길이 많은데다가 갈림길마다 또 갈림길이 있으니 양이 도대체 어디로 달아났는지 모르겠습니다."

이 말을 듣자 양자는 얼굴색이 척연해지더니 그 후로 몇시간 동안 아무말 없었고 며칠 지나도 웃지 않았다. 문하 제자들이 그 까닭을 물었다.

"양은 천한 것이고 또 선생님의 것도 아닌데 왜 그렇게 말도 안 하시고 웃지도 않으십니까?"

양자는 대답하지 않았고 제자들도 원인을 찾지 못하였다. 그중 맹손양(孟孫陽)이라고 하는 제자가 심도자(心都子)를 찾아가서 이 일을 알려주었다. 심도자는 이렇게 대답하였다.

"큰길에는 갈림길이 많기 때문에 양을 잃어버리고 학자(學者)는 다방면으로 배우기 때문에 본성을 잃는다. 학문(學問)이란 원래 근본은 하나였는데 그 끝에 와서 이 같이 달라지고 말았다. 그러므로 하나인 근본으로 되돌아가면 얻는 것도 잃는 것도 없다. 제자들이 선생님의 문하에 들어와 공부하고 선생님의 학문을 따라배우면서 선생님의 수준을 따라 잡지 못한 현실이 얼마나 슬픈 일인가!"

(원문)

杨子之邻人亡羊，既率其党，又请杨子之竖追之。杨子曰："嘻！亡一羊，何追之者众？"邻人曰："多歧路。"既反，问："获羊乎？"曰："亡之矣。"曰："奚亡之？"曰："歧路之中又有歧焉。吾不知其所之，所以反也。"杨子戚然变容，不言者移时，不笑者竟日。门人怪之，请曰："羊贱畜，又非夫子之有，而损言笑者，何哉？"杨子不答。门人不获所命。弟子孟孙阳出，以告心都子。心都子曰："大道以多歧亡羊，学者以多方丧生。非本不同，非本不一，而末异若是。唯归同反一，为亡得丧。子长先生之门，习先生之道，而不达先生之况也，哀哉！《列子·说符》

[이 우화는 갈림길이 많아 잃어버린 양을 찾지 못한 이야기를 통하여 사물은 복잡다단하므로 명확한 방향이 없으면 자칫 기로에 들어 일을 성취하지 못할 수 있음을 설명하여 주고 있다. 한자 성어 '다기망양(多岐亡羊)'이 이 우화에서 유래된 것임.]

中国古典文学丛书 *中国古代寓言*

손숙오가 호구의 어르신을 만나다
孙叔敖遇狐丘丈人

　　손숙오(孫叔敖)[1]가 호구(狐丘)땅에 사는 한 어르신[2]을 만났다. 어르신이 말했다.

　　"대개 사람에게는 자칫하면 미움 받을 일이 세가지가 있소. 그걸 아시오?"

　　"잘 모르겠습니다. 무엇을 이르시는 겁니까?"라고 손숙오가 말하자 그 어르신이 말하였다.

　　"그러면 내가 알려주겠소. 작위가 높으면 남들이 질투하는 법이오. 또 소임이 너무 크면 그 임금이 싫어하게 되는 법이오. 그리고 나라의 봉록을 너무 많이 받으면 백성의 원망이 자기 한 몸에 미치게 되오."

　　손숙오는 그 말을 듣고 겸허히 말하였다. "무슨 말씀이신지 잘 알겠습니다. 저는 벼슬자리가 높으면 높을수록 마음을 더욱 겸손하게 가지겠습니다. 또 저의 소임이 크면 클수록 저의 자세를 더 낮추겠습니다. 그리고 나라에서 타먹는 봉록이 많을수록 백성에게 혜택을 더 베풀겠습니다. 이렇게 하면 그 세가지 미움을 모면할 수 있겠습니까?"

　　그 후 손숙오가 병들어 죽게 되었다. 그는 아들들을 불러 이런 유언을 남겼다.

---

1) 손숙오(孫叔敖) : 춘추(春秋)시기 초(楚)나라 대부임. 한때는 초장왕(楚莊王)에게서 재상 벼슬도 하였음.
2) 호구(狐丘) 땅에 사는 한 어르신 : 원문에서는 '狐丘丈人'으로 나옴. 장담(張湛)의 주에서는 "'狐丘'는 고을 이름이다. '丈人'은 년장자이다."라고 하였음.

"내가 그동안 살아서 나라의 벼슬을 하고 있을 때에 임금님께서는 자주 땅을 나누어주시고 후작으로 봉하려 하셨다. 그러나 나는 받지 않았다. 이제 내가 죽으면 임금님께서 반드시 너희들에게도 그렇게 하시려 할 것이다. 그러면 너희는 하사하시는 땅을 받되 좋은 땅을 절대 받지 말아라. 초(楚)나라와 월(越)나라 사이에 침구(寢丘)¹⁾라는 땅이 있다. 이 땅은 그렇게 좋은 땅이 아니여서 그 이름도 매우 나쁜 곳이라고 알려져 있다. 그래서 초나라 사람들은 '그 곳은 귀신이나 살 곳'이라고 하고 월나라 사람은 '상서롭지 못한 곳'이라 하여 서로들 거기 가서 살기를 싫어하는 곳이다. 너희가 오래 살 수 있는 땅은 바로 그 곳 뿐이다."

손숙오가 죽은 다음에 과연 임금은 가장 좋은 땅을 그 아들에게 떼여주려고 하였다. 그러나 아들은 좋은 땅을 사양하고 아버지께서 유언하신 침구 땅을 청했다. 임금은 두말없이 그들의 말 대로 그 땅을 주었다. 누구도 욕심내지 않았던 땅이기에 손숙오의 자손들은 그 땅을 잃지 않고 지금까지도 갖고 있다고 한다.

(원문)

狐丘丈人謂孫叔敖曰:"人有三怨, 子知之乎?" 孫叔敖曰: "何謂也?" 對曰: "爵高者, 人妒之; 官大者, 主惡之; 祿厚者, 怨逮之." 孫叔敖曰: "吾爵益高, 吾志益下; 吾官益大, 吾心益小; 吾祿益厚, 吾施益博. 以是免于三怨, 可乎?" 孫叔敖疾, 將死, 戒其子曰: "王亟封我矣, 吾不受也. 為我死, 王則封汝. 汝必無受利地. 楚越之間有寢丘者, 此地不利而名甚惡, 楚

---

1) 침구(寢丘): 고장 이름. 지금의 하남성 심구현(沈丘縣) 임. '침구'라는 이름이 '묘지'라는 뜻이 있어서 사람들이 꺼려하는 고장이였다고 함.

人鬼而越人機, 可长有者唯此矣." 孙叔敖死, 王果以美地封其子. 子辞而不受, 请寝丘, 与之, 至今不失. (《列子·说符》)

[이 우화는 손숙오가 땅을 선택한 이야기를 통하여 리익과 손실은 왕왕 서로 상보성을 띠며 상생하고 있음을 설명해주고 있다.]

도끼를 잃고 이웃을 의심하다
亡斧疑邻

어떤 시골사람이 도끼를 잃어버렸다. 그는 옆집 아들이 훔쳐간 줄로 의심하였다. 그래서 옆집 아들을 살펴보았더니 걷는 모양을 봐도 딱 도끼를 훔친 것 같았고 얼굴색을 봐도 그렇고 말하는 것을 봐도 딱 도끼를 훔친 것 같았다. 그 자의 일거수일투족을 보면 볼수록 영낙없이 도끼를 훔친 놈 같았다.

그 후 얼마 지나지 않아 그는 집의 움[1]을 파헤치다가 잃었던 그 도끼를 찾았다. 그 뒤로 그는 옆집 아들 동작이나 자태를 다시 관찰해보았지만 조금도 도끼를 훔친 자 같지 않게 보이였다.

(원문)

人有亡斧者, 意其邻之子, 视其行步, 窃斧也; 颜色, 窃斧也; 言语, 窃斧也; 动作态度, 无为而不窃斧也. 俄而抇其谷而得其斧, 他日复见其邻人之子, 动作态度, 无似窃斧者. (《列子·说符篇》)

---

1) 움: 원문에는 '谷'로 되여있음. '谷'는 '壑'와 통함. '움'의 뜻임.

[이 우화는 주관적인 성견은 객관진리를 인식하는 데 있어서 장애로 된다는 것을 말해준다. 주관적인 성견으로 세계를 보게 되면 필연적으로 객관사물의 원래의 모습을 외곡하게 된다.]

제나라사람이 금덩이를 쥐다
齐人抓金

예전에 제(齊)나라에 어떤 사람이 금덩이를 얻어야겠다는 생각만 하고 있었다.

어느 날 아침, 그는 일찍 일어나 부리나케 의관을 차리고서 거리에 있는 금방으로 곧추 달려갔다. 들어서자 바람으로 다짜고짜 금 한덩이를 움켜쥐고 달아났다. 하지만 그는 얼마 못 가서 포리들에게 붙잡혔다. 포리가 그에게 물었다. "여기 숱한 사람들이 있는데서 공공연히 금을 훔치다니. 왜 그랬어?"

그러자 제나라사람은 이렇게 대답하였다.

"금을 가져갈 때는 내 눈에는 금덩이만 보였고 사람은 아예 보이지 않았습니다."

(원문)

昔齐人有欲金者, 清旦, 衣冠而之市, 适鬻金者之所, 因攫(jué, 抢夺)其金而去。吏捕得之, 问曰: "人皆在焉, 子攫人之金何?" 对曰: "取金之时, 不见人, 徒见金。'"(《列子·说符》)

[이 우화는 마음이 현혹되면 겁없이 함부로 행동하면서 자신을 속이고 남도 속이는 짓을 하게 되는데 그러지 말아야 함을 일깨워주고 있다.]

진문공이 위나라를 치려 하다
晉文公欲伐卫

진문공(晉文公)[1]이 군대를 이끌고 위(衛)나라를 치려 했다. 그러는 것을 보고 공자(公子) 서(鋤)[2]가 하늘을 우러러 크게 웃었다. 문공이 왜 웃느냐고 묻자 공자 서가 이렇게 대답하였다.

"제가 지금 웃고 있는 것은 다름이 아니라 며칠전 우리 이웃집 어떤 사내가 자기 안해를 친정에 보내려고 안해와 같이 길을 떠났는데 그 사내가 도중에서 아주 얼굴이 예쁜 한 부인이 뽕나무 우에서 뽕을 따고 있는 것을 보고 탐이 나서 넋을 잃고 그 부인과 같이 이야기를 하다가 갑자기 생각이 나서 뒤에 있던 자기 안해를 돌아다보았습니다. 그런데 그의 안해도 역시 어떤 딴 사나이가 불러서 서로 오순도순 정답게 이야기를 하고 있었습니다. 그런데 지금 그 이야기가 우연히 생각이 나서 웃었던 것입니다."

문공은 이 말을 듣고 깨달은 바가 있어서 곧 군사를 철수해 국내로 돌아왔다. 철수한 군사가 아직 도읍지에 다 도착하기도 전에 다른 나라가 국경을 침범해 오고 있다고 북쪽 변경에서 급보가 전해 왔다.

---

1) 진문공(晉文公) : 진(晉)나라의 군주임.
2) 공자(公子) 서(鋤) : 사람 이름. 진문공의 신하임.

(원문)

晋文公出会，欲伐卫。公子锄仰天而笑。公问何笑？曰："臣笑邻之人有送其妻适私家者，道见桑妇，悦而与言，然顾视其妻，亦有招之者矣，臣窃笑之。"公寤其言，乃止。引师而还，未至，而有伐晋北鄙者矣。(《列子·说符》)

[이 우화는 '산돼지를 잡으려다가 집돼지까지 잃는다'는 속담과 비슷한 뜻을 가진 우화로서 무슨 일이나 근신해야 하며 탐욕스러워서는 아니 됨을 말해주고 있다.]

조양자가 승전 소식을 듣고 근심하다
赵襄子闻胜而忧

조양자(趙襄子)[1]가 신치목자(新稚穆子)[2]를 시켜 군사를 거느리고 적(翟)이란 나라의 좌인(左人)과 중인(中人)[3] 두 고을을 치게 하였다. 신치목자는 싸움에서 승리하여 많은 사람을 붙잡아 포로로 삼고 파발군[4]을 급파하여 양자에게 보고하였다. 양자는 식사를 하고 있다가 이 보고를 듣고는 왠지 근심을 하는 얼굴을 하고 있었다. 부하가 이상하게 여겨 물었다.

"하루아침에 두개의 성이나 쉽게 항복을 받았습니다. 이것은

---

1) 조양자(趙襄子): 춘추시기 진(晉)나라 조(趙)씨의 우두머리. 죽은 후 양(襄)이라는 시호를 가졌기에 조양자라고 함.
2) 신치목자(新稚穆子): 춘추말기 진(晉)나라 사람임. 다른 이름으로 '新稚狗'라고도 함.
3) 좌인(左人)과 중인(中人): 고장 이름. 적(翟)의 고을임. 지금의 하북성 당현(唐縣) 서쪽임.
4) 파발군: 원문에는 '遽人'으로 나옴.

보통 사람이면 누구나 기뻐해야 할 일인데 임금께서는 얼굴에 근심하는 빛이 있으니 무슨 까닭입니까?"

양자가 말했다.

"대개 양자강이나 황하 같은 큰물이라도 비가 내린 지 사흘이 못되어 곧 줄어들게 된다. 폭풍과 소나기는 아침 한나절도 못 가서 곧 멎고 만다. 또 해는 정오가 되면 얼마 못되어 곧 기울고 만다. 우리 조씨 집안이 덕행을 쌓아 백성에게 혜택을 베풀어준 적도 없는데 이렇게 하루아침에 갑자기 두 성씩이나 항복을 받아내게 되었으니 이것은 례사일이 아니다. 혹시 불행한 일이 내 몸에 미치지 않을가 념려되는구나."

이에 공자는 이렇게 말했다. "조씨 집안은 반드시 왕성할 것이다. 왜냐하면 싸워 이기고서 근심하는 이는 대체로 왕성해지고 기뻐하는 이는 멸망하게 되기 때문이다. 본래 이기는 것은 그렇게 어려운 것이 아니고 이것을 유지해 나가는 것이 어려운 것이다. 어진 임금은 본래 이런 방법으로 유지해서 끝까지 이긴다. 그러므로 그 행복이 다음 세대까지 미친다. 제(齊)나라, 초(楚)나라, 오(吳)나라, 월(越)나라와 같은 나라는 다 한때는 싸움에서 이긴 적이 있었다. 그런데 마침내 망하게 된 것은 이런 승리를 끝까지 유지해야 되는 도리를 몰랐기 때문이다. 오직 도가 있는 임금만이 승리를 끝까지 지킬 수 있는 것이다."

공자(孔子)는 자기 힘으로도 능히 도성의 성문 빗장을 들 수 있지만 힘이 세다는 것을 세상에 알려지기를 원치 않았고 묵자(墨子)는 공격에 대한 방어로 자기 나라를 지키여 공수반(公輸般)을 심복하게 하였지만 군사를 잘 쓴다는 것을 세상에 알려지기를 원치 않았다. 그러므로 승리를 끝까지 지킬 수 있는 사람은 자기가 강하지만 약하다고 생각한다.

(원문)

赵襄子使新稚穆子攻翟胜之，取左人、中人，使遽人来谒之。襄子方食而有忧色。左右曰：“一朝而两城下，此人之所喜也。今君有忧色，何也？”襄子曰：“夫江河之大也，不过三日；飘风暴雨不终朝，日中不须臾。今赵氏之德行无所施于积，一朝而两城下，亡其及我哉！”孔子闻之曰：“赵氏其昌乎！夫忧者所以为昌也，喜者所以为亡也。胜非其难者也，持之其难者也。贤者以此持胜，故其福及后世。齐楚吴越皆尝胜矣，然卒取亡焉，不达乎持胜也。唯有道之主为能持胜。”孔子之劲能拓国门之关，而不肯以力闻。墨子为守攻，公输般服，而不肯以兵知。故善持胜者以强为弱。(《列子·说符》)

[승전하고도 교오하지 않고 후일을 진중하게 생각하는 조양자의 이야기를 통하여 고대 군사전략가의 비범한 사유방식을 보여주었다.]

《윤문자(尹文子)》의 우화

황공이 지나치게 겸손하다
黄公好谦

　　제(齊)나라에 황공(黃公)이라는 사람이 있었는데 지나치게 겸손하여 항상 자신을 낮추었다. 딸을 둘 두었는데 둘 다 예쁘기가 국색이지만 겸손이 지나친 황공은 늘 딸을 못생겼다고 비하하군 하였다. 그러다 보니 황공의 두 딸이 밉다는 소문이 원근에 자자하게 퍼졌다. 그래서 혼기가 지났지만 나라 안에서는 혼사말이 들어오는 데가 없었다. 그러다가 위나라의 한 로총각이 혼령이 지나 늦도록 장가가지 못하고 있다가 마음을 크게 먹고 황공의 맏딸을 맞아들이였다. 결혼하며 보니 미모가 너무나도 출중하였다. 그래서 그는 이렇게 말하였다.

　　"황공이 지나치게 겸손하다보니 딸을 비하한 것인즉 둘째딸도 틀림없이 예쁠 것이다."

　　이래서 사람들은 이번에는 앞다투어 황공의 둘째딸에게 혼사말을 걸어왔다. 둘째딸 역시 미모가 뛰여났다. 이런 뛰여난 미모가 바로 이 두 딸의 본디 모습이였던 것이다. 못생겼다는 말은 꾸며낸 헛소문으로 실제와는 맞지 않은 것이였다.

(원문)

齐有黄公者，好谦卑。有二女，皆国色。以其美也，常谦辞毁之，以为丑恶。丑恶之名远布，年过而一国无聘者。卫有鳏夫，时冒娶之，果国色。然后曰："黄公好谦，故毁其子不姝美。"于是争礼之，亦国色也。国色实也，丑恶名也。名实相违也。(《尹文子·大道》)

[겸손은 일종 미덕이지만 이 우화에 나오는 황공은 지나치게 겸손하다나니 고운 딸을 밉상으로 비하하여 시집도 가기 어렵게 만들어놓았다. 이 우화는 우리에게 지나치게 겸손하면 오히려 일을 망친다는 도리를 일깨워주는 한편 다른 한방면으로는 소문만 믿지 말고 진실을 료해하여야 함을 시사해주고 있다.]

꿩과 봉황
野鸡与凤

초(楚)나라에 꿩을 파는 사람이 있었는데 길 가던 한 나그네가 궁금해서 물었다.

"그게 무슨 새요?"

꿩을 파는 사람은 그 나그네를 속이여 이렇게 말하였다.

"이게 봉황이라오."

"난 봉황이라고는 말로만 들었는데 오늘 직접 보게 되였구먼. 나한테 팔지 않으려우?"

"그러지요."

그 나그네가 10금[1]을 주려 하자 초나라 사람은 팔지 않았다. 그래서 나그네는 값을 배로 주고서야 살 수 있었다. 그는 그것을 초왕에게 바치려고 하였다. 그런데 결과 그 꿩은 하루밤 지나자 죽고 말았다. 나그네는 돈이 얼마나 들었던 것은 아까워하지 않고 다만 그 '봉황'을 초나라 임금께 진상하지 못하게 된 것을 애석해 하였다. 나라 사람들이 이 일을 서로 전하면서 다들 그 새가 진짜 봉황이라고 믿었다. 나그네가 거금을 주고 사서 진상하려고 했던 이 일을 드디여 초왕이 알게 되였다. 초왕은 그 나그네가 봉황을 바치려 하던 적성에 감동되여 그를 불러서 후한 상금을 주었는데 그 돈이 꿩을 산 가격의 10배가 더 넘었다.

(원문)

楚人有担山雉者。路人问曰: "何鸟也?" 担雉者欺之曰: "凤凰也。" 路人曰: "我闻有凤凰, 今直见之。汝贩之乎?" 曰: "然。" 买以十金, 弗与; 请加倍, 乃与之。将欲献楚王, 经宿而鸟死。路人不遑惜金, 惟恨不得以献楚王。国人传之, 咸以为真凤凰。贵欲以献之, 遂闻楚王。楚王感其欲献于己, 召而厚赐之, 过于买鸟之金十倍。(《尹文子·大道》)

[이 우화는 허명만 탐내고 소문만 믿고 실제를 중시하지 않는 것을 생동한 이야기로써 풍자하였다.]

---

1) 금(金): 고대의 화페단위.

무가지보
无价之宝

위(魏)나라의 한 농부가 밭을 갈다가 지름이 한자 쯤 되는 보옥을 주었다. 하지만 그는 그것이 옥돌인줄 모르고 이웃에게 이 일을 이야기하였다. 이웃은 슬그머니 그 옥돌이 탐이 나서 이렇게 말하였다.

"그게 괴석이라는 것이요. 집에 두면 집사람들에게 불길하니 도로 갖다 놓는 것이 좋겠소."

그 농부는 의구심이 들었지만 그래도 그 옥돌을 집에 가져와 랑하에다 두었다. 그 날 밤 그 옥돌에서 빛이 나면서 온 집안을 밝게 비쳤다. 이것을 본 농부네 온 식구들이 겁에 잔뜩 질려 이 일을 이웃에게 알렸다. 이웃이 말하였다.

"그게 바로 괴석이 작간하는 것이요. 어서 빨리 내다버리오. 그래야 화를 모면할 수 있소."

이에 농부는 그 옥돌을 급급히 먼 교외에 내다버렸다. 이웃사람은 인차 슬그머니 그 옥돌을 자기 집에 가지고 왔다. 그리고는 그 옥돌을 위왕에게 바쳤다. 위왕이 옥장이를 불러다 옥돌을 감정하게 하였는데 옥장이는 그 옥돌을 보더니 무릎 꿇고 절을 두번 하고 나서 한편으로 물러서며 경하하였다.

"대왕께서 천하의 보배를 얻으셨으니 감축드립니다. 이런 보옥은 소신도 여직껏 본 적이 없습니다."

위왕이 이 옥돌의 가치를 묻자 옥장이는 이렇게 아뢰였다.

"이 옥돌은 무가지보입니다. 큰 도시 다섯을 준다해도 그저 한번 보여주는 것에 그칠 것입니다."

그 말을 듣고 위왕은 옥돌을 바친 그 이웃에게 천금을 하사하고 영원토록 대부의 봉록을 누리게 하였다.

(원문)

魏田父有耕于野者，得宝玉径尺，弗知其玉也，以告邻人。邻人阴欲图之，诈之曰："此怪石也。畜之弗利其家，弗如复之。"田父虽疑，犹录以归，置于庑下。其夜玉明，光照一室。田父称家大怖，复以告邻人。邻人曰："此怪之征，遄弃，殃可销。"于是遽而弃于远野。邻人无何盗之，以献魏王。魏王召玉工相之。玉工望之，再拜却立，曰："敢贺大王得此天下之宝，臣未尝见。"王问其价。玉工曰："此玉无价以当之。五城之都，仅可一观。"魏王立赐献玉者千金，长食上大夫禄。（选自《尹文子·大道上》）

[이 우화는 비렬한 수단으로 고관후록을 얻은 자를 폭로, 견책하였고 동시에 보물도 못 알아보고 남의 말이라면 무조건 따르는 어리석은 자에 대해서도 경종을 울려주었다.]

《한비자(韓非子)》의 우화

아들을 칭찬하고 이웃을 의심하다
智子疑邻

송(宋)나라에 어떤 부자가 있었는데 그 집 한쪽 벽이 비물에 구멍이 뻥 뚫어졌다. 그의 아들이 그에게 말하였다.

"이 구멍을 빨리 손질해야겠습니다. 그렇지 않으면 도적놈이 이리로 들어와 물건을 훔쳐가겠습니다."

그 부자집 옆집에 사는 로인도 그 구멍을 보고 그에게 경고하였다.

"이 구멍을 손질하지 않는다면 도적이 들 것 같구먼!"

그 날 밤 정말 웬 도적놈이 그 구멍으로 기여들어와 부자집 재물을 수태 훔쳐갔다.

부자는 자기의 아들이 예견성이 있다고 여기고 몹시 칭찬하였다. 그러면서 옆집을 의심하면서 옆집로인이 틀림없이 자기의 물건을 훔쳐간 도적이라고 생각하였다.

(원문)

宋有富人，天雨墙坏。其子曰："不筑，必将有盗。"其邻人之父亦云。暮而果大亡其财，其家甚智其子，而疑邻人之父。(《韩非子·说难》)

[이 우화는 충언이 오히려 의심 받고 믿음이 오히려 비방 받는 것을 이야기하였다. 한비는 이 우화를 빌어 자기 또는 자기 친척의 말만 듣고 다른 사람의 충고에 대하여서는 의심하기만 한다면 반드시 일을 그르치게 된다는 것을 설명하였다.]

화씨가 옥을 바치다
和氏献璧

초(楚)나라에 화씨(和氏)라는 사람이 있었다. 산에서 옥돌 한개를 얻은 그는 그 옥돌을 가지고 돌아와서 초나라 려왕(厲王)에게 바치였다. 려왕은 옥장이를 불러다 그것을 감정하였다. 옥장이가 보고 나서 아뢰였다.

"이것은 옥돌이 아니라 돌덩어리입니다."

려왕은 이 말을 듣고 화씨가 자기를 속였다고 여겼다. 그리하여 려왕은 그를 처벌하여 왼발을 잘라버렸다.

려왕이 죽고 무왕(武王)이 왕위에 오르자 화씨는 또 그 옥돌을 가져다 무왕에게 드리였다.

무왕도 옥장이를 불러다 옥돌을 식별하게 하였다. 옥장이는 보고 나서 아뢰였다. "이것은 돌덩어리가 틀림없습니다."

이에 무왕은 화씨가 감히 자기를 속인다고 대노하여 그의 오른발을 잘라버렸다.

미구하여 무왕도 죽고 그 뒤를 이어 문왕(文王)이 즉위하였다. 화씨는 그 옥돌을 받쳐들고 산기슭에 앉아 울었다. 밤낮 사흘을 계속 울고 나니 눈물이 진해 눈에서 피가 흘렀다.

문왕이 이 사실을 듣고 사람을 띄워 그에게 우는 사연을 물었다.

"발을 잘리운 사람이 많고 많은데 너는 왜 그렇게도 슬프게 울고만 있는가?"

화씨가 대답하였다.

"저는 두 발이 잘리운 것을 생각하여 슬피 우는 것이 결코 아닙니다. 귀중한 옥을 돌이라고 하면서 나의 충성을 기만으로 매도하는 것이 가슴아파 우는 것입니다."

그래서 문왕이 옥장이한테 그 옥돌을 감정해보게 하니 과연 진짜 보옥이었다. 왕은 드디어 명을 내려 이 옥을 '화씨의 옥'이라고 명명하였다.

(원문)

楚人和氏, 得玉璞楚山中, 奉而献之厉王. 厉王使玉人相之, 玉人曰: "石也." 王以和为诳, 而刖其左足. 及厉王薨, 武王即位, 和又奉其璞而献之武王. 武王使玉人相之, 又曰: "石也." 王又以和为诳, 而刖其右足. 武王薨, 文王即位, 和乃抱其璞而哭于楚山之下, 三日三夜, 泣尽而继之以血. 王闻之, 使人问其故. 曰: "天下之刖者多矣, 子奚哭之悲也?" 和曰: "吾非悲刖也, 悲夫宝玉而题之以石, 贞士而名之以诳, 此吾所以悲也." 王乃使玉人理其璞而得宝焉, 遂命曰: "和氏之璧." (《韩

非子・和氏》)

　　[이 우화는 화씨의 옥돌이 인지되는 과정을 통하여 진귀한 것은 단번에 사람들에게 인식되지 않음을 설명해주고 있다. 한자 성구 '화씨지벽(和氏之璧)'이 바로 이 우화에서 유래한 것임.]

편작이 병을 치료하다
扁鹊医病

　　편작(扁鹊)[1]이 하루는 채환공(蔡桓公)[2]을 찾아가 잠간 보고 나서 이렇게 아뢰였다.
　　"대왕님께서 지금 병독이 살갗에 있습니다. 만약 치료하지 않으면 병이 점점 더 중해질 것입니다."
　　그 말에 환공이 뚝 잘라 말하였다.
　　"과인은 아주 건강하오. 아픈 데가 없다니깐."
　　편작이 나가자 환공은 비난조로 말하였다.
　　"의원이라는 것들이 병 없는 사람을 치료한다고 설쳐대는데 무병한 사람을 다루어야 제 의술이 고명하다는 걸 보여주기 쉽거든."
　　십여일이 지난 후 편작이 또 환공을 찾아와서 아뢰였다.
　　"대왕님의 병독이 지금은 살갗과 힘살 사이에 들어갔사오니 치료하지 않으면 점점 더 심하여질 것입니다."
　　그 말에 환공은 편작을 근본 거들떠보지도 않았다. 편작이 나가

---

1) 편작(扁鹊): 전국 시대의 명의. 성은 진(秦), 이름은 월인(越人)임.
2) 채환공(蔡桓公): 채(蔡)나라 임금.

자 환공은 심히 불쾌해 하였다.

또 십여일이 지난 후 편작은 다시 환공을 찾아가 간곡히 아뢰였다.

"대왕님, 병독이 지금 장과 위로 들어갔습니다. 이제 치료하지 않으면 더 엄중하여질 것입니다."

환공은 이 말을 듣자 아주 언짢아하였다. 편작은 그저 돌아가고 말았다.

또 십여일이 지난 후, 편작이 와서 환공을 한참 바라보더니 몸을 돌려 달아나버렸다. 그것을 본 환공이 이상하게 여겨 특히 사람을 보내 그 까닭을 물었다. 그러자 편작은 이렇게 말하였다.

"사람에게 병이 생겨서 그 병이 살갗에 있을 때는 뜸과 부황 따위로 치료할 수 있고 병이 힘살까지 들어갔을 때는 침구법 따위로 효과를 볼 수 있으며 장위에 병이 들어있을 때까지도 탕약 따위로 치료할 수 있지만 일단 병이 골수에 들어가면 그 때는 목숨이 이미 저승사자의 손에 쥐여진 셈으로 치료하기 힘듭니다. 지금 대왕의 병은 골수에까지 스며들었으니 낸들 무슨 치료방법이 있습니까?"

닷새가 지나자 환공은 온몸이 아파나서 사람을 시켜 편작을 데려다 병을 보이려고 하였다. 그러나 편작이 이미 진나라로 도망가버린 뒤였다. 환공은 드디여 죽고 말았다.

(원문)

扁鹊见蔡桓公, 立有间, 扁鹊曰:"君有疾在腠理, 不治将恐深。"桓侯曰:"寡人无疾。"扁鹊出, 桓侯曰:"医之好治不病以为功。"居十日, 扁鹊复见曰:"君之病在肌肤, 不治将益深。"桓侯不应。扁鹊出, 桓侯又不悦。居十日, 扁鹊复讳疾忌医讳疾忌医见曰:"君之病在肠胃,不治将益深。"桓侯又不应。扁鹊出,桓侯又不悦。居十日,扁鹊望桓侯而还走。桓侯故使人问之,扁鹊曰:"疾在腠理,汤熨之所及也;在肌肤,针石之所及也;在肠胃,火齐之所及也;在骨髓,司命之所属,无奈何也。今在骨髓,臣是以无请也。"居五日,桓公体痛,使人索扁鹊,已逃秦矣,桓侯遂死。(《韩非子·喻老》)

[이 우화는 무슨 문제나 맹아 상태에서 주의를 돌리고 미연에 방비하고 해결해야지 문제가 쌓이고 커져서 큰 화가 되면 그 때 가서 그것을 해결하려 든다면 이미 늦었다는 것을 세인들에게 경고하여주고 있다.]

삼년 만에 이파리 하나 조각하다
三年雕一叶

송(宋)나라 사람이 임금을 위해 옥석으로 닥나무 잎을 하나 조각했는데 3년이 걸려서야 완성되었다. 칼로 도려낸 듯한 잎의 형상과 가느다란 잎맥이 생생하고 윤기가 나 정말 살아있는 닥나무 잎과 섞어놓아도 분간하기 어려웠다. 이 옥으로 닥나무 잎을 조각한 옥공은 마침내 기교가 남보다 뛰어난 까닭으로 송나라에서 다달이 록봉을 받게 되었다. 렬자가 이 말을 듣고 말했다.

"천지의 생물을 3년 만에 잎이 하나씩 나오게 한다면 잎이 있는 나무는 아마 몇 그루 되지 못할 것이다. 그러므로 성인은 대자연의 생명력에 따라 같이 변화해 가고 사람의 인위적인 기교에 대해서는 그리 큰 기대를 가지지 말아야 한다."

(원문)
宋人有为其君以玉为楮叶者，三年而成。锋杀茎柯，毫芒繁泽，乱之楮叶中而不可别也。此人遂以巧食宋国。子列子闻之，曰："使天地之生物，三年而成一叶，则物之有叶者寡矣！故圣人恃道化而不恃智巧。(《韩非子・喻老》)

[이 우화는 장인이 옥을 가지고 3년 품을 들여 닥나무 이파리 모양을 조각하여 임금의 상을 받은 사례를 들어 무위한 로동을 숭상하는 착오적인 작태를 비판하였다.]

마른 못의 뱀
涸泽之蛇

물이 말라 없어진 못에 있던 뱀들이 다른 곳으로 이동하려고 했다. 작은 뱀이 큰 뱀에게 말했다.

"당신들이 앞에 가고 내가 뒤를 따른다면 사람들은 보통 뱀으로 알고 죽일지도 모른다. 나를 등에 태우고 간다면 사람은 나를 신의 화신인 줄 알고 겁낼 것이다."

이렇게 해서 뱀들은 그 작은뱀을 올리받들고 당당히 큰길을 건너갔다. 그 광경을 보는 사람들은 모두 "신령님이시다!"라고 하면서 피하였다.

(원문)

泽涸, 蛇将徙, 有小蛇谓大蛇曰:"子行而我随之, 人以为蛇之行者耳, 必有杀子者; 不如相衔, 负我以行, 人以我为神君也。"乃相衔负以越公道。人皆避之, 曰:"神君也。"(《韩非子·说林上》)

[이 우화는 남의 위력을 빌어 자기의 위력을 부리려고 하는 것을 비유하여 말한 것이다. 한자 성어 '고택지사(枯澤之蛇)'가 이 우화에서 유래된 것이다.]

늙은 말이 길을 알다
老马识途

관중(管仲)과 습붕(隰朋)이 환공을 따라 고죽국을 정벌하러 갔다. 봄에 나가서 겨울에 돌아오게 되였는데 그만 길을 잃고 말았다. 이 때 관중이 말하였다.

"늙은 말이 길을 아니까 써봅시다."

그리하여 늙은 말을 풀어서 맨 앞에서 가게 하고 대오는 그 뒤를 따랐다. 그랬더니 드디여 길을 찾게 되였다. 산속을 행군하는데 물이 없었다. 이 때 습붕이 말하였다.

"개미는 겨울이면 산 양지쪽에 살고 여름이면 산 음지쪽에 사는데 개미뚝이 높이가 한치이면 그 아래 지하 8척 되는 곳에 물이 있습니다."

그래서 파보았더니 과연 물이 나왔다. 관중의 총명과 습붕의 지혜로도 오히려 모르는 바가 있어 늙은 말과 개미 따위에게서 배우는데 하물며 지금 사람들의 우둔한 마음이 성인의 지혜를 배우지 않는다면 이게 어디 될 법이나 한 일인가!

(원문)

管仲、隰(xi)朋从於桓公而伐孤竹, 春往冬返, 迷惑失道, 管仲曰:"老马之智可用也。"乃放老马而随之, 遂得道。行山中无水, 隰朋曰:"蚁冬居山之阳, 夏居山之阴, 蚁壤一寸而仞有水。"乃掘之, 遂得水。以管仲之圣而隰朋之智, 至其所不知, 不难师与老马, 老蚁, 今人不止以其愚心而师圣人之智, 不亦过乎?

[이 우화는 누구나 다 모르는 것이 있을 수 있기에 끊임없이 배워야 함을 말한다. 한자 성구 '로마식도(老馬識途)', '로마지도(老馬知途)', '로마지지(老馬之智)'가 이 우화에서 유래되였다.]

불사약
不死之药

어떤 길손이 초(楚)나라 왕에게 장생불로약을 바치려고 하였다. 알자(謁者)[1]가 그 길손을 안내하여 궁 안으로 들어갔다. 그런데 궁중시위가 있다가 느닷없이 물었다.

"이건 먹는 건가?"

---

1) 알자(謁者): 궁중에서 빈객을 임금에게 안내하는 사람.

"예, 먹는 겁니다."

그러자 그 궁중시위는 다짜고짜 그 약을 빼앗아 먹어버렸다.

왕이 알고서 대노하여 그 궁중시위를 죽이려고 하였다. 궁중시위는 사람을 시켜 왕에게 이런 말을 전하게 하였다.

"신이 알자에게 '먹는 건가?'고 물었더니 '먹는 겁니다'라고 해서 먹었습니다. 이는 신이 죄가 없고 죄는 알자에게 있는 것입니다. 그 길손은 불사약을 바쳤습니다. 신이 먹은 후 대왕께서 저를 죽이시면 이는 사약이지 불사약이 아닙니다. 바로 그 길손이 대왕을 속인 것이 됩니다. 그러니 대왕께서 죄 없는 저를 죽이시는 건 바로 그 길손이 대왕을 속이였다는 것을 까밝혀놓는 것과 같습니다. 그러니 저를 풀어주기만 못합니다."

이 말에 초왕은 그 궁중시위를 죽이지 않았다.

(원문)

有献不死之药于荆王者，谒者操之以入。中射之士问曰："可食乎？"曰："可。"因夺而食之。王大怒，使人杀中射之士。中射之士使人说王曰："臣问谒者，曰'可食'，臣故食之。是臣无罪，而罪在谒者也。且客献不死之药，臣食之而王杀臣，是死药也，是客欺王也。夫王杀无罪之臣而明人之欺王也，不如释臣。"王乃不杀。(《韩非子·说林上》)

[이는 하나의 딜레마적인 우화이다. 우화에서 궁중시위는 '량도론법'의 방법으로 불사약의 기편성을 폭로하여 자기 생명을 보존하였다.]

자한이 옥을 받지 않다
子罕不受璞玉

송(宋)나라[1]의 한 시골 사람이 옥돌을 얻어 자한(子罕)[2]에게 바쳤다. 하지만 자한은 그 옥을 받지 않았다. 그 시골사람이 말하였다.

"이건 보물입니다. 군자의 기물로 쓰기에 알맞고 저희 같은 촌사람들에게는 어울리지 않습니다."

이에 자한은 이렇게 대답하였다.

"당신은 이 옥돌을 보물로 여기지만 나는 당신의 이 옥돌을 받지 않는 것을 보물로 여기고 있소."

(원문)
宋之鄙人得璞玉而献之子罕，子罕不受。鄙人曰："此宝也，宜为君子器，不宜为细人用。" 子罕曰："尔以玉为宝，我以不受子玉为宝。"(《韩非子·喻老》)

[이 우화는 자한의 말을 통하여 렴결 청정한 고상한 품덕이야말로 세상에서 가장 값진 것임을 말해주고 있다.]

---

1) 송(宋)나라: 주나라 때의 제후국의 하나.
2) 자한(子罕): 송나라 대부 악희(樂喜)의 자임. 당시 송나라 국상이였음.

로나라 사람이 월나라로 가려 하다
鲁人徙越

로(魯)나라에 미투리[1]를 잘 삼는 남편과 생견[2]을 잘 짜는 안해가 살고 있었는데 월(越)나라에 가서 살 궁리를 하고 있었다.

어떤 사람이 이 소문을 듣고 그들 부부에게 이렇게 말하였다.

"당신네가 만일 월나라에 간다면 아주 구차해질 거요!"

"왜 그런 말을 하시우?"

로나라 사람의 말에 그 사람은 이렇게 타일러주었다.

"신이란 신어야 하는데 월나라사람들은 맨발로 다니기 좋아하오. 그리고 생견으로는 모자를 만드는데 월나라사람들은 모자는 안 쓰고 맨머리로 다니오. 당신들은 미투리 삼고 생견을 짜서 생활해야 하는데 그런 재간이 쓸모없는 곳에 가서 가난을 벗어나 보려고 하는데 그게 어찌 될 수 있겠소?"

(원문)

鲁人身善织屦，妻善织缟，而欲徙于越。或谓之曰："子必穷矣。"鲁人曰："何也？"曰："屦为履之也，而越人跣行；缟为冠之也，而越人被发。以子之所长，游与不用之国，欲使无穷，其可得乎？"(《韩非子·说林上》)

[이 우화는 전문 기술이나 주특기가 있다 하여도 적합한 장소가

---

1) 미투리: 삼이나 노 따위로 짚신처럼 삼은 신.
2) 생견: 삶지 아니한 생사(生絲)로 바탕을 조금 거칠게 짠 비단.

있어야 그것을 발휘할 수 있음을 계시해주고 있다.]

위나라 사람이 딸을 시집보내다
卫人嫁女

위(衛)나라의 한 사람이 딸을 시집보내면서 이렇게 가르쳤다.

"시집에 가거들랑 반드시 안돈을 많이 챙겨놓아야 한다. 남의 집 며느리로 되였다가 쫓겨나는 건 흔히 생기는 일이다. 버림받지 않고 백년해로한다는 건 정말 요행이다. 웬간해서는 그리 되지 않는단다."

딸은 아비의 말 대로 시집가서 열중해서 안돈을 챙겼다. 시어머니가 보니 며느리가 너무 악착스레 안돈을 모으는지라 그만 본가로 내쫓고 말았다. 그 딸이 본가로 쫓겨올 때 갖고온 재물이 시집갈 때 혼수보다 갑절 많았다. 그 아비는 딸을 잘못 가르친 것을 자책하기는커녕 도리여 자신이 똑똑하기에 집이 더 부유해졌다고 여겼다. 지금 벼슬아치들 중 뢰물을 받아먹고 법을 어기며 돈과 재물을 긁어모으는 자들 다가 이런 류의 짓거리를 하는 자들이다.

(원문)

卫人嫁其子, 而教之曰: "必私积聚! 为妇人而出, 常也; 其成居, 幸也。" 其子因私积聚, 其姑以为多私而出之。其子所以反者, 倍其所以嫁。其父不自罪于教子非也, 而自知其益富。今人臣之处官者, 皆是类也。(《韩非子·说林上》)

[이 우화는 아비의 말만 듣고 안돈만 챙기던 새며느리가 쫓겨나 본가집에 온 이야기를 통하여 탐욕스럽기 그지없는 인간들이 일단 기회를 잡으면 악착스레 재물을 긁어모으는 것에 대해 날카롭게 비판하면서 또한 그러한 자들에게 좋은 결과가 없다는 것도 설명하고 있다.]

이 세마리가 돼지의 피를 빨아먹다
三虱食彘

이 세마리가 돼지 몸뚱이에서 돼지 피를 빨아먹으며 서로 다투고 있었다. 다른 이 한마리가 지나가다가 물어보았다.

"당신네들 뭘 그렇게 다투고 있소?"

세마리 이가 이구동성으로 대답하였다.

"제일 살찐 곳을 쟁탈하려고 그러오."

지나가던 이는 이렇게 뚱겨주었다.

"당신네들은 랍일에 제지내려고 사람들이 모초에 불을 달아 돼지를 굽는 것이 그래 두렵지도 않소? 이런데 하필 살찐 곳을 차지하겠다고 서로 다툴 필요가 있겠소?"

그 말을 듣고 세마리 이는 한데 모여 이 암돼지의 피를 죽어라고 빨아댔다. 이에 돼지는 여위게 되였고 사람들은 이 돼지를 잡지 않았다.

(원문)

三虱食彘, 相与讼。一虱过之, 曰:"讼者奚说?"三虱曰:

"争肥饶之地。"一虱曰："若亦不患腊之至而茅之燥耳？若又奚患于是？"乃相与聚嘬其母而食之。彘臞，人乃弗杀。(《韩非子·说林下》)

[이 이야기는 측면으로 우리들에게 무슨 일을 함에 있어서 주요모순을 해결해야 함을 일깨워주고 있다. 돼지가 살아야 이들도 살아남는 것이다. 돼지가 살려면 랍일제에 희생으로 되지 말아야 하며 그럴려면 돼지가 여위여야 한다. 이러자면 이들이 서로 다툴 것이 아니라 함께 기를 쓰며 돼지 피를 빨아먹어야 하였던 것이다.]

삼인성호
三人成虎

위(魏)나라 대부 방공(龐恭)과 태자가 조(趙)나라 도읍인 한단(邯鄲)[1]에 볼모로 가게 되였다. 방공이 위왕에게 아뢰였다.

"지금 어떤 한 사람이 대왕님께 저자거리에 범이 나왔다고 보고하면 대왕께서는 그 말을 믿으시겠습니까?"

"나는 그 말을 믿지 않을 것이오."

"그럼 두 사람이 나서서 저자거리에 범이 나왔다고 보고하면 믿으시겠습니까?"

"의심할 것이오."

"그럼 세 사람이 나서서 저자거리에 범이 나왔다고 말하면 믿

---

1) 한단(邯鄲): 전국시기 조나라 도읍이였고 교통 요지이며 당시 황하북안의 가장 큰 상업중심이였음. 지금의 하북성(河北省) 한단시임.

으시겠습니까?"

이에 위왕이 대답하였다.

"그러면 믿어야지."

그러자 방공이 다시 아뢰였다.

"저자거리에는 본디 호랑이가 없었습니다. 이는 명백한 사실입니다. 호랑이가 있다고 말하는 사람이 많으면 호랑이가 정말로 있는 것처럼 됩니다. 지금 한단과 위나라 사이 거리는 궁실에서 저자 사이 거리보다 멀고도 멉니다. 저를 의론하고 있는 사람도 어찌 세 사람에만 그치겠습니까? 대왕님께서 잘 통촉해주십시오."

(원문)

庞恭与太子质于邯郸,谓魏王曰:"今一人言市有虎,王信之乎?"王曰:"否。""二人言市有虎,王信之乎?"王曰:"寡人疑之矣。""三人言市有虎,王信之乎?"王曰:"寡人信之。"庞恭曰:"夫市之无虎明矣,然三人言而成虎。今邯郸之去大梁也远于市,而议臣者过于三人矣。愿王察之矣。"(《韩非子·内储说上》)

[이 우화는 세 사람이 짬짜미를 짜면 거리에 호랑이가 나왔다는 거짓말도 정말로 되게 꾸밀 수 있다는 이야기를 통해 근거 없는 말이라도 여러 사람이 이구동성 말하면 사실로 받아들이고 곧이 듣게 된다는 것을 일깨워주고 있다. 한자 성구 '삼인성호(三人成虎)', '삼인성시호(三人成市虎)', '시호(市虎)'가 이 우화에서 유래되었다.]

남곽처사가 피리를 불다
濫竽充数

제(齊)나라 선왕(宣王)[1]은 피리소리를 즐겼는데 매번 반드시 3백명이 합주하는 것이라야 하였다.

남곽처사[2]라는 사람이 있었는데 선왕을 찾아가서 자기도 피리 불겠으니 악대에 넣어달라고 간청하였다. 이에 선왕은 기뻐하며 그를 악대에 받아들였다. 당시 피리 부는 자들로 관부의 봉급을 타먹는 사람이 수백명이나 되였는데 남곽처사도 그런 대우를 받았다.

선왕이 죽고 민왕(湣王)[3]이 즉위하였다. 그런데 이 민왕은 피리 합주를 좋아하지 않고 한사람씩 독주하는 것을 좋아하였다.

이렇게 되자 피리 불 줄 모르는 남곽처사는 슬그머니 도망치고 말았다.

(원문)
齐宣王使人吹竽，必三百人。南郭处士请为王吹竽，宣王说之，廪食以数百人。宣王死，湣王立，好一一听之，处士逃。(《韩非子·内储说上》)

[이 우화는 피리 불 줄 모르면서도 아는 체 악대에 혼입한 남곽처사의 이야기를 통해 덕도 없고 재능도 없는 무치한 인간을 풍자하였다.]

---
1) 제(齊)나라 선왕(宣王): 성은 전, 이름은 벽강. 제나라 임금. 재위기간 기원전 320-기원전 301년임.
2) 처사(處士): 벼슬하지 않고 초야에 묻혀사는 선비를 이르는 말.
3) 민왕(湣王): 선왕의 아들임.

목갑만 사고 진주는 돌려주다
买椟还珠

초(楚)나라의 어떤 보물장사군이 진주를 팔려고 정(鄭)나라로 갔다. 그는 귀한 목란 향목으로 목갑을 짠 다음 계초 향으로 훈제하고 주옥을 이어놓고 고운 옥으로 장식하고 비취까지 박아넣었다. 한 정나라 사람이 그 목갑을 샀는데 목갑만 갖고 그 안의 진주는 보물장사군에게 되돌려주는 것이였다. 이것이야말로 이 초나라 사람이 목갑은 잘 팔아먹는데 진주는 팔 줄 모른다고 할 수 있겠다.

(원문)
楚人有卖其珠于郑者，为木兰之柜，薰以桂、椒，缀以珠玉，饰以玫瑰，辑以羽翠。郑人买其椟而还其珠。此可谓善卖椟矣，未可谓善鬻珠也。(《韩非子·外储说左上》)

[이 우화는 정나라 사람이 진주를 담는 목갑만 사가고 진주는 도로 되돌려준 이야기를 통하여 취사선택을 제대로 할 줄 모르고 경중을 혼돈하며 처사하는 사람을 날카롭게 풍자하였다.]

귀신 그리기가 가장 쉽다
画鬼最易

한 타관 사람이 제(齊)나라 임금에게 그림을 그려주고 있었다. 제나라 왕이 물었다.

"어떤 것을 그리기가 가장 어렵소?"

타관사람이 이렇게 대답하였다.

"개나 말 따위가 가장 그리기 어렵습니다."

"그럼 어떤 것을 그리기 가장 쉽소?"

"귀신이나 도깨비 따위입니다."

개나 말 따위는 사람들이 잘 아는 것들로서 조석으로 늘 보는 것들이기에 실물과 똑같게 그린다는 건 사실 어렵다. 하지만 귀신이나 도깨비 따위는 형체가 없고 사람들 앞에 나타난 적 없으므로 누구도 그 실체를 모르기에 그리기가 가장 쉬운 것이다.

(원문)

客有为齐王画者，齐王问曰："画孰最难者？"曰："犬马最难。""孰最易者？"曰："鬼魅最易。夫犬马，人所知也，旦暮罄于前，不可类之，故难。鬼魅，无形者，不罄于前，故易之也。"(《韩非子·外储说左上》)

[이 우화는 세상에 가장 힘 안들이고 쉬운 것이 유심론과 형이상학이라는 것을 말해준다. 그것은 객관실제에 맞지 않는 허튼소리를 쳐대도 객관실제의 검험을 받을 수 없기 때문이다.]

초나라 사람의 글을 연나라 사람이 해석하다
郢书燕说

초(楚)나라 도읍 영(郢)[1]에 사는 사람이 연(燕)나라[2] 재상에게 편지를 써보내려 하였다. 밤에 편지를 쓰는데 초불이 너무 어두워 초대를 든 자를 보고 초심지를 돋우라고 말하였다. 말하고 나서 실수로 그 말을 편지에 써넣고 말았다. 그러니 초불심지 돋우라는 말은 사실 편지의 뜻이 아니였다. 그런데 편지를 받은 연나라 재상은 그 말을 이렇게 해석하였다.

"초불의 심지를 돋우라고 한 것은 밝음을 숭상하라는 것이요, 밝음을 숭상하라는 것은 현능한 사람을 천거하여 임용하라는 뜻이렸다."

이에 연왕에게 이 뜻을 아뢴즉 연왕이 듣고 나서 아주 기뻐하였다. 이리하여 나라의 정치가 잘되었다. 나라는 잘 다스려졌지만 사실 그것은 편지의 뜻은 아니였다. 오늘날 학자들 대다수가 모두 이 러루하게 본의를 외곡하고 있다.

(원문)

郢人有遗燕相国书者，夜书，火不明，因谓持烛者曰："举烛。"云而过书"举烛。"举烛，非书意也。燕相受书而说之，曰："举烛者，尚明也；尚明也者，举贤而任之。"燕相白王，王大说，国以治。治则治矣，非书意也！今世学者，多似此类。(《韩

1) 영(郢)：고대 초(楚)나라의 도성임. 지금의 호북성(湖北省) 강릉(江陵) 지역임.
2) 연(燕)나라：고대 주(周)나라 때의 제후국임. 지금의 하북성(河北省) 북부와 료녕성(辽宁省) 남부 지역임.

非子・外储说左上》)

[이 우화는 고적 따위를 해석함에 있어서 리치에 맞지 않는 말을 억지로 끌어다 붙여 자기에게 유리하게 하며 제멋대로 곡해하는 서생을 풍자, 비판한 것이다. 한자 성어 '영서연설(郢書燕說)'이 이 우화에서 유래되였다.]

정나라 사람이 신을 사다
郑人买履

전에 정나라 사람이 신 한컬레 사려 하였다. 그래서 신 사러 가기전에 먼저 자기 발의 치수를 재여 따로 표적을 해놓았는데 자리에다 그 표적을 둔 채 장에 갔다. 장마당에 이르러 신을 살 때에야 그는 그 표적을 두고 온 것이 생각났다.

"아이구, 내가 그만 깜박하고 표적을 안 가져왔구면."

그는 부리나케 집에 돌아와 표적을 가지고 다시 부랴부랴 장터로 뛰여갔다. 장마당에 오니 장은 벌써 파장이 되여 끝내 신을 사지 못하였다. 어떤 사람이 그에게 물었다.

"왜 제 발을 가지고 신발 치수를 맞추어보질 않소?"

그러자 그 정나라 사람은 이렇게 말하는 것이였다.

"이미 잰 표적을 믿어야지 자신을 어떻게 믿을 수가 있겠소?"

(원문)

郑人有欲买履者，先自度其足，而置之其坐。至之市，而忘操之。已得履，乃曰：“吾忘持度。”反归取之。及反，市罢，遂不得履。人曰：“何不试之以足？”曰：宁信度，无自信也。”(《韩非子・外储说左上》)

[이 우화는 정나라 사람이 표적만 믿고 자기 발을 믿지 않는 이야기를 통하여 실제로부터 출발하지 않고 종래의 규칙, 관례 따위를 묵수하면서 거기에 얽매여 있는 어리석은 교조주의 행실을 날카롭게 풍자하였다.]

증자가 돼지를 잡다
曾子杀猪

증자(曾子)[1]의 안해가 장 보러 가려고 하는데 어린자식이 울면서 제 어미를 따라가려고 하였다. 그래서 증자의 안해는 아이를 달래였다.

"어서 집으로 돌아가거라. 내 장을 보고와서 돼지를 잡으마."

증자의 안해가 장을 보고 돌아오니 증자가 대뜸 돼지를 잡으려고 서둘렀다. 안해는 바삐 남편을 말리였다.

"애를 얼리느라고 말한 것 뿐이예요."

증자는 안해에게 이렇게 타일렀다.

"아이를 어떻게 함부로 거짓으로 얼릴 수 있단 말이예요? 아이들은 철 모르기에 그저 부모에게 배우며 부모가 가르침 대로 한단

---

1) 증자(曾子) : 증삼(曾參)을 높여 이르는 말. 증삼(기원전 506-기원전 436?)은 로(魯)나라의 유학자임. 자는 자여(子輿). 공자의 덕행과 사상을 기술, 해석하여 공자의 손자인 자사(子思)에게 전하였음. 저서로《증자(曾子)》,《효경(孝經)》이 있음.

말이오! 지금 당신이 아이에게 거짓말을 하면 아이는 더는 제 엄마를 믿지 않을 것인즉 이래서는 아이를 잘 가르칠 수가 없소."

따라서 증자는 돼지를 잡고 고기를 삶아 아이에게 먹이였다.

(원문)
曾子杀猪曾子之妻之市，其子随之而泣。其母曰："女还，顾反为汝杀彘。"妻适市来，曾子欲捕彘杀之。妻止之曰："特与婴儿戏耳。"曾子曰："婴儿非与戏也。婴儿非有知也，待父母而学者也，听父母之教。今子欺之，是教子欺也。母欺子，子而不信其母，非所以成教也。"遂烹彘也。(《韩非子・外储说左上》)

[자식을 가르침에 있어서 몸소 행동으로 보여주는 것이 말로 가르치는 것보다 더 중요함을 생동하게 보여주는 우화이다.]

술집 개가 사나우니 술맛이 시다
狗猛酒酸

송(宋)나라에 한 술집이 있었는데 장사도 공평하게 하였고 손님접대도 살뜰히 하였다. 빚은 술은 맛이 아주 좋고 문앞에 세운 주기도 눈에 확 띄게 높직이 내다걸었다. 그런데 이상하게도 술사러 오는 사람이 아주 적었고 따라서 빚은 술도 쉬여버려 시쿨어지기가 일쑤였다. 술집주인은 무슨 까닭인지 몰라 안달아나서 마을의 어르신인 양천(楊倩)을 찾아가 가르침을 청했다.

양천은 한참 생각하다가 되물었다.

"당신네 집에서 기르는 개가 사납지 않소?"

술집주인이 대답하였다.

"네, 집의 개가 무척 사납습니다. 하지만 그게 술 파는 것 하고 무슨 상관이 있습니까?"

그러자 양천이 말하였다.

"사람들이 두려워하지 않던가. 사람들은 어린이들에게 돈을 주고 주전자를 들려 당신네 가게방에 술뜨러 보내지요. 그런데 그 개가 으르렁대며 좇아나와 아이들의 다리를 문다, 옷을 찢어놓는다 한단 말이요. 그러니까 영업도 안되고 술도 시쿨어질 수 밖에 없지 않겠소."

(원문)

宋人有酤酒者, 升概甚平, 遇客甚谨, 为酒甚美, 县帜甚高, 然而不售, 酒酸。怪其故, 问其所知闾长者杨倩, 倩曰："汝狗猛耶？"曰："狗猛则酒何故而不售？"曰："人畏焉。或令孺子怀钱挈壶雍而往酤, 而狗迓而龁之, 此酒所以酸而不售也。"(《韩非子·外储说右上》)

[이 우화는 주점의 개가 사나우면 손님이 아니 오고 따라서 술이 쉬여 시쿨어진다는 이야기를 빌어 간신배들이 날치면 그 나라에는 어진 신하가 모이지 않는다는 것을 일깨워주고 있다. 한자 성어 '구맹주산(狗猛酒酸)'이 바로 이 우화에서 유래된 것이다.]

사당에 사는 쥐가 우환이다
社鼠为患

　　제(齊)나라 환공(桓公)[1]이 관중(管仲)[2]에게 물었다.
　　"나라를 다스리는 데 가장 우환이 되는 것이 무엇인고?"
　　관중이 아뢰였다.
　　"무엇보다도 사직에다 집 짓고 사는 쥐 따위가 많은 것이 심각한 우환입니다."
　　"사직에다 집 짓고 사는 쥐라니, 그게 대체 무슨 말인가?"
　　"군주께서는 집을 짓는 자들의 태도를 자세히 살펴보시면 잘 알 수 있습니다. 먼저 나무로 건축하되 그 우에 옷칠을 하는 것입니다. 그러면 쥐가 그 틈바구니를 파고 구멍을 뚫고 그 속에 살게 되는 것입니다. 그 쥐를 쫓아내기 위해서는 불을 질러 그것을 태우면 좋겠지만 원래 집이란 나무로 지은 것이므로 집이 타버릴 것이 두렵고 또 불을 끄려고 물을 부으면 옷칠이 다 떨어져나갈 것이 두려운 것입니다. 그러니 그 쥐를 잡으려고 해도 잡지를 못하는 것입니다. 지금 임금의 좌우사람들은 궁성 밖에 나가면 드높은 권세를 빗대고 마음대로 리익을 백성들로부터 거두어 들이고 궁성 안에서는 패거리를 무어 임금의 눈을 가리고 임금의 사정을 살펴 밖에 전하며 안팎으로 중요한 것들을 얻어내고 있습니다. 많은 신하들과 벼슬아치들이 이래서 부를 축적하는 것입니다. 이러한 관리들을 처벌하지 않으

---

1) 제(齊)나라 환공(桓公) : 성은 강(姜). 이름은 소백(小白). 춘추 오패(五霸)의 한 사람임.
2) 관중(管仲) : 이름은 이오(夷吾), 경중(敬仲), 자는 중(仲)임. 춘추시기 제나라 정치가, 군사가로서 환공을 도와 패업을 이루게 하였음. 경칭으로 관자(管子)라고도 함.

면 법규가 문란해지고 처벌하려고 들면 곧 임금의 지위가 불안해집니다. 이 자들은 임금의 측근에서 살면서 부를 갖고 있는 것입니다. 이 자들이 곧 나라의 사서(社鼠)[1]인 것입니다."

(원문)

故桓公问管仲曰：“治国最奚患？”对曰：“最患社鼠矣！”公曰：“何患社鼠哉？”对曰：“君亦见夫为社者乎？树木而涂之，鼠穿其间，掘穴托其中。熏之则恐焚木，灌之则恐涂阤，此社鼠之所以不得也。今人君之左右，出则为势重而收利于民，入则比周而蔽恶于君，内间主之情以告外。外内为重，诸臣百吏以为富。吏不诛则乱法，诛之则君不安。据而有之，此亦国之社鼠也。”(《韩非子·外储说右上》)

[이 우화는 조정의 간신들을 사당에 사는 쥐에 비교하여 임금의 좌우에 있는 간신들이야말로 사서처럼 나라의 우환거리라고 통책하면서 이 자들이 임금의 총애를 받고 있기에 제거하기 어려움을 통탄하였다.]

자체모순에 빠지다
自相矛盾

초(楚)나라 사람으로서 예전에 창과 방패를 파는 자가 있었다.

---

1) 사서(社鼠)：사람이 함부로 손댈 수 없는 사당에 숨어 사는 쥐. 어떤 기관이나 세력가에 의지하여 간특한 짓을 하는 사람을 비겨 이르는 말.

그는 방패를 추켜들고 남들에게 한껏 자랑하였다.

"내 방패는 세상 제일 든든합니다. 아무리 좋은 창이라도 이 방패를 꿰뚫을 수가 없습니다." 뒤이어 그는 또 창을 추켜들고 한껏 뽐내였다.

"내 창은 세상 제일 날카롭습니다. 아무리 든든한 방패라도 이 창으로 찌르기만 하면 다 꿰뚫을 수 있습니다."

누가 이 말을 듣고 랭소하면서 물었다.

"그럼 당신의 창으로 당신의 방패를 찌른다면 어떻게 되겠소?"

이렇게 묻자 그 사람은 아무 대꾸도 못하였다. 그런즉 뚫리지 않는다는 방패와 뚫리지 않는 것이 없다는 창과는 그 주장이 동시에 성립될 수 없는 것이다.

(원문)

楚人有鬻盾与矛者，誉之曰：“吾盾之坚，物莫能陷也。”又誉其矛曰：“吾矛之利，于物无不陷也。”或曰：“以子之矛陷于之盾，何如？”其人弗能应也。夫不可陷之盾与无不陷之矛，不可同世而立。(《韩非子·难一》)

[스스로의 생각이나 주장이 앞뒤가 맞지 아니하여 생기는 '자기모순(自己矛盾)'이 바로 이런 것이다. 같은 말로 '자체모순(自體矛盾)', 비슷한 말로 '자가당착(自家撞着)' 따위가 있다.]

나무 밑에서 토끼를 기다리다
守株待兔

　　송(宋)나라에 한 농부가 있었다. 어느 날, 그가 밭갈이를 하고 있는데 토끼 한마리가 쏜살같이 뛰여지나가다가 밭머리에 있는 큰 나무에 부딪치는 바람에 모가지가 부러져 나무 밑에서 죽어버렸다. 이것을 본 그 농민은 조금도 힘을 들이지 않고 토끼를 주어가지고 집으로 돌아왔다.
　　그 농부는 토끼를 주은 후부터 호미를 내동댕이치고 늘 그 나무 밑에 두 손으로 무릎을 그러안고 앉아서 토끼를 기다렸다. 하지만 토끼가 또 뛰여와 나무에 부딪치는 일은 더는 생기지 않았다.

　　(원문)
　　宋人有耕田者。田中有株，兔走触株，折颈而死。因释其耒而守株，冀复得兔。兔不可复得，而身为宋国笑。(《韩非子·五蠹》)

　　[우연히 발생한 일을 불변의 법칙처럼 간주하고 적극적인 노력 대신 아무일도 하지 않고 뜻밖의 수확만 바라는 어리석은 사람을 풍자하고 비판한 것이다. 한자 성어 '수주대토(守株待兔)'가 이 우화에서 유래한 것이다.]

《려씨춘추(呂氏春秋)》의 우화

나쁜 냄새만 불쫓는 사내
逐臭之夫

몸에 고약한 냄새가 나는 사람이 있었다. 그의 부모와 형제, 마누라와 첩 그리고 자기를 아는 사람중 어느 누구도 그와 함께 생활하려 하지 않았다. 그는 스스로 고민을 하다가 바다가에 가서 살았다. 그런데 바다가에 그런 냄새를 즐기는 사람이 있었는데 밤낮으로 그 사람을 따라다니며 좀처럼 떨어지지 않았다.

(원문)
人有大臭者, 其亲戚兄弟妻妾知识, 无能与居者, 自苦而居海上。海上有人说其臭者, 昼夜随之而弗能去。(《呂氏春秋·遇合》)

[이 우화는 한 사람이 결함이 아무리 많고 생각이 아무리 나빠도 서로 마음이 통하는 자를 찾을 수 있다는 것을 말해준다. 이른바

류류상종이요 끼리끼리 어울린다는 말도 나쁜 뜻으로는 이런 걸 두고 하는 말이다.]

표식을 따라 밤에 강을 건너다
循表夜涉

초(楚)나라 사람들이 송(宋)나라를 습격하려고 사람을 시켜 옹수(灉水)에다가 도하할 곳을 미리 표시해두었다. 옹수 강물이 갑자기 불었는데도 초나라사람들은 이를 모르고 밤을 타서 단지 그 표식을 해놓은 곳으로 물을 건너다가 익사한 자가 천여명이나 되었다. 이에 군사들이 놀라는 모습이 마치 큰집이 무너지는 것 같았다. 먼저 표식을 할 때는 건널 수 있었으나 지금은 이미 물이 불어난 터였다. 그런데도 초나라 군사는 원래 표식을 따라 강을 건너려 하였기에 패배한 것이었다.

(원문)
荆人欲袭宋，使人先表灉水。灉水暴益，荆人弗知，循表而夜涉，溺死者千有余人，军惊而坏都舍。向其先表之时，可导也，今水已经变而益处多矣，荆人尚犹循表而导之，此其所以败也。

[이 우화는 초나라 군사가 강물이 불어난 상황을 모르고 의연히 전날 표시한 곳에서 강을 건너려다 엄중한 손실을 초래한 이야기를 통하여 시간의 변화를 모르고 그저 종래의 규칙, 관례를 고집하는 교조적인 태도를 풍자한 것이다.]

배전에다 표식을 해놓고 검을 찾다
刻舟求劍

초(楚)나라 사람들 중 어떤 사람이 배를 타고 강을 건너가다가 부주의한 탓으로 차고가던 검 한자루를 배전에서 물에 떨구었다. 그 사람은 인차 검을 떨구던 배전에 표식을 해놓고는 이렇게 중얼거렸다.

"여기가 내가 검을 떨어뜨린 곳이다."

배가 멈추자 그 사람은 배전에 표식을 한 곳에서 곧장 물에 들어가 검을 찾으려 하였다. 배는 이미 멀리 오고 검은 그냥 그 곳에 있는데 그 검을 이렇게 찾으려 하니 어리석어도 이처럼 어리석을 수 있는가?

(원문)

楚人有涉江者, 其劍自舟中墜于水, 遽契(jùqì)其舟, 曰: "是吾劍之所從墜." 舟止, 從其所契者入水求之. 舟已行矣, 而劍不行, 求劍若此, 不亦惑乎? (《呂氏春秋·察今》)

[변화하는 현실에 맞지 않고 진부한 생각을 고집하는 어리석은 자를 심각하게 풍자하는 말로서 한자 성어 '각주구검(刻舟求劍)'이 바로 이 우화에서 유래하였다. 사회는 발전하고 시대는 변한다. 따라서 국가의 법령, 제도도 시대의 요구에 맞게 변해야 한다. 아니 그러면 바로 각주구검과 같은 웃음거리를 빚게 됨을 이 우화가 교훈적으로 잘 말해주고 있다.]

아이를 강에 내다버리려 하다
引嬰投江

어떤 사람이 강변을 지나가다가 문뜩 어떤 젊은 사내가 아이를 강에 처넣으려 하는 것을 보았다. 아이는 너무 무서워서 막 울어대고 있었다.

길가던 사람이 그 까닭을 물었더니 젊은 사내가 이런 대답을 하였다.

"괜찮습니다. 이 애 아비가 헤염을 잘 치니까!"

아비가 헤염 잘 친다고 해서 그 아이도 물에서 잘 놀 수 있단 말인가?

(원문)

有过于江上者，见人方引婴儿而欲投之江中，婴儿啼。人问其故，曰："此其父善游。"其父虽善游，其子岂遽善游哉？以此任物，亦必悖矣。(《吕氏春秋·察今》)

[실제 정황은 전혀 아랑곳없이 유치하고 황당한 짓을 하는 것에 대하여 무정한 조소를 퍼부은 우화이다.]

송나라 사람이 말을 몰다
宋人驾马

　　송나라 사람이 말을 몰아 길을 가는데 말들이 앞으로 나가려 하지 않자 그중 한마리를 죽여서 내물에다 처넣었다. 그러고 나서 계속 길을 가는데 말들이 그래도 앞으로 나가려 하지 않자 또 한마리를 죽여 내물에 처넣었다. 이런 일을 여러 차례나 하였다. 비록 조보(造父)[1]라 하더라도 말에게 위엄부리는 것이 이보다는 더하지 않았을 것이다. 조보의 도는 체득하지 못하고 헛되이 그 위엄만 뽐내려 하였으니 말을 모는 데는 아무런 도움도 되지 못한다. 군주들 가운데도 이 송나라 사람처럼 못난 짓을 하는 사람이 있다. 임금으로서의 도리를 모르고 위세만 부리려 드니 위세를 부릴수록 백성들은 그의 다스림을 받으려 들지 않는다. 망국의 군주들 다수가 백성에게 가혹하게 누르며 위세를 부린 데서 망한 것이다. 때문에 위엄이라는 것은 없어서는 아니 되지만 또한 전적으로 위엄에 의존하여서도 안 된다. 이는 마치 소금과 맛의 관계와 같다. 적당히 소금이 들어가야지 그렇지 아니 하면 맛이 변해 먹을 수 없게 된다. 위엄도 그러하다. 모름지기 근거가 있어야 실행할 수 있는 것이다.

　　(원문)
　　宋人有取道者，其马不进，倒而投之鸂水。又复取道，其马不进，又倒而投之鸂水。如此者三。虽造父之所以威马，不过此

---

1) 조보(造父): 서주(西周) 시기 수레를 잘 몰기로 저명한 인물임. 조(趙)씨의 시조이며 영(嬴)씨의 시조이기도 함.

矣。不得造父之道，而徒得其威，无益于御。人主之不肖者，有似此。不得其道，而徒多其威。威愈多，民愈不用。亡国之主，多以多威使其民矣。故威不可无有，而不足专恃。譬之若盐之于味，凡盐之用，有所托也，不适则败托而不可食。威亦然，必有所托，然后可行。(《吕氏春秋·用民》)

[이 우화는 우리들에게 무슨 일이나 막론하고 모두 일정한 방법을 장악하여야 하며 억지로 밀고나가면 오히려 욕속부달(欲速不達)의 역효과가 생긴다는 것을 교훈적으로 일깨워주고 있다.]

려구의 이상한 귀신
黎丘奇鬼

대량(大梁)[1] 북쪽에 려구(黎丘)라는 마을이 있었는데 이상한 귀신이 있어서 남의 아들, 조카, 형제들의 모양을 신통하게 흉내내군 하였다. 마을의 한 로인이 장보러 갔다가 술에 잔뜩 취해 집으로 돌아오고 있는데 려구의 귀신이 로인의 아들로 둔갑해가지고 로인을 붙들고 길에서 계속 놀려주며 괴롭혔다. 로인이 집에 돌아와 술에서 깨여난 후 아들을 꾸짖었다.

"이 놈아, 난 네 애비야, 그래 내가 네 놈에게 잘못해준 게 뭐냐? 왜 길에서 날 그렇게 괴롭힌단 말이냐?"

아들은 억울해서 머리를 조아리며 울면서 부인하였다.

"억울합니다. 그런 일이 없습니다. 어제 저는 동쪽마을에 빚 받

---

1) 대량(大梁): 전국시기 위(魏)나라 도성. 지금의 하남성(河南省) 개봉(开封) 북쪽임.

으러 갔댔습니다. 가서 물어보면 알 수 있습니다."

그 로인은 아들이 하는 말을 믿었다.

"아, 그럼 그게 귀신의 작간이겠다. 귀신이 그런 짓을 한다는 말을 전에 들은 적이 있다."

이에 로인은 다음날에 일부러 특히 장에 나가 술을 마시고 돌아오는 길에 귀신을 만나면 검으로 찔러 죽이려고 속으로 잔뜩 별렀다. 이튿날, 로인은 생각한 대로 장에 가서 술을 마시고 취해서 돌아오고 있었다. 한편 아들은 아버지가 오지 않으니 걱정되여 마중하러 갔다. 로인은 아들을 보자 검을 뽑아 곧바로 내찔렀다. 아들로 둔갑한 귀신이라고 로인이 착각을 한 것이다. 그래서 그만 진짜 아들을 죽이고 말았다. 대저 현능한 선비라고 자칭하는 자에게 속히고 나서는 진짜 현능한 선비를 봐도 오히려 구분 못하고 믿지 않는데 이는 그 견식이 아들을 죽인 려구의 로인과 기실 다를 바 없다. 사물은 비슷한 것이 있기에 불가불 잘 살펴봐야 하며 진짜를 가려내야 한다. 쌍둥이는 생김새가 비슷하여 구분이 어렵지만 그 어미는 언제나 틀림없이 알아보는데 그것은 자식을 너무 잘 알고 있기 때문이다.

(원문)

梁北有黎丘部，有奇鬼焉，喜效人之子侄，昆弟之状。邑丈人有之市而醉归者，黎丘之鬼效其子之状，扶而道苦之。丈人归，酒醒而诮其子，曰："吾为汝父也，岂谓不慈哉！我醉，汝道苦我，何故？"其子泣而触地曰："孽矣！无此事也。昔也往责于东邑人，可问也。"其父信之，曰："嘻！是必夫奇鬼也，我固尝闻之矣！"明日端复饮于市，欲遇而刺杀之。明旦之市而醉，其真子恐其父之不能反也，遂逝迎之。丈人望见其子，拔剑而刺之。丈人智惑于似其子者,而杀其真子。夫惑于似士者,而失于真士,此黎丘丈人之智也。疑似之迹,不可不察,察之必于其人也。夫孪子之相似者,其母常识之,知之审也。(《吕氏春秋·慎行·疑似》)

[려구의 로인이 어리석은 짓을 한 것은 그가 사물의 본질을 투철히 가려보지 못했기 때문이다. 이 우화는 비슷한 사물에 대해 무턱대고 믿지 말아야 하며 가짜를 믿었다가는 진짜를 잃게 된다는 것을 교훈적으로 일깨워주고 있다.]

우물을 파고 사람을 얻다
穿井得人

송(宋)나라에 성이 정(丁)씨인 사람이 있었는데 집에 우물이 없어서 바깥에 나가 물을 길어다 써야 하였다. 그래서 늘 한사람이 바깥에서 돌아쳐야 하였다. 그러던 것이 우물을 판 후에 남들에게 이런 말을 하였다.

"우리 집에서는 우물을 파고 사람 하나 얻었소."

이 소문을 들은 자가 말을 이렇게 퍼뜨렸다.

"정씨네 집에서 우물을 파고 사람 하나 얻었다고 하오."

온 나라사람들이 이 일을 두고 말하게 되여 이 소식이 드디여 송나라 임금의 귀에까지 들어갔다. 송나라 임금은 정씨에게 물었다. 정씨네 사람이 말하였다.

"일손 하나를 얻었다는 말이지 우물에서 사람을 파냈다는 말이 아닙니다."

이런 결과를 일찍 알았다면 차라리 듣지 않기만도 못한 것이다.

(원문)

宋之丁氏，家无井而出溉汲，常一人居外。及其家穿井，告人曰："吾家穿井得一人。"有闻而传之者，曰："丁氏穿井得一人。"国人道之，闻之于宋君。宋君令人问之于丁氏。丁氏对曰："得一人之使，非得一人于井中也。"求闻之若此，不若无闻也。(《吕氏春秋·察传》)

[이 우화는 전하는 말을 그대로 믿지 말고 반드시 고찰하여 사실의 진위여부를 판단하여야 한다는 것을 말해주고 있다.]

귀를 막고 종을 훔치다
掩耳盜钟

범(范)씨[1]가 범죄로 도망하자 누군가가 그 기회를 타서 큰 종을 훔쳐가려 하였다. 그는 그 종을 지고 도망가자니 종이 너무 무거워 움쩍도 하지 않았다. 그래서 종을 부시여서 갖고 가려고 망치로 한번 내리치니 종이 뗑—하고 웅글은 소리를 내는 것이였다. 그래서 그는 이 소리를 듣고 남들이 와서 종을 앗아갈가봐 급기야 자기 귀를 꽉 막아버렸다. 자기 귀를 막아 듣지 못하면 남들도 듣지 못하는

---

1) 범(范)씨: 범길야(范吉射)를 가리킴. 범무자(武子)의 후손으로 진(晋)나라의 경(卿)이였음.

걸로 여기였던 것이다. 이것은 너무도 황당한 짓이다.

(원문)

范氏之亡也，百姓有得钟者。欲负而走，则钟大不可负；以椎毁之，钟况然有音。恐人闻之而夺己也，遽掩其耳。恶人闻之，可也，恶己自闻之，悖矣。(《吕氏春秋·自知》)

[이 우화는 사람은 스스로 자기를 잘 아는 것이 중요하며 자기를 스스로 속여서는 아니됨을 말해주고 있다. 왜냐하면 객관적 존재는 말살할 수 없으며 자기를 속인다 해서 남까지 속이는 효과가 생기지 않기 때문이다.]

《전국책(戰國策)》의 우화

백발백중
百发百中

초(楚)나라에 양유기(養由基)라는 자가 있었는데 활을 어찌 잘 쏘았던지 백보 떨어진 거리에서 버들잎을 쏘아도 백발백중이였다. 좌우사람들이 모두 그를 훌륭하다고 칭찬하였다. 그런데 한 과객은 이렇게 말하는 것이였다.

"제법 잘 쏘는군, 이젠 활 쏘는 기법을 가르칠 만하겠군."

양유기가 그 말을 듣고 의아해 하였다.

"다른 사람들은 다 날 보고 활을 잘 쏜다고 하는데 당신만은 이젠 가르칠 만하다고 하는군. 그럼 어디 당신이 나 대신 쏘아 보지 않소?"

그러자 그 과객은 다음과 같이 말하였습니다.

"나는 당신께 왼손을 펴고 오른손은 굽히라는 등 자질구레한 것은 가르칠 수 없소. 그러나 아무리 백보 밖에서 버들잎을 쏘아 백발백중일지라도 그만둘 때를 알아 잘 휴식하지 않으면 기력이 쇠약

해져서 활을 바로 잡지 못하고 살을 제대로 먹이지 못하는데 그러면 한발도 맞히지 못하게 될 것인즉 앞서 세운 공도 다 없어질 것이요."

(원문)

楚有养由基者，善射。去柳叶者百步而射之，百发百中。左右皆曰'善'。有一人过曰："善射，可教射也矣？"养由基曰：'人皆[曰]善，子乃曰可教射，子何不代我射之也？'客曰：'我不能教子支左屈右。夫射柳叶者，百发百中，而不已善息，少焉气[衰]力倦，弓拨矢钩，一发不中，前功尽矣。"(《战国策·西周策》)

[이 우화는 우리에게 무슨 일이나 적당한 때에 가서 멈추어야 하며 성공을 거둔 후에는 쉬면서 보양해야 함을 알려주고 있다.]

초나라 사람의 두 안해
楚人两妻

초나라에 어떤 사람이 안해 두 사람을 거느리고 살고 있었다. 그런데 어떤 사람이 큰부인을 유혹하다가 꾸지람만 듣고 말았다. 작은부인을 유혹하였더니 그 작은부인이 순순히 허락하는 것이었다. 그 후 얼마 지나지 않아 그 두 안해의 남편이 죽었다. 곁에서 누가 있다가 부인을 유혹했던 사람 보고 놀림조로 물었다. "자네가 장가를 든다면 그 큰부인을 취하겠소 아니면 작은부인을 취하겠소?'

그러니 그 사람은 이런 대답을 하는 것이었다.

"큰부인을 취하겠소."

"큰부인은 당신을 꾸짖었고 작은부인은 순순히 당신를 따랐는데 왜 큰부인을 안해로 취하려 하오?"

곁사람이 리해하지 못하겠다는 듯 다잡아 묻자 그 사람은 이렇게 대답하였다.

"그 녀자가 다른 사람의 부인일 때 나는 당연히 그 녀자가 내 요구를 들어주었으면 하였소. 그러나 만약 이제 내 안해가 된다면 나는 그 녀자가 나를 위해 다른 사람을 꾸짖기를 바란단 말이요."

(원문)

楚人有兩妻者, 人誂其长者, 长者詈之; 誂其少者, 少者许之。居无几何, 有兩妻者死。客谓誂者曰:"汝取长者乎？少者乎？""取长者。"客曰:"长者詈汝, 少者和汝, 汝何为取长者？"曰:"居彼人之所, 则欲其许我也; 今为我妻, 则欲其为我詈人也。"(《战国策·秦策一》)

[이 우화는 우리에게 사람은 부동한 위치에 놓이게 되면 같은 사물에 대하여 자신의 수요와 기호에 따라 부동한 선택표준이 있음을 알려주고 있다.]

관장자가 범을 찌르다
管庄子刺虎

　　범 두마리가 사람을 잡아먹겠다고 서로 싸우고 있었다. 그 때 관장자(管莊子)[1]가 그 두마리 범을 찔러죽이려는데 관여(管與)[2]가 이를 말리면서 다음과 같이 말하였다.

　　"범은 탐욕스러운 놈이고 사람은 범의 좋은 먹이감입니다. 지금 저 두마리 범이 사람이라는 먹이감을 놓고 싸우고 있는데 이제 반드시 둘중에 약한 놈은 물려죽을 것이고 센 놈도 큰상처를 입을 것입니다. 당신은 기다리고 있다가 상처를 입은 범을 찔러죽인다면 두마리 범을 일거에 잡게 되는 것이니 한마리 더 죽이는 로고를 들이지 않고도 두마리 범을 잡았다는 명성을 얻게 될 겁니다."

(원문)
　　有两虎争人而斗者，管庄子将刺之。管与止之曰："虎者，戾虫；人者，甘饵也。今两虎争人而斗，小者必死，大存必伤。子待伤虎而刺之，则是一举而兼两虎也。无刺一虎之劳，而有刺两虎之名。"(《战国策・秦策二》)

　　[이 우화는 우리들에게 적과의 투쟁 속에서 적의 내부모순을 잘 리용하면 사반공배(事半功倍)의 효과를 볼 수 있음을 말해준다. 한자 성구 '량호상투(兩虎相鬪)'가 이 우화에서 유래되였다.]

---

1) 관장자(管莊子): 사람 이름.
2) 관여(管與): 사람 이름.

증삼이 사람을 죽이다
曾参杀人

　　예전에 증자(曾子)[1]가 비읍(費邑)[2]에 살 때 비읍 사람으로 증자와 동성동명인 사람이 사람을 죽였다. 어떤 사람이 증자 어머니에게 알렸다.

　　"증삼(曾参)이 사람을 죽였습니다."

　　하지만 증자의 어머니는 태연히 베틀에서 베를 짜면서 말하였다.

　　"내 아들은 살인할 사람이 아니네."

　　그런데 조금후에 또 어떤 사람이 똑같은 말로 증자 어머니에게 알렸다.

　　"증삼이 사람을 죽였습니다."

　　그러나 증삼의 어머니는 여전히 태연자약하였다. 조금 후 또 한 사람이 와서 증자 어머니에게 알렸다.

　　"증삼이 사람을 죽였습니다."

　　이러자 증삼의 어머니는 두려워서 실북을 내던지고 담을 넘어 조용한 곳으로 피신하였다. 무릇 증삼과 같이 어진 사람 어머니의 굳은 믿음도 세사람이 같은 말을 하게 되면 의심이 들어 아들을 믿지 못하였던 것이다.

---

1) 증자(曾子) : 이름은 증삼(曾参), 자는 자여(子與), 공자의 제자임.
2) 비읍(費邑) : 로(魯)나라의 고장 이름임. 지금의 산동성(山東省) 어대(魚臺) 서쪽임.

(원문)

昔者曾子处费，费人有与曾子同名族者而杀人。人告曾子母曰："曾参杀人！"曾子之母曰："吾子不杀人。"织自若。有顷焉，人又曰："曾参杀人！"其母尚织自若也。顷之，一人又告之曰："曾参杀人！"其母惧，投杼逾墙而走至暗沙。夫以曾参之贤与母之信也，而三人疑之；则慈母不能信也。(《战国策·秦策二》)

[사실이 아닌 일도 여러 사람이 외곡하여 자꾸 전달하면 사실처럼 받아들여짐을 이르는 말. 한자 성어 '증삼살인(曾參殺人)'이 바로 이 우화에서 전래되였다.]

옥돌과 쥐고기
玉璞与鼠肉

정(鄭)나라 사람들은 아직 갈지 않은 옥돌을 박(璞)이라고 부르고 주(周)나라 사람들은 아직 말리지 않은 쥐고기를 역시 박(樸)이라고 부른다. 주나라 사람이 이 박(樸)을 가지고 정나라 상인에게 '박(樸)을 사겠느냐?'고 묻자 박(璞)인 줄 알고 '사겠다'고 하였다. 그런데 막상 그 박(樸)을 꺼내 살펴보니 쥐였다. 그래서 사양하며 거절하였다.

(원문)

郑人谓玉未理者璞，周人谓鼠未腊者朴。周人怀璞过郑贾曰：

"欲买朴乎？"郑贾曰："欲之。"出其朴，视之，乃鼠也。因谢不取。(《战国策·秦策三》)

[이 우화는 우리들에게 사물이나 사람을 볼 때 그 이름만 보지 말고 그 실제를 들여다 보아야 한다는 것을 말해주고 있다.]

추기가 거울을 들여다보다
邹忌窥镜

추기(鄒忌)[1]는 키가 8척이 훨씬 넘고 생김새가 준수하였다. 그는 아침에 의관을 갖추고 거울을 들여다보며 처에게 물었다.

"나와 성북(城北)[2]에 사는 서공(徐公)[3]중 누가 더 잘생겼소?"

처가 말하였다.

"당신이 훨씬 더 잘생겼죠. 서공이 어찌 감히 당신에게 미치겠어요!"

성북의 서공은 제(齊)나라의 이름난 미남자였다. 추기는 아무래도 자신이 없어 이번에는 다시 첩에게 물어보았다.

"나와 서공중에 누가 더 잘생겼소?"

첩이 말하였다.

"서공이 어찌 당신만 하겠어요!"

이튿날, 어떤 손님이 와서 추기와 이야기를 하고 있었다. 추기

---

1) 추기(鄒忌) : 전국시기 제(齊)나라 사람. 음악을 즐기였음. 일찍 제나라 위왕(威王)의 재상으로 있었음.
2) 성북(城北) : 제나라의 도읍 림치(臨淄)의 북쪽.
3) 서공(徐公) : 당시 제나라에서 미남으로 이름난 사람.

가 그 손님에게 물었다.

"나와 서공중에 누가 더 미남이라고 보는가?"

객이 말하였다.

"서공은 당신보다 못합니다."

그 다음날 서공이 추기 집에 오게 되였다. 추기는 그를 자세히 뜯어보았다. 자기는 아무래도 그만 못하다고 여겼다. 거울을 들여다 보았지만 역시 자기가 서공에 비하면 퍽 못생겼다. 그 날 그는 잠자리에 들어서 곰곰히 생각해보았다.

'내 처가 나를 잘났다고 한 것은 나에게 사사로운 정이 있기 때문이고 첩이 나를 잘났다고 한 것은 내가 두려웠기 때문이며 손님이 나를 잘났다고 한 것은 내게 바라는 바가 있기 때문이구나.'

이에 입조하여 위왕(威王)[1]을 뵙고 말하였다.

"제가 진실로 서공 만큼 미남이 아닌 줄 알고 있는데도 저의 처는 저에게 사정(私情)이 있기 때문에, 저의 첩은 저를 두려워하기 때문에, 저를 찾아온 손님은 저에게 바라는 바가 있기 때문에 모두 제가 서공보다 더 잘났다고 하였습니다. 지금 제(齊)나라는 령토가 사방 1천리나 되고 성은 1백 20개나 됩니다. 그러니 궁녀며 좌우 누구나 대왕을 사사롭게 여기지 않는 자가 없고 조정의 신하들은 대왕을 두려워하지 않는 자가 없으며 국토 안의 백성들 역시 대왕에게 바라지 않는 자가 없습니다. 이렇게 보면 왕의 시야가 가려짐이 너무 심합니다!"

왕이 그 말을 긍정적으로 받아들였다.

"그대 말이 옳도다."

---

[1] 위왕(威王) : 전국시기 제나라(전제) 제4대 군주. 성은 규(嬀)이고 전씨(田氏)이며 이름은 인제(因齐)임.

그러고 나서 왕은 이런 명령을 내렸다.

"대신과 관리들 그리고 백성들 중에 면전에서 과인의 잘못을 꾸짖어 주는 자는 상등상을 받을 것이요, 글을 올려 과인의 잘못을 간하는 자는 중등상을 받을 것이며 시정에서 과인을 비방하는 의논을 해 그 소문이 과인의 귀에까지 들리게 하는 자는 하등상을 받게 되리라."

이런 어명이 내려지자 처음에는 간언하러 오는 신하들로 문전성시였는데 몇달이 지나니 어쩌다 가끔씩 간언하는 자가 있게 되었고 1년이 지나니 비록 말하고 싶어도 말할 것이 별로 없게 되었다. 연(燕), 조(趙), 한(韓), 위(魏) 등 나라가 이 소식을 듣고는 모두 제(齊)나라에 입조하여 조회하였으니 이를 일러 조정 안에서 적국을 이긴다고 하는 것이다.

(원문)

邹忌修八尺有余，而形貌昳丽。朝服衣冠，窥镜，谓其妻曰："我孰与城北徐公美？"其妻曰："君美甚，徐公何能及君也？"城北徐公，齐国之美丽者也。忌不自信，而复问其妾曰："吾孰与徐公美？"妾曰："徐公何能及君也？"旦日，客从外来，与坐谈，问之客曰："吾与徐公孰美？"客曰："徐公不若君之美也。"明日徐公来，孰视之，自以为不如；窥镜而自视，又弗如远甚。暮寝而思之，曰："吾妻之美我者，私我也；妾之美我者，畏我也；客之美我者，欲有求于我也。"于是入朝见威王，曰："臣诚知不如徐公美。臣之妻私臣，臣之妾畏臣，臣之客欲有求于臣，皆以美于徐公。今齐地方千里，百二十城，宫妇左右莫不私王，朝廷之臣莫不畏王，四境之内莫不有求于王：由此观之，王之蔽甚矣。王曰："善。"乃下令："群臣吏民能面刺寡人之过者，受上赏；上书谏寡人者，受中赏；能谤讥于市朝，闻寡人之耳者，受下赏。"令初下，群臣进谏，门庭若市；数月之后，时时而间进；期年之后，虽欲言，无可进者。燕、赵、韩、魏闻之，皆朝于齐。此所谓战胜于朝廷。(《战国策·齐策一》)

[이 우화는 거짓으로 하는 찬양을 경계하여야 하며 허심히 남의 의견을 잘 들을 줄 알아야 크게 성공할 수 있음을 시사해주고 있다.]

대어가 물을 잃다
大鱼失水

정곽군(靖郭君)[1]이 설(薛) 땅에 성을 쌓으려 하자 많은 문객들이 간언하였다. 이에 정곽군이 알자(謁者)에게 말하였다.

"객들을 더 이상 들여보내지 말라."

제(齊)나라의 어떤 사람이 와서 요청하였다.

"저는 세 글자만 말하면 됩니다. 만약 한 글자라도 더 하면 저를 삶아죽여도 좋습니다."

정곽군은 이로 인해 그를 만나보았다. 그 객이 급히 들어오며 말하였다. "해대어(海大魚)."

그리고는 되돌아서서 급히 나가버렸다. 정곽군이 말하였다.

"객은 거기에 있으시오."

문객이 말하였다.

---

1) 정곽군(靖郭君) : 제위왕의 작은아들 전영(田嬰)임. 설(薛) 땅은 전영의 봉읍임.

"못난 저는 감히 목숨 가지고 장난할 수 없습니다."
정곽군이 말하였다.
"그럴 리 없소. 다시 더 설명해 보시오."
객이 대답하였다. "당신은 대어(大魚)에 대해 들어 보지 못하셨습니까? 그물로도 멈추게 할 수 없고 낚시로도 끌어낼 수 없습니다. 그러나 그런 대어가 제멋대로 놀다가 일단 물을 잃는 날에는 땅강아지나 개미조차도 마음대로 대어를 뜯어먹을 수 있습니다. 지금 이 제나라는 당신으로 말하면 물입니다. 당신이 장차 오래오래 이 제나라 그늘 밑에 살고자 한다면 설(薛) 땅에 성은 쌓아서 뭘 하십니까? 만약 제(齊)나라를 잃는다면 설성(薛城)의 높이가 하늘에 닿은들 아무런 리익이 없습니다."
정곽군이 말하였다.
"맞는 말이요."
그리고 나서 설땅에 성 쌓을 계획을 그만두었다.

(원문)
靖郭君将城薛，客多以谏。靖郭君谓谒者曰："无为客通。"齐人有请者曰："臣请三言而已矣。益一言，臣请烹！"靖郭君因见之。客趋而进曰："海大鱼！"因反走。君曰："客有于此！"客曰："鄙臣不敢以死为戏！"君曰："亡，更言之！"对曰："君不闻大鱼乎：网不能止，钩不能牵，荡而失水，则蝼蚁得意焉。今夫齐，亦君之水也，君长有齐阴，奚以薛为？夫齐，虽隆薛之城于天，犹之无益也。"君曰："善！"辍城薛。(《战国策·齐策一》)

[이 우화는 우리들에게 무엇을 생각하거나 무슨 일을 할 때 반

드시 큰 국면을 염두에 두며 총체적으로 인식해야 함을 계시해주고 있다.]

뱀을 다 그리고 나서 발을 더 그려넣다
画蛇添足

초(楚)나라에 어떤 사람이 제사를 지내고 나서 그 사인(舍人)[1]들에게 술 한병을 내주자 사인들이 그 술을 두고 이렇게 서로 의논하였다.

"이 술은 여럿이 마시면 부족하고 혼자 마시면 남을 것인즉 우리 다같이 내기를 하여 땅에다 뱀을 그리되 먼저 그린 사람이 이 술을 마시기로 합세."

그중 한사람이 뱀을 먼저 그리고는 술잔을 끌어당겨 마시려다가 왼손으로 술잔을 들고 오른손으로 뱀을 그리면서 부언하였다.

"나는 뱀의 발까지도 그릴 수 있거던."

아직 다리를 다 그리지 못하였을 때 그 다음 한사람이 뱀을 다 그리고는 술잔을 빼앗아가며 말하였다.

"뱀은 본디 발이 없는데 당신은 왜 발까지 그리는가?"

이리하여 결국 뱀의 발을 그린 자는 그 술을 마시지 못하고 말았다.

(원문)
楚有祠者，赐其舍人卮酒，舍人相谓曰："数人饮之不足，一

---
[1] 사인(舍人) : 왕공귀인의 좌우에 있는 자를 통칭하여 이르는 말.

人饮之有余。请画地为蛇，先成者饮酒。"一人蛇先成，引酒且饮之，乃左手持卮，右手画蛇，曰："吾能为之足。"未成，一人之蛇成，夺其卮曰："蛇固无足，子安能为之足？"遂饮其酒。为蛇足者，终亡其酒。(《战国策·齐策二》)

[이 우화는 뱀을 다 그리고 나서 뱀의 발을 더 그려넣다가 실패를 본 이야기를 통하여 사물의 본래 면목 대로 하지 않고 쓸데없는 군짓을 하다가는 일이 오히려 잘못될 수 있음을 경계해주고 있다. 한자 성구 '화사첨족(畫蛇添足)', '사족(蛇足)'이 바로 이 우화에서 유래되였다.]

토우와 목우
土偶桃梗

흙인형인 토우(土偶)와 복사나무인형인 목우(桃梗)가 말다툼을 하고 있었다. 목우가 토우보고 이렇게 말하였다.

"넌 원래 서쪽 언덕의 흙이였는데 사람이 너를 빚어 인형으로 만든 것이다. 그런데 8월이 되여 비가 내려 이 치수가 불어 여기까지 이르면 너는 풀어져버리고 말 거다."

그러자 토우도 질세라 반박하였다.

"그렇지 않다. 나는 원래 서쪽 언덕의 진흙이니 풀어져도 다시 서쪽 언덕의 흙으로 되돌아가면 그만이다. 그런데 너는 저 동국(東國)의 복사나무를 깎고 다듬어 인형으로 만든 것이 아니냐. 이제 비가 내려 치수(淄水)가 불어 여기까지 이르면 너를 띄워보낼 것이니 그렇게 되면 넌 이제 흘러서 어디로 갈 거냐?"

(원문)
有土偶与桃梗相与语。桃梗谓土偶人曰: "子, 西岸之土也, 挺之以为人。至岁八月, 降雨下, 淄水至, 则汝残矣!"' 土偶曰: "不然! 吾西岸之土也, 残则复西岸耳。今子, 东国之桃梗也, 刻削子以为人, 降雨下, 淄水至, 流子而去, 则子漂漂者将何如耳?" (《战国策·齐策三》)

[이 우화는 사람은 행동이나 거취에 있어서 장원한 타산으로 후과를 심중하게 고려해야 하며 감정적으로 일처리를 하면 안된다는 것을 말해주고 있다.]

여우가 범의 위세를 빌다
狐假虎威

범이 짐승을 찾아 잡아먹으려고 다니다가 여우를 만났다. 그러자 여우가 대뜸 이렇게 말하였다.

"네가 어찌 감히 나를 잡아먹을 수 있겠냐. 천제께서 나를 뭇 짐승의 우두머리로 삼았으니 지금 그대가 나를 잡아먹는다면 이는 천제의 명을 거역하는 것으로 된다. 네가 내 말을 못 믿겠거든 내가 이제 네 앞에서 걸어볼 테니까 너는 내 뒤를 따라오면서 어느 짐승이 나를 보고 감히 달아나지 않는가만 살펴보라."

범은 그리하자 하고 여우와 함께 가는데 아니나 다를가 만나는 짐승마다 이 둘을 보고는 모두 달아나는 것이였다. 범은 짐승들이 자기를 무서워해서 달아나는 줄을 모르고 여우가 무서워서 달아나는 줄로 여겼다.

(원문)

虎求百兽而食之，得狐。狐曰："子无敢食我也！天帝使我长百兽，今子食我，是逆天帝命也。子以我为不信，吾为子先行，子随我后，观百兽之见我而敢不走乎？"虎以为然，故遂与之行。兽见之皆走。虎不知兽畏己而走也，以为畏狐也。《战国策·楚策一》

[이 우화에서 나오는 여우는 거짓말로 범을 속여 자신을 위기에서 모면하였다. 후에 와서 이 우화는 남의 위세를 빌어 센 양 하는 비렬한 행위를 풍자하는 데 쓰이게 되었다. 한자 성어 '호가호위(狐假虎威)'가 바로 이 우화에서 유래되였다.]

활에 놀란 새
惊弓之鸟

어느 날, 경리(更羸)[1]가 위왕(魏王)[2]과 경대(京臺)[3] 아래에 서서 우를 쳐다보았더니 새가 날아가는 것이 보였다. 경리가 문득 위

---

1) 경리(更羸): 사람 이름.
2) 위왕(魏王): 위나라 임금.
3) 경대(京臺): 인공으로 쌓은 높은 대.

왕에게 말하였다.

"제가 왕을 위하여 빈 활을 쏘아 새를 떨어뜨려 보겠습니다."

그 말에 위왕은 믿지 못하여 되물었다.

"궁술이 어찜 그런 정도에까지 이를 수 있소?"

"가능합니다."

이윽고 기러기 한마리가 동쪽으로부터 날아오자 경리가 빈 활을 쏘아 기러기를 떨어뜨렸다.

"활쏘기가 이러한 경지까지 이르렀소!"

위왕이 깜짝 놀라 묻자 경리는 이렇게 설명하였다.

"이 기러기는 병들고 약한 놈입니다."

"선생은 어떻게 그것을 아시오?"

"그 놈이 날아올 때 심히 느리고 우는 소리가 슬펐습니다. 느리게 나는 것은 상처가 아프기 때문이고 우는 것이 처량한 것은 무리를 잃은 지 꽤 오래되기 때문입니다. 그래서 상처가 아물지 않았을 뿐 아니라 놀란 것이 아직 진정 못하고 있는데 활시위 당기는 소리를 듣고 그만 더 놀라서 높이 날려다 상처가 심하여 떨어지고 만 것입니다."

(원문)

异日者, 更嬴(gēng léi)与魏王处京台之下, 仰见飞鸟。更嬴谓魏王曰:"臣为王引弓虚发而下鸟。"魏王曰:"然则射可至此乎?"更嬴曰:"可。"有间, 雁从东方来, 更嬴以虚发而下之。魏王曰:"然则射可至此乎?"更嬴曰:"此孽也。"王曰:"先生何以知之?"对曰:"其飞徐而鸣悲。飞徐者, 故疮痛也; 鸣悲者, 久失群也, 故疮未息, 而惊心未去也。闻弦音, 引而高飞, 故疮

(发而)陨也。"《战国策・楚策四》

[경리는 기러기가 천천히 날고 울음 소리가 슬픈 것을 알아내고 활에 놀란 이 새는 아주 약한 새라는 판단을 내렸던 것이다. 한자 성어 '경궁지조(驚弓之鳥)'가 바로 이 우화에서 유래되었다.]

천리마가 백락을 만나다
骥遇伯乐

천리마가 다 커서 짐을 끌 나이가 되어 소금 수레를 끌고 태항산(太行山)을 넘게 되였다. 말굽이 늘어나고 무릎이 자꾸 꺾이고 꼬리는 축 처지고 살갗은 터지고 소금이 녹아내려 땅에 흘러내리고 온 몸뚱이가 땀벌창이 된 채 산중턱에서 뻗치고 서서 더는 수레채를 떠메고 나갈 수 없게 되고 말았다. 바로 이 때 마침 백락(伯樂)[1]이 이곳을 지나가다가 이 광경을 보고는 수레에서 내려 말을 어루만지며 울었다. 그리고는 옷을 벗어 말에게 덮어주었다. 그러자 천리마는 고개를 숙이고 씩씩 숨을 내뿜다가 고개를 들어 크게 우는데 그 소리가 울려 하늘에 닿는 듯하고 마치 금석(金石)에서 나는 소리 같았다. 왜 그랬겠는가? 이 천리마는 자기를 알아주는 지기인 백락을 만났기 때문이다.

---

1) 백락(伯樂) : 옛날 상마(相馬)에 능한 사람. 상마란 말의 생김새를 살펴보고 그 말의 좋고 나쁨을 가려내는 것임.

(원문)

夫骥之齿至矣，服盐车而上太行，蹄申膝折，尾湛胕溃，漉汁洒地，白汗交流。中阪迁延，负辕不能上。伯乐遭之，下车辕而哭之，解衣以幂之。骥于是俛而喷，仰而鸣，声达于天，若金石者，何也？彼见伯乐之知己也。(《战国策·楚策四》)

[이 우화는 인재를 잘 발견할 뿐만 아니라 관심하고 애호하여야 그 적극성과 재능을 충분히 발휘할 수 있다는 것을 생동한 이야기로 설명한 것이다.]

끌채는 남(南)을 향하고 바퀴는 북(北)으로 굴러가다
南辕北辙

위왕(魏王)이 조(趙)나라 도읍 한단(邯鄲)을 공격하려 하였다. 계량(季梁)[1]이 사신으로 가다가 이 말을 듣자 가다 말고 중도에서 되돌아왔다. 옷은 후줄근하게 구겨지고 머리의 먼지도 털어내지 않은 채였다. 그는 위왕을 만나 이렇게 말하였다.

"지금 제가 돌아오다 큰길에서 어떤 나그네를 만났습니다. 그 나그네는 북쪽을 향해 수레를 몰면서 저에게 '지금 초나라로 가고자 한다.'라고 하였습니다. 그래서 '당신은 초나라로 간다면서 어찌 북쪽으로 가는가?'라고 물었더니 그 나그네는 '내 말이 훌륭하여 잘 달린다.'라고 하는 것입니다. 그래서 저는 너무 어이가 없어서 '아무리 준마라 해도 이 길은 초나라로 가는 길이 아니잖소.'라고 하였더

---

1) 계량(季梁) : 위(魏)나라의 신하임.

니 이번에는 '나한테는 로자돈도 많소.'라고 하는 것이였습니다. 그래서 '아무리 로자돈이 많아도 이 길은 초나라로 가는 길이 아니오.'라고 하였습니다. 그래도 그 나그네는 '내 마부가 훌륭하다오!'라고 말하는 것입니다. 나는 '당신이 지금껏 말한 그 몇가지가 뛰여나면 뛰여날수록 초나라로부터는 그만큼 멀어지는 것이오.'라고 말해주었습니다. 지금 왕께서는 군대를 움직여 패업을 이루어 천하 제후의 신임을 얻으려 하고 있습니다. 대왕님은 나라도 크고 병력도 뛰여남을 믿고 한단을 공격하여 땅을 넓히고 명예를 높이려 하시니 대왕님의 이런 행동이 잦을수록 패업 성취는 멀어지는 것입니다. 마치 초나라로 간다면서 북쪽으로 말을 모는 저 나그네처럼 말입니다."

(원문)

魏王欲攻邯郸, 季梁闻之, 中道而反, 衣焦不申, 头尘不去, 往见王曰: "今者臣来, 见人于大行, 方北面而持其驾, 告臣曰: '我欲之楚.' 臣曰: '君之楚, 将奚为北面?' 曰: '吾马良.' 臣曰: '马虽良, 此非楚之路也.' 曰: '吾用多.' 臣曰: '用虽多, 此非楚之路也.' 曰: '吾御者善.' 此数者愈善, 而离楚愈远耳。今王动欲成霸王, 举欲信于天下。恃王国之大, 兵之精锐, 而攻邯郸, 以广尊名。王之动愈数, 而离王愈远耳。犹至楚而北行也。" 此所谓南其辕而北其辙也。(《战国策·魏策四》)

[이 우화는 무슨 일을 하든지 우선 목적이 뚜렷하고 방향이 맞아야 하며 여기에 더 나은 조건이 갖춰지면 더 좋은 효과를 볼 수 있지만 만약 반대 상황일 경우 즉 목표가 똑똑치 않고 방향이 틀렸다면 조건이 좋을수록 일은 더 잘못되어 갈 수 있다는 것을 계시하여 주고 있다.]

충성과 믿음이 죄가 되다
忠信得罪

멀리 외지에 가서 벼슬하는 자가 있었다. 그 안해는 남편 없는 틈에 외간남자와 사통하고 있었다. 그 남편이 돌아올 때가 다가오자 그 외간남자는 걱정이 되였다. 녀자가 사내에게 말하였다.

"그대는 아무 걱정 말아요. 내가 이미 술에 독약을 타서 기다리고 있습니다."

이틀후, 그 남편이 집에 돌아왔다. 그 녀자는 첩을 시켜 술병을 가져오게 하였다. 그 술에 독약이 들어있는 것을 안 첩은 올리자니 남편이 죽게 되겠고 말을 하자니 처가 쫓겨나게 되겠기에 거짓으로 넘어지는 체하고는 술을 엎질러버리자 남편은 노하여 첩을 매질하였다. 그러므로 한번 넘어져 술을 엎질러서 우로는 남편을 살리고 아래로는 처를 살려 주어 첩의 충성이 이처럼 지극하지만 결국 매질을 면하지 못하였으니 이것이 바로 충성과 믿음이 죄가 된다는 것이다.

(원문)
有远为吏者,其妻私人。其夫且归,其私之者忧之。其妻曰:"公勿忧也。吾已为 药酒以待之矣。"后二日,夫至,妻使妾奉卮酒进之。妾知其药酒也:进之则杀主父,言之则逐主母。乃阳僵弃酒。主父大怒而笞之。故妾一僵而弃酒,上以活主父,下以存主母也。忠至如此,然不免于笞。此以忠信 得罪者也。(《战国策·燕策一》)

[이 우화는 우리에게 무슨 일이나 경위를 잘 알아보아야 하며 충심과 간계를 잘 판별하여야 함을 일깨워준다.]

천금을 주고 말을 사다
千金买马

옛날 어떤 임금이 천금을 주고 천리마를 구하려 하였지만 3년이 되도록 구하지 못하였다. 그 때 궁중의 청소부 하나가 임금을 뵙고서 이렇게 장담하였다.

"청컨대 제가 구해오겠습니다."

왕이 그를 보냈더니 과연 석달 만에 천리마를 구하여 왔으나 죽은 말인데도 그 자는 5백 금에 말머리를 사서 돌아와 임금에게 보고하였다. 이에 임금이 크게 노하여 꾸짖었다.

"내가 구하려는 것은 살아있는 말인데 죽은 말을 그것도 5백 금이나 주고 사오다니!"

그러자 그 청소부는 이렇게 아뢰였다.

"죽은 말도 5백 금이나 주고 샀는데 하물며 살아있는 말이야 어떻겠습니까? 온 천하가 대왕을 가리켜 말을 살 줄 아는 분이라 여길 것입니다. 이제 곧 좋은 말들이 모여들 테니 두고보십시오."

과연 1년이 넘지 않아 천리마 여러 마리나 팔려고 모여들었다.

(원문)

古之君人, 有以千金求千里马者, 三年不能得。涓人言于君曰："请求之。"君遣之，三月得千里马。马已死，买其骨五百金，反以报君。君大怒曰："所求者生马，安事死马而捐五百金？"涓人对曰："死马且买之五百金，况生马乎？天下必以王为能市马，马今至矣！"于是，不能期年，千里之马至者三。(《战国策·燕策一》)

[이 우화는 인재를 받아들임에 있어서 반드시 진심으로 나서서 받아들여야 재능있는 사람들이 찾아오게 된다는 것을 설명하였다.]

백락이 뒤돌아보자 말 값이 십배 오르다
伯乐一顾，马价十倍

어떤 사람이 준마를 팔려고 사흘이나 시장에 내놓았지만 아무도 그것이 좋은 말인 줄을 몰랐다. 그래서 그는 백락(伯樂)을 찾아가 청을 들었다.

"저에게 준마가 있어 이를 팔려고 사흘 동안이나 시장에 내여 놓았지만 묻는 자도 없습니다. 원컨대 당신께서 오셔서 한번 둘러봐 주시고 떠나면서 한번 되돌아보아 주십시오. 그러면 제가 말 장사로 버는 돈 하루치를 드리겠습니다."

이에 백락이 정말 그 사람이 요청한 대로 가서 한번 둘러봐 주고 오면서 한번 뒤돌아봐 주었더니 하루 아침에 말 값이 열배로 뛰여올랐다.

(원문)
人有卖骏马者，比三旦立市，人莫知之。往见伯乐，曰："臣有骏马, 欲卖之, 比三旦立于市, 人莫与言。愿子还而视之, 去而顾之, 臣请献一朝之贾。"伯乐乃还而视之, 去而顾之。一旦而马价十倍。(《战国策·燕策二》)

[말 장사군은 바로 명인을 붙좇는 사람들의 심리를 잘 리용하여 장사 리속을 챙기였다. 이른바 명인 효과란 이런 것을 두고 말하는 것 같다. 한자 성어 '백락일고(伯樂一顧)'가 바로 이 우화에서 유래되였다.]

도요새와 조개가 다투다
鷸蚌相争

조(趙)나라가 장차 연(燕)나라를 치려 하자 소대(蘇代)[1]가 연나라를 위하여 혜왕(惠王)[2]에게 말하였다.

"오늘 제가 역수(易水)[3]를 지나올 때였습니다. 큰조개가 마침 껍질을 열고 해볕을 쬐고 있었는데 도요새가 부리로 조개의 살을 쪼으자 조개는 껍질을 오무려 새의 부리를 물었습니다. 도요새가 먼저 '오늘도 비가 오지 않고 래일도 비가 오지 않으면 너 같은 건 말라죽고 말 것이다.'라고 하자 조개 역시 '오늘도 놓아주지 않고 래일도 놓아주지 않으면 너 도요새는 죽고 만다.'라고 하면서 서로가 놓아주려 하지 않고 있는데 지나가던 어부가 둘을 한꺼번에 잡아 버렸습

---

1) 소대(蘇代): 동주(東周) 락양(洛陽) 사람, 전국시기 종횡가(纵横家)임. 소진(蘇秦)의 족제이기도 함.
2) 혜왕(惠王): 조(趙)나라 군주.
3) 역수(易水): 하천 이름. 하북성(河北省) 서부에 있음.

니다. 지금 조나라가 장차 연나라를 치려 한다는데 연나라와 조나라가 서로 붙들고 늘어져 민중이 피폐해지면 저는 강한 진(秦)나라가 어부의 득을 보지 않을가 걱정됩니다. 그러므로 왕께서는 깊이 헤아려 보시기 바랍니다."

혜왕은 "옳은 말이구먼." 하고는 계획을 중지하였다.

(원문)

赵且伐燕，苏代为燕谓惠王曰："今者臣来，过易水，蚌方出曝，而鹬啄其肉，蚌合而莫过拑其喙。鹬曰："今日不雨，明日不雨，既有死蚌。"蚌亦谓鹬曰："今日不出，明日不出，即有死鹬。"两者不肯相舍，渔者得而并禽之。今赵且伐燕，燕赵久相支，以弊大众。臣恐强秦之为渔父也。故愿王熟计之也。"惠王曰："善！"乃止。(《战国策·燕策二》)

[이 우화는 내부의 단결과 결속의 중요성을 강조하면서 내부에서 서로 싸우면 결국은 남이 어부지리를 보게 될 뿐이라는 것을 형상적으로 보여주고 있다.]

《신자(愼子)》의 우화

로자가 병을 묻다
老子问疾

상용(商容)[1]이 병이 나자 로자(老子)[2]가 물었다.
"선생께서는 제자에게 무슨 가르침 같은 걸 남기시지 않으렵니까?"
상용이 말하였다.
"그대에게 말하려던 참이였네. 고향을 지날 때 수레에서 내리는 까닭을 아는가?"
"고향사람, 고향마을을 잊지 말라는 말이 아닙니까?"
"교목을 지날 때 잰걸음으로 가야 한다는 걸 아는가?"
"어르신을 존경하라는 뜻이 아니겠습니까?"
상용은 입을 쩍 벌렸다.
"내 혀가 제대로 붙어있는가?"

---

1) 상용(商容): 전설에 의하면 상나라 귀족인데 로자의 스승이라고 함.
2) 로자(老子): 선진(先秦) 시기 사상가, 도가(道家)의 창시자임.

"예, 있습니다."

"내 치아는 아직도 있는가?"

"빠졌습니다."

"이 중의 도리를 알 만한가?"

로자는 이렇게 대답하였다.

"굳고 단단한 것은 쉽게 없어지고 부드럽고 약한 것이 오래 산다는 말씀이 아니겠습니까?"

상용이 말하였다.

"어허! 바로 여기에 천하의 도리가 다 들어있다."

(원문)

商容, 有疾。老子曰:'先生无遗教以告弟子乎?''容曰:'将语子。过故乡而下车, 知之乎?'老子曰:'非谓不忘故耶?'容曰:'过乔木而趋, 知之乎?'老子曰:'非谓其敬老耶?'容张口曰:'吾舌存乎?'曰:'存。'曰:'吾齿存乎?'曰:'亡。''知之乎?'老子曰:'非谓其刚亡而弱存乎?'容曰:'嘻! 天下事尽矣。'"

[이 우화에서는 몸의 병을 빗대여 도가의 '유약한 것이 강한 것을 이긴다'는 사상을 피력하였다.]

《할관자(鶡冠子)》의 우화

누가 가장 뛰여난 의원인가
谁最善医

위(魏)나라 문후(文侯)가 편작에게 물었다.
"그대 삼형제 가운데 누가 가장 뛰여난 의원인가?"
이에 편작이 대답하였다.
"맏형이 제일이요, 둘째형이 다음이요, 제가 제일 못합니다."
"그런데 왜 이름은 당신이 제일 나있소?"
문후가 재차 물으니 편작은 이렇게 대답하였다.
"맏형은 질병의 원인을 보고 병에 이르기 전에 치료하는 까닭에 이름이 집 밖에 나지 않았으며 둘째형은 아직 병이 깊지 않은 단계에서 치료하므로 그 이름이 마을을 벗어나지 못했으며 이 편작 자신은 경락에다 침을 놓고 살갗을 찢고 독한 약을 쓰는 데서 그래서 일반사람들은 제가 의술이 고명하다고 여기고 그래서 전국에 소문난 것입니다."

(원문)

魏文王问扁鹊曰：“子昆弟三人其孰最善为医？”扁鹊曰：“长兄最善，中兄次之，扁鹊最为下。”魏文侯曰：“可得闻邪？”扁鹊曰：“长兄於病视神，未有形而除之，故名不出於家。中兄治病，其在毫毛，故名不出於闾。若扁鹊者，镵血脉，投毒药，副肌肤，闲而名出闻於诸侯。”（《鹖冠子·世贤》）

[이 우화는 병치료에서 가장 고명한 방법은 병이 나지 않게 미연에 예방하는 것이며 또한 가장 고명한 사람들은 왕왕 보통 사람들이 잘 알지 못하고 있다는 것을 설명해주고 있다.]

중국고전문학총서 **중국고대우화**

《위문후서(魏文侯書)》의 우화

남에게 의탁만 해서는 안된다
五不足恃

위문후(魏文侯)[1]가 고권자(孤卷子)[2]에게 물었다.
"부친이 현능하면 가히 믿고 의지해도 되오?"
고권자가 대답하였다.
"안됩니다."
"그럼 아들이 현능하면 가히 믿고 의지해도 되오?"
"안됩니다."
"그럼 형이 현능하면 믿고 의지해도 되오?"
"안됩니다."
"그럼 동생이 현능하면 믿고 의지해도 되오?"
"안됩니다."
"신하가 현능하면 믿고 의지해도 되오?"

---

1) 위문후(魏文侯): 동주(東周) 전국(戰國) 시기 위(魏)나라 건립자. 성은 희(姬), 위씨(魏氏)이며 이름은 사(斯) 또는 도(都)라고도 함. 위혜왕(魏惠王)의 조부임.
2) 고권자(孤卷子): 전설적인 고명한 은사.

"안됩니다."

위문후는 듣고 나서 안색이 확 변하면서 노발대발하며 따져물었다.

"내가 당신에게 다섯가지나 물어보았는데 당신은 하나도 안된다고 똑 잘라서 말하니 이건 도대체 무슨 리유로 그러는 거요?"

이에 고권자는 또박또박 이렇게 말하였다.

"부친이 현능하다 해도 요(堯)임금보다 못할 것입니다. 하지만 요임금도 단주(丹朱)를 추방하였습니다. 아들이 현능하다 하더라도 순(舜)임금보다 못할 것입니다. 하지만 순임금의 부친 고수(鼓瞍)는 아주 어리석고 완고한 사람이였습니다. 형이 현능하다 하더라도 순임금보다 못할 것입니다. 하지만 순임금의 동생 상(象)은 아주 오만한 자였습니다. 그리고 동생이 현능하다 하더라도 주공(周公)보다 못할 것입니다. 하지만 주공도 관숙(管叔)을 주살하였습니다. 신하들이 현능하다 하더라도 탕왕(湯王)이나 무왕(武王)보다 못할 것입니다. 하지만 하나라 걸왕(桀王)과 상나라 주왕(紂王)은 토벌을 당하고 말았습니다. 이로 볼 때 희망과 믿음을 남에게만 기탁해서는 자기의 목적을 이룰 수 없고 남에게 의지해서는 오래 갈 수 없습니다. 군주께서 나라를 잘 다스리려고 하신다면 그래도 자기 자신부터 잘해나가야 합니다. 어찌 남에게 의탁하겠습니까?"

(원문)

魏文侯问孤卷子曰:"父贤足恃乎?"对曰:"不足。""子贤足恃乎?"对曰:"不足。""兄贤足恃乎?"对曰:"不足。""弟贤足恃乎?"对曰:"不足。""臣贤足恃乎?"对曰:"不足。"文侯勃然作色而怒曰:"寡人问此五者于子,一一以为不足者,何也?"对曰:"父贤不过尧,而丹朱放;子贤不过舜,而鼓瞍顽;兄贤不过舜,而象傲;弟贤不过周公,而管叔诛;臣贤不过汤、武,而桀、纣伐。望人者不至,恃人者不久。君欲治,从身始。人何可恃乎?"(选自《韩诗外传》)

[자기를 믿어야지 희망과 믿음을 남에게만 기탁해서는 자기의 목적을 이룰 수 없고 남에게 의지해서는 오래 갈 수 없다는 고권자의 말이 이 우화의 취지이다.]

《복자(宓子)》의 우화

양교어와 방어
阳桥与鲂

복자천(宓子賤)[1]이 선보현(單父縣)[2] 현령으로 부임하게 되였다. 그는 양주(陽晝)[3]를 찾아가 이런 말을 하였다.

"당신한테 무슨 경험이 있으면 저한테 알려줄 수 없겠습니까?"

"난 젊어서부터 지위가 미천하기에 백성을 다스리는 방법 같은 것은 없습니다. 하지만 나한테는 고기잡는 경험이 두가지 있는데 당신께 알려줄 수 있습니다."

"고기잡는 경험이라는 게 어떤 것입니까?"

양주가 말하였다.

"고기를 잡을 때 미끼를 매달고 낚시줄을 드리우고 있으면 인차 몰려와서 미끼를 삼키는 것이 양교어라는 잔고기입니다. 이 고기

---

1) 복자천(宓子賤): 사람 이름. 이름은 북부제(宓不齐), 자가 자천(子賤)임. 공자의 제자에서 72현자중의 한사람임.
2) 선보현(單父縣): 옛날 고을 이름. 지금의 산동성 선현(單縣)임.
3) 양주(陽晝): 사람 이름.

는 육질이 얇고 맛이 그닥잖습니다. 또 한 종류는 낚시밥 주변을 맴돌면서 먹을 듯 말 듯 하며 입질하는데 이 고기가 방어라는 고기입니다. 육질이 좋고 맛이 그저 그만입니다."

복자천은 양천의 말뜻을 알아차렸다.

"알겠습니다. 거참, 묘합니다."

부임길에 오른 복자천이 아직 선보현에 이르지도 않았는데 여러 관원들이 벌써 분분히 중도에 나와 마중하였다. 이 광경을 보고 복자천은 수하사람에게 분부하였다.

"어서 수레나 몰아라. 저자들이 바로 양주가 말한 양교어(陽橋魚)[1]라는 잔고기들이다."

선보현에 이르러 그는 그 지역의 어르신들 중 덕망이 높고 재능이 있는 분을 모셔다가 같이 선보현을 다스렸다.

(원문)

子賤为单父宰, 过于阳昼, 曰: "子亦有以送仆乎?" 阳昼曰: "吾少也贱, 不知治民之术, 有钓道二焉, 请以送子." 子贱曰: "钓道奈何?" 阳昼曰: "夫扱纶错饵, 迎而吸之者, '阳桥'也; 其为鱼, 薄而不美. 若存若亡, 若食若不食者鲂也; 其为鱼也, 博而厚味." 宓子贱曰: "善!" 未至单父, 冠盖迎之者交接于道. 子贱曰: "车驱之, 车驱之! 夫阳昼之所谓 '阳桥'者至矣." 于是至单父, 请其耆老尊贤者而与之共治单父.

---

1) 양교어(陽橋魚): 잉어과에 속하는 잔고기의 하나. 여기서는 피라미와 같은 뜻으로 하찮은 존재를 비유적으로 이르는 말로 썼음.

[이 우화는 양교어와 같은 잔고기와 방어에 대한 대조적인 서술을 통해 사회정치 생활에서 속물과 현사를 잘 분별해야 정치를 잘할 수 있음을 보여주었다.]

《경자(景子)》의 우화

사람을 쓰는 것과 제힘으로 하는 것
任人与任力

복자천(宓子賤)은 선보현(單父縣)에서의 임직 기간 거문고나 치며 즐기면서 엔간해서는 공당에 나가지 않고도 선보현을 잘 다스렸다. 그런데 무마기(巫馬期)[1]는 별을 이고 나가 별을 이고 들어오면서 불철주야 친히 나서서 선보현을 다스렸는데 역시 잘 다스렸다. 무마기가 복자천에게 무슨 비결인가고 물었다. 복자천은 이렇게 대주었다.

"나는 사람들을 믿었고 당신은 자기 혼자 힘만 믿었소. 혼자 힘만 믿고 하면 힘들고 사람들을 믿고 쓰면 편안하다오."

(원문)
宓子贱治单父, 弹鸣琴, 身不下堂, 而单父治。巫马期以星出, 以星入, 日夜不居, 以身亲之, 而单父亦治。巫马期问其故

---
1) 무마기(巫馬期): 사람 이름. 무마는 복성(複姓)임.

於宓子，宓子曰："我之谓任人，子之谓任力；任力者故劳，任人者故逸。"

[이 우화는 우리에게 일을 함에 있어서 혼자힘에만 의거할 것이 아니라 여럿이 같이 협동해야 함을 일깨워주고 있다.]

《호비자(胡非子)》의 우화

활에 화살을 서로 맞추다
弓矢相济

한 사람이 자기의 활을 내들고 자랑하였다.
"내 활이 제일 좋은 활이지요. 화살 따윈 필요없다니깐!"
다른 한 사람은 자기의 화살을 뽑아들고 자랑하였다.
"내 이 화살보다 더 좋은 화살은 없소. 활 따윈 필요없어요."
이 때 마침 후예(后羿)[1]가 지나가다가 둘이 하는 말을 듣고 말하였다.
"활이 아니면 어떻게 화살을 날릴 수 있으며 또한 화살이 없으면 어떻게 과녁을 맞힐 수 있겠소?"
그리고 나서 활에 화살을 메워 활을 쏘는 것을 가르쳐주었다.

(원문)
一人曰: "吾弓良, 无所用矢." 一人曰: "吾矢善, 无所用

---

1) 후예(后羿): 신화전설에 나오는 활 잘 쏘는 영웅.

弓。"羿闻之曰:"非弓何以往矢?非矢何以中的?"令合弓矢而教之射。

[물건이나 사람이나를 막론하고 서로 배합이 잘되고 협조가 잘 되여야 각자 작용을 잘 발휘할 수 있음을 일깨워주는 우화이다.]

《시자(屍子)》의 우화

장의와 의원
张仪与医生

구(昫)라고 하는 의원이 있는데 진(秦)나라에서 명의였다. 이 구의원이 선왕(宣王)[1]의 얼굴에 난 좌창을 낫게 하였고 혜왕(惠王)[2]의 치질도 고쳐주었다. 승상 장의(張儀)가 등이 벌겋게 부었는데 구의원을 청해 보였다. 그러면서 구의원에게 이렇게 말하였다.

"지금부터 내 잔등은 내 것이 아니니 의원 당신이 마음대로 처치하도록 하오."

구의원이 정성껏 치료한 결과 병이 깨끗이 나았다.

구의원이 병을 확실히 잘 고치는 데다가 장의가 완전히 그를 믿고 있었으므로 병이 재빨리 완치되였던 것이다.

나라를 다스리는 것도 병을 치료하는 것과 같다. 반드시 사람을

---

1) 선왕(宣王): 즉 진효문왕(秦孝文王)임. 성은 영(嬴), 조씨(趙氏)이며 이름은 주(柱), 소양왕(昭襄王)의 둘째아들이고 진시황(秦始皇)의 조부(祖父)임.
2) 혜왕(惠王): 즉 진혜문왕(秦惠文王)임. 성은 영(嬴), 조씨(趙氏)이며 이름은 사(駟), 진효공(秦孝公)의 아들임.

믿어야 하며 대담하게 일을 하게 해야 나라일을 잘 처리해나갈 수 있을 것이다.

(원문)

有医竘者，秦之良医也。为宣王割痤，为惠王治痔，皆愈。张子之背肿，命竘治之。谓竘曰：'背非吾背也，任子制焉。'治之遂愈。竘诚善治疾也，张子委制焉。夫身与国，亦犹此也，必有所委制，然后治矣。

[장의는 정치가이기에 정치경험을 병치료에 써먹은 것이다. 속담에 '사람을 쓰려면 믿어야 하고 믿지 못하면 쓰지 말라.'는 말이 있는데 대담히 믿고 일을 맡겨야 큰일을 이루어낼 수 있는 것이다.]

독주를 사서 강에 버리다
买酖注江

무기마(巫其馬)[1]가 초나라왕의 사신으로 파(巴)나라[2]에 가게 되였다. 도중에 그는 웬 사람이 독주(毒酒)[3]를 멜대짐으로 메고 가는 것을 보고 궁금해서 물어보았다.

"그건 날라다 어디에 쓰려고 그러오?"

---

1) 무기마(巫其馬) : 사람 이름. 일설에는 부마(駙馬)라고 함.
2) 파(巴)나라: 옛날 나라 이름. 지금의 중경(重慶) 일대와 호북성(湖北省) 서부 지역임.
3) 독주(毒酒) : 독약을 탄 술. 여기서는 짐주(鴆酒)를 가리킴. 짐주는 짐독(鴆毒)을 섞은 술.

"사람을 독해하려구요."

그래서 그는 그 독주를 전부 샀다. 몸에 지닌 돈이 모자라 타고 온 거마까지 넘겨주었다. 그 독주를 전부 산 그는 그것을 강에다 깡그리 쏟아버렸다.

(원문)

巫其马为荆王使于巴。见担鸩者，问之：" 是何以？" 曰："所以鸩人也。" 于是，请买之，金不足，又益之车马。已得之，尽注之于江。

[이 우화는 공중을 위하여 해악을 제거한 무마기의 공익심을 찬양한 것이다. 위험과 화난을 발견한 즉시 모든 노력을 다해 맹아상태에서 제거해버려야 함을 말한다.]

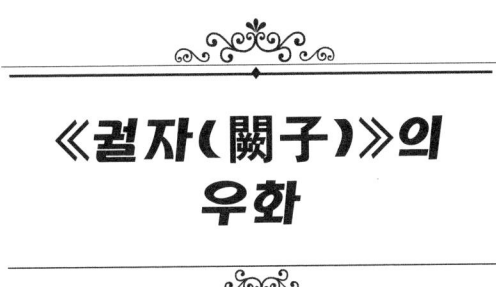

《궐자(闕子)》의 우화

금낚시에 향목 미끼
金钩桂饵

로(魯)나라의 어떤 사람이 낚시질을 무척 좋아하였다. 그는 향기가 물씬 나는 계수나무로 미끼를 만들고 황금으로 낚시를 만들었으며 낚시대에다가는 은실과 벽옥을 박아넣었다. 낚시줄은 비취새의 깃털을 가늘게 꼬아 만든 것이고 낚시대 역시 최고급 낚시대였다. 그가 고른 낚시터는 제일 좋은 자리였고 낚시하는 자세나 동작도 가장 멋이 있었다. 하지만 낚아올린 고기는 몇마리 안되였다. 그러므로 "낚시질에서 중요한 것은 낚시도구를 잘 장식하는 것이 아니고 일을 내밀고 나가는 데는 말치레 따위가 필요없다."고 말한다.

(원문)
鲁人有好钓者，以桂为饵，锻黄金之钩，错以银碧，垂翡翠之纶。其持竿处位则是，然其得鱼不几矣。故曰："钓之务不在芳饰，事之急不在辩言。"

[이 우화는 일을 함에 있어서 실제적인 효과를 봐야지 형식만 너무 추구하면 헛고생만 하고 실제 기대했던 성공에는 못 미친다는 것을 우리들에게 일깨워준다.]

연석을 보물로 소장하다
燕石珍藏

송(宋)나라의 한 어리석은 사람이 제(齊)나라의 오대(梧臺) 동쪽에서 연석(燕石) 하나를 얻었다. 아주 대단한 옥돌로 여기고 집에 갖고와 소중하게 수장하였다. 주(周)나라 사람이 이 소문을 듣고 그 보물을 보러 왔다. 주인은 7일간 목욕재계하고 검정색 례복을 차려입고 희생까지 갖추어 최고 격식으로 제를 지내고 나서 그 보물을 꺼냈다. 여러 겹으로 된 화려한 가죽궤를 하나하나 벗겨내고 또 여러 겹으로 싼 붉은색 노란색 비단보를 하나하나 풀어헤치니 마침내 보물이 보였다. 손님은 그 옥돌을 보더니만 배를 그러안고 한바탕 웃는 것이였다. 그리고 나서 이렇게 말하였다.
"이건 연석입니다. 벽돌이나 기와장처럼 별게 아닙니다."
그 말에 주인은 화를 버럭 냈다.
"이건 순전히 장사군의 말투에 사기군의 심보로군!"
연후에 주인은 그 연석을 더 꽁꽁 숨겨놓고 더 신경쓰며 단단히 지켰다.

(원문)

宋之愚人得燕石梧台之东，归而藏之，以为大宝。周客闻而观之，主人父斋七日，端冕之衣，衅之以特牲，革匮十重，缇巾十袭。客见之，俛而掩口卢胡而笑曰："此燕石也，与瓦甓不殊。"主人父怒曰："商贾之言，竖匠之心。"藏之愈固，守之弥谨。

[한자 성어 '어목연석(魚目燕石)'의 '燕石'이 바로 이 우화에서 유래되었다.]

《어릉자(於陵子)》의 우화

중주의 달팽이
中州之蝸

　　중주(中州)¹⁾의 달팽이 한마리가 자신이 한 일이 별로 없다고 호된 자책을 한 끝에 한번 큰일을 해보려고 하였다. 그래서 생각을 굴려보았다. 만약 동쪽으로 태산에 간다면 시간이 한 3천년은 족히 걸릴 것 같았다. 그래서 남쪽으로 장강, 한수로 가보면 어떨가 생각했는데 역시 3천년이 걸릴 것 같았다. 그래서 달팽이가 자신의 수명을 따져봤는데 이제 조만간에 곧 죽을 운명이었다. 여기까지 생각이 미치자 달팽이는 스스로 비분을 이기지 못하였다. 달팽이가 자신의 포부를 펼치지 못함을 개탄하다가 쑥대에 올라가 말라죽게 되자 땅강아지와 개미들이 몰려와서 달팽이를 비웃었다.

　　(원문)
　　中州之蝸, 将起而责其是非, 欲东之泰山, 会程三千余岁;

---

1) 중주(中州): 고장 이름. 지금의 하남성(河南省) 일대임.

欲南之江汉，亦会程三千余岁，因自量其齿，则不过旦暮之间，于是悲愤莫胜，而枯于蓬蒿之上，为蝼蚁所笑。(《於陵子·人问》)

[이 우화는 목표는 원대하나 실제적이 못되고 행동이 따라가지 못하는 사람을 풍자한 것이다. 응당 주객관 조건을 고려하면서 제때에 자신의 심리상태를 알맞게 조절하고 제때에 행동하여야 함을 일깨워주고 있다.]

《신어(新語)》의 우화

사슴을 가리켜 말이라고 하다
指鹿为马

진2세(秦二世)[1] 때의 일이다. 하루는 조고(趙高)[2]가 사슴 한마리 몰고 진2세를 따라 거동하게 되었다. 진2세가 궁금해서 물었다.

"승상은 어찌하여 사슴을 몰고 왔소?"

"이건 말이옵니다!" 조고가 맞받아 대답하였다.

"승상이 잘못 보셨소. 사슴을 말로 보았구먼."

진2세의 말에 조고가 딱 잡아뗐다.

"확실히 말이옵니다. 폐하께서 제 말을 못 믿으시면 여기 신하들께 물어보십시옵소서."

뭇 대신들 중 절반은 말이라고 하고 다른 절반 사람들은 사슴이

---

1) 진2세(秦二世): 이름은 호해(胡亥), 진시황(秦始皇)의 아들. 진시황이 죽은 뒤 제2세 황제(黃帝)로 즉위(卽位)하였음.

2) 조고(趙高): 진(秦)나라 때의 환관(宦官). 진시황(秦始皇)이 죽은 뒤 가짜조서를 꾸며 우둔하고 어리석은 호해(胡亥)를 진 2세로 내세우고 스스로 정승(政丞)이 되어 온갖 횡포한 짓을 다하였음.

라고 하였다.

이렇게 되자 진2세도 더는 우기지 못하고 간신의 말을 따르게 되었다.

(원문)

秦二世之时，赵高驾鹿而从行。王曰："丞相何为驾鹿？"高曰："马也。"王曰："丞相误也，以鹿为马。"高曰："陛下以臣言不然，愿问群臣。"臣半言鹿，半言马。当此之时秦王不能自信自而从邪臣之说。(《新语·辨惑》)

[이 우화는 간신이 권력을 잡고 황제를 마음대로 롱락하는 행위를 통하여 틀린 것, 그릇된 것을 끝까지 우겨 남을 릉멸하고 속이는 행위를 비유적으로 말한 것이다. 한자 성어 '지록위마(指鹿爲馬)'가 이 우화에서 유래된 것이다.]

《신서(新書)》의 우화

해진 신이라도 버리지 아니하다
不弃弊屨

　　예전에 초소왕(楚昭王)이 오(吳)나라와 싸울 때였다. 초나라 군사가 싸움에서 져서 소왕이 도주하게 되였다. 도주하면서 신이 다 해졌으나 그냥 질질 끌며 갔다. 그러다 신을 잃어버렸는데 30여보나 나갔다가 다시 돌아가 그 해진 신발을 찾아 들고 수(隋)땅에까지 갔다. 좌우가 물었다.

　　"대왕께서는 어찌하여 그 위급한 시기에 다 해진 신발을 그렇게 아끼십니까?"

　　"초나라가 아무리 궁하다 하더라도 신발 하나 없겠느냐? 내가 생각한 건 버리지 말고 그걸 가지고 함께 자기나라로 돌아가려고 한 것 뿐이다." 초소왕의 말이였다.

　　그 후로 초나라에서는 서로 저버리지 않는 풍속이 자리잡게 되였다.

(원문)

　昔楚昭王与吴人战，楚军败，昭王走，屦决眦而行失之。行三十步复旋取屦。及至于隋，左右问曰："王何曾惜一踦屦乎？"昭王曰："楚国虽贫，岂爱一踦屦哉？思与偕反也。"自是之后，楚国之俗无相弃者。(《新书·谕诚》)

　[이 우화는 전쟁에서 져서 그 바쁜 도망길에서도 자기 물건을 저버리지 않은 이야기를 통해 환난 속에서도 오랜 친구나 오랜 부하를 저버리지 말아야 한다는 도리를 비유적으로 말한 것이다.]

《한시외전(韓詩外傳)》의 우화

불을 밝혀들고 고기덩이를 찾다
请火释疑

마을에 한 할머니가 있었는데 그 할머니는 이웃의 한 젊은 새각시와 사이가 아주 좋았다. 하루는 새각시네 집에서 고기덩어리를 잃어버렸다. 그런데 그 집 시어머니는 새각시가 그것을 훔쳐먹었다고 의심하여 그 새각시를 본가집에 쫓아보내려 하였다. 새각시는 이웃집 할머니에게 그 사연을 하소연하였다. 할머니는 새각시를 본가집에 가지 말라고 말리였다.

"자네 시어머니가 자네를 내쫓지 않게 할 방법이 나한테 있네."

말이 끝나자 할머니는 불쏘시개 삼대를 한줌 쥐고 새각시네 시집으로 갔다.

할머니는 새각시의 시어머니를 보고 새각시에 대한 말은 한마디도 하지 않고 이렇게 말하였다.

"참 큰일났소. 우리 개 두마리가 고기덩어리를 놓고 싸우고 있는데 이 집에 불을 좀 빌려가지고 가서 등불을 켜놓고 그 놈의 개들을 혼내워야 하겠소."

시어머니는 그 말을 듣자 인차 사람을 보내 새며느리를 데려오게 하였다.

(원문)

里妇与里母相善。妇见疑盗肉，其姑去之，恨而告于里母，里母曰："安行。今令始呼汝。"即束蕴请火去妇之家，曰：'吾犬争肉相杀，请火治之。'姑乃直使人追去妇还之。(《韩诗外传》卷七)

[이 우화는 문제가 생기면 그 문제의 핵심을 찾은 후 책략적으로 풀어야만 손쉽게 해결할 수 있음을 말해주고 있다.]

≪회남자(淮南子)≫의 우화

황룡이 배를 업다
黄龙负舟

우임금이 남방을 순시하러 배를 타고 장강을 건널 때였다. 황룡 한마리가 나타나더니 곧바로 배를 업는 것이었다. 배 우의 사람들 모두가 놀라서 얼굴이 흙빛이 되었다. 유독 우임금만이 얼굴에 기꺼운 표정으로 웃더니 이렇게 말하였다.

"나는 하늘의 명을 받고 모든 수고를 마다 않고 백성을 위해 전력을 다해 일하고 있다. 산다는 것은 그저 잠간 이 세상에 기거하고 있는 것일 뿐이고 죽는다는 것도 그저 자연으로 돌아가는 것일 뿐이다. 이러한즉 경황실색해 할 건 무언가?"

그러면서 룡을 보기를 마치 도마뱀 따위를 보는 듯 안색 하나 변치 않고 있으려니 황룡이 제풀에 무엇하여 머리를 수그리고 꼬리를 내리뜨리더니 도망치고 말았다. 우임금은 모든 것을 담담하게 가볍게 보았던 것이다.

(원문)

禹南省, 方济于江, 黄龙负舟, 舟中之人五色无主, 禹乃熙笑而称曰: "我受命于天, 竭力而劳万民。生, 寄也; 死, 归也。何足以滑和!" 视龙犹蝘蜓, 颜色不变, 龙乃弭耳掉尾而逃。禹之视物亦细矣。(《淮南子·精神训》)

[이 우화는 우임금을 통하여 위험에 직면하였어도 죽음을 전혀 두려워하지 않는 용감한 정신을 구가하였다.]

문객이 목소리가 높다
门客善呼

예전에 공손룡이 조나라에 있을 적에 제자들에게 이렇게 말하였다.

"나는 아무런 재주도 없는 사람들과는 함께 다니기 싫다."

하루는 한 손님이 갈색옷에 흰띠를 두르고 공손룡을 찾아와서는 자기 특기를 말하였다.

"저는 목소리가 유난히 커서 고함을 잘 칩니다."

공손룡이 제자들을 둘러보며 물었다.

"너희들 중 고함소리가 특별히 높은 사람이 있느냐?"

"없습니다."

"그럼, 이 사람을 제자로 받아들여야겠다."

며칠후, 공손룡이 연왕에게 유세하러 가게 되였는데 강가에 이르러 강을 건느려니 이 쪽에는 배가 없고 강 건너편에 배가 한척 보이였다. 그래서 그는 고함 잘 치는 제자를 시켜 건너편 배를 불러오게 하였다. 그 제자가 나서서 고함쳐 부르자 건너편에서 알아듣고 배를 몰아 이 쪽으로 왔다.

(원문)

公孙龙在赵之时，谓弟子曰："人而无能者，龙不能与游。"有客衣褐带索而见曰："臣能呼。"公孙龙顾谓弟子曰："门下故有能呼者？"对曰："无有。"公孙龙曰："与之弟子籍。"后数日，往说燕王。至于河下，而航在一汜，使善呼者呼之，一呼而航来。(《淮南子·道应训》)

[이 우화는 사람은 버릴 사람 하나 없고 물건은 못 쓸 물건 하나 없다는 말과 같이 하찮은 재주라도 때로는 중차대한 작용을 할 때가 있다는 것을 말해준다.]

같은 물건이라도 사람에 따라 용도가 다르다
物同用异

다같은 엿을 놓고 류하혜(柳下惠)[1]는 이렇게 말하였다.
"로인을 봉양하기 좋은 음식이군."
하지만 도척(盗跖)[2]은 이렇게 말하였다.

---

1) 류하혜(柳下惠): 춘추 시기의 현인. 도척의 형임.
2) 도척(盗跖): 춘추 시기의 큰 도적. 류하혜의 아우임.

"이걸 열쇠에 붙이면 좋겠군."

(원문)
柳下惠见饴，曰："可以养老。"盗跖见饴，曰："可以黏牡。"见物同，而用之异。(《淮南子·说林训》)

[같은 사물이라도 쓰는 사람의 품격에 따라서 다른 용도로 쓰인다는 것을 대조적으로 설명한 우화이다.]

변새의 로인이 말을 잃다
塞翁失马

근자에 변새(邊塞)[1]에 거주하는 사람중에 술수(術數)[2]에 능한 로인이 살고 있었다. 그 집 말이 아무런 연고 없이 호인(胡人)[3]들이 사는 지역으로 달아났다. 사람들이 와서 위로하자 그 로인은 이렇게 말하는 것이였다.

"그게 좋은 일이 될지도 모르지 않소?"

몇달이 지나자 잃어졌던 말이 돌아왔는데 호인들의 준마 한마리까지 데리고 왔다. 그래서 사람들은 그 로인을 찾아가 축하하였다. 그러자 로인은 심드렁해서 이렇게 말하는 것이였다.

"그게 나쁜 일이 될지 뉘가 알겠소?"

---

1) 변새(邊塞): 여기서는 변경지역을 가리킴.
2) 술수(術數): 음양(陰陽), 복서(卜筮), 관상 따위로 길흉을 점치는 방법.
3) 호인(胡人): 당시 중국 북방에 살고 있던 유목민족을 가리킴.

로인의 집에 좋은 말이 많은데 아들이 말타기를 좋아하여 그 준마를 타다가 그만 말에서 굴러떨어져 넙적다리뼈가 부러졌다. 사람들이 또 몰려와 위문하자 로인은 아무렇지도 않게 이런 말을 했다.

"그게 이제 좋은일이 될지 알게 뭐요?"

일년이 지났는데 호인들이 변경일대를 대거 침입하는 바람에 청장년들이 모두 활을 메우고 싸우러 나갔다. 싸움에서 변경일대의 젊은 사람들이 거의 다 죽었는데 유독 로인의 아들만은 다리를 저는 리유로 병역에서 제외되어 전장에 안 나갔기에 부자가 함께 목숨을 부지할 수 있었다.

(원문)

近塞上之人，有善术者，马无故亡而入胡。人皆吊之，其父曰："此何遽不为福乎？"居数月，其马将胡骏马而归。人皆贺之，其父曰："此何遽不能为祸乎？"家富良马，其子好骑，堕而折其髀。人皆吊之，其父曰："此何遽不为福乎？"居一年，胡人大入塞，丁壮者引弦而战。近塞之人，死者十九。此独以跛之故，父子相保。(《淮南子·人间训》)

[이 우화는 대립된 사물이 호상 전화할 수 있다는 도리를 말하고 있다. 하지만 여기에 나오는 변새로인은 이런 사물의 전화를 소극적으로 기다리고 있기만 하는 로인으로서 전화를 위한 조건을 적극적으로 창조하지는 않는다. 이것은 소농경제 의식의 산물로서 도가사상의 소극적인 면을 반영한다. 한자 성어 '새옹지마(塞翁之馬)'가 바로 이 우화에서 유래되었다.

까치가 둥지를 짓다
喜鹊作巢

까치는 그 해에 바람이 많이 부는 것을 미리 알고는 둥지를 높은 나무가지에 짓지 않고 낮은 데에다 짓는다. 어른들이 지나가다가 손을 뻗쳐 새끼까치를 만지기도 하고 아이들은 지나가다가 막대기 같은 것으로 까치알을 뚜져놓기도 하였다. 그러니 까치는 먼 재화를 방지하려고 하였건만 코앞의 화난을 잊은 것이다.

(원문)
夫鹊先识岁之多风也，去高木，而巢扶枝。大人过之，则探觳，婴儿过之，则挑其卵。知备远难而忘近患。(《淮南子·人间训》)

[이 우화는 우리에게 문제를 볼 때 전면적으로 봐야지 한쪽만 보고 다른 쪽을 안 보면 크게 랑패할 수 있음을 일깨워주고 있다. 현재를 잃으면 장래도 없는 것이다.]

전자방이 늙은 말을 보다
田子方见老马

전자방(田子方)[1])이 길을 가다 길가에 늙은 말 한필 서있는 것

---
1) 전자방(田子方): 사람 이름. 전국시기 위(魏)나라의 현인.

을 보았다. 그래서 그는 마음에 걸린 일을 생각하고는 탄식하면서 차부에게 물었다.

"이건 무슨 말이오?"

"본디 공가에서 부리던 말인데요, 이제는 늙어서 더 부리지 못하고 끌어내다 팔려고 그럽니다."

전자방이 감회에 젖어 말하였다.

"이 말도 젊었을 때는 사람들이 그 힘 세고 건장한 것을 탐냈지만 늙으니까 버리고 마는구나. 인덕 있는 사람으로서는 차마 못할 짓이다."

그러고는 비단 다섯필을 주고 그 말을 사갔다. 조정의 늙은 대신 파무(罢武)¹⁾가 이 이야기를 듣고 나서 자신이 어떻게 해야 함을 알게 되였다.

(원문)

田子方见老马于道, 喟然有志焉, 以问其御曰: "此何马也?" 其御曰: "此故公家畜也, 老罢而不为用, 出而鬻之。" 田子方曰: "少而贪其力, 老而弃其身, 仁者弗为也。" 束帛以赎之。罢武闻之, 知所归心矣。(《淮南子·人间训》)

[이 우화에서는 인재나 공신을 말에 비유하여 인재를 아끼고 공신을 례우해야 함을 주장하였다.]

---

1) 파무(罢武): 사람 이름. 위나라의 오랜 신하.

中国古典文学丛书 中国古代寓言

《사기(史記)》의 우화

돼지족발을 바치며 풍년을 빌다
豚蹄禳田

　　제위왕(齊威王)[1] 8년, 초나라가 군사를 대거 동원해 제나라를 쳤다. 제위왕이 순우곤(淳于髡)[2]을 시켜 조나라로 가 구원병을 청하게 했다. 황금 100근과 사마(駟馬) 10대를 례물로 가지고 가게 했다. 순우곤이 하늘을 우러러보며 크게 웃자 관의 끈이 모두 끊어졌다. 제위왕이 물었다. "선생은 이를 적다고 생각하는 것이오?" 순우곤이 대답했다. "어찌 감히 그럴 리가 있겠습니까?" 제위왕이 다시 물었다. "그러면 그 웃음은 무엇을 뜻하는 것이오?" 순우곤이 말했다. "신이 동쪽에서 오면서 길가에서 풍작을 비는 사람을 보았습니다. 그는 돼지 족발 하나와 술 한잔을 들고서 빌기를 '높고 좁은 땅에서는 수확이 바구니에 가득하고 낮고 습기가 많은 밭에서도 수확이

---
1) 제위왕(齊威王): 성은 위(嬀), 전씨(田氏), 이름은 인제(因齊). 전제환공(田齊桓公)인 전오(田午)의 아들임.
2) 순우곤(淳于髡): 제나라의 정치가이며 사상가임. 제위왕의 정경대부(政卿大夫)로 중시를 받았음.

211

수레에 가득해서 오곡이 무성히 익어서 집에 넘쳐나게 하소서'라고 빌었습니다. 신은 그 사람이 손에 잡은 것은 그렇게 적으면서도 바라는 바가 너무 많은 것을 보았습니다. 그래서 웃었습니다."

이에 제(齊)나라 위왕이 곧 황금 천일(鎰)과 백벽(白璧) 열쌍, 거마 백대를 더 주었다. 순우곤이 작별인사를 하고 떠나 조나라에 도착했다. 조(趙)나라 왕이 그에게 정예 병사 십만명과 병거 천승(乘)을 주었다. 초(楚)나라 군사는 이 소식을 듣고 밤새 퇴각했다.

(원문)

威王八年，楚大发兵加齐。齐王使淳于髡(kūn)之赵请救兵，赍金百斤，车马十驷。淳于髡仰天大笑，冠缨索绝。王曰："先生少之乎？"髡曰："何敢。"王曰："笑岂有说乎？"髡曰："今者臣从东方来，见道旁有禳田者，操一豚蹄，酒一盂，而祝曰：'瓯窭满篝，污邪满车；五谷蕃熟，穰穰满家。'臣见其所持者狭，而所欲者奢，故笑之。"于是齐威王乃益赍黄金千镒白璧十双，车马百驷。髡辞而行，至赵，赵王与之精兵十万，革车千乘。楚闻之，夜引兵而去。(《史记·滑稽列传》)

[베푼 것이 적은데 바라는 것이 많아서는 성사하기 어려움을 이르는 말. 한자 성어 '돈제양전(豚蹄穰田)'이 바로 이 우화에서 유래되었다.]

사람을 천히 여기고 말을 귀히 여기다
贱人贵马

초장왕(楚莊王)¹⁾ 때의 일이다. 장왕이 사랑하는 준마가 있었다. 그 말에게 알락달락 수놓은 옷을 입혀 화려한 집에 두고서 기르면서 휘장이 없는 침대에 눕게 하고 말린 대추를 먹였다. 이윽고 말이 비만 때문에 병들어 죽자 신하들에게 복상하게 하고 관곽을 갖추어 대부의 례로 장사지내려 했다. 왕의 좌우에 있던 신하들이 그것은 불가하다고 다투어 간했다. 왕이 령을 내리면서 말했다.

"감히 말에 대해 간하는 자가 있다면 죄가 죽음에 이를 것이다."

우맹(优孟)²⁾이 듣고 궁궐문으로 들어가 하늘을 쳐다보며 크게 소리내여 울었다. 왕이 놀라 그 까닭을 물었다. 우맹이 말했다.

"말은 왕께서 아끼시던 것입니다. 초나라처럼 당당한 대국의 위세로써 무엇을 구한들 얻지 못하겠습니까? 그럼에도 대부의 례로써 말을 장사지낸다는 것은 박정합니다. 청컨대 군주의 례로써 장사지내십시오."

초장왕이 물었다.

"그럼 어찌하면 좋겠소?"

"그러자면 옥을 다듬어 관을 만들고 가래나무에 무늬를 새겨 겉널을 만들고 느릅나무, 단풍나무, 녹나무로 횡대를 만들고 병사들을 시켜 무덤을 파게 하고 로약자들에게 흙을 져나르게 하며 제

---

1) 초장왕(楚莊王): 미(芈)성, 웅(熊)씨, 이름이 려(旅). 초목왕(楚穆王)의 아들임. 형장왕(荆莊王)이라고도 함. 출토된 전국시기 죽간에는 장왕(臧王)으로도 나와 있음. 춘추시기 초(楚)나라 임금임.
2) 우맹(优孟): 춘추(春秋)시기 초(楚)나라의 궁정 예인(藝人).

(齊)나라와 조(趙)나라 사신들은 앞쪽에 렬을 지어 서게 하고 한(韓)나라와 위(魏)나라 사신은 그 뒤에서 지켜서게 하시며 사당을 지어 태뢰의 음식으로 받들고 만호의 읍을 지정해 그 곳의 세수로 제사를 받들게 하십시오. 제후들이 그 소식을 듣게 되면 대왕께서는 사람은 천하게 여기고 말은 귀하게 여긴다는 것을 알게 될 것입니다."

초장왕이 말했다.

"과인의 잘못이 이 지경에까지 이르렀단 말인가! 그럼 이를 어떡하오?"

우맹이 대답했다.

"제가 대왕을 위하여 륙축(六畜)을 대하는 것으로 그 말을 처리할 수 있게 허락해 주십시오! 부뚜막을 겉널로 삼고 구리솥을 관널로 삼고 생강과 대추를 조미료로 넣고 목란을 향료로 넣어 누린내를 없애고 쌀로 제사밥을 짓고 옷 대신 불길로 휩싸이게 한 후 사람의 배속에다 장사를 지내게 하여 주십시오."

이에 왕은 결국 말을 태관(太官)[1])에게 넘기고는 세상에 좋지 않은 뒤소문 따위가 돌지 않도록 하였다.

(원문)

楚庄王之时，有所爱马，衣以文绣，置之华屋之下，席以露床，啖以枣脯。马病肥死，使群臣丧之，欲以棺椁大夫礼葬之。左右争之，以为不可。王下令曰："有敢以马谏者，罪致死。"优孟闻之，入殿门，仰天大哭。王惊而问其故。优孟曰："马者王之所爱也，以楚国堂堂之大，何求不得，而以大夫礼葬之，薄，请

---

1) 태관(太官): 왕궁에서 궁정음식을 관장하는 벼슬 또는 그 사람.

以人君礼葬之。"王曰:"何如?"对曰:"臣请以雕玉为棺,文梓为椁,楩枫豫章为题凑,发甲卒为穿圹,老弱负土,齐赵陪位于前,韩魏翼卫其后,庙食太牢,奉以万户之邑。诸侯闻之,皆知大王贱人而贵马也。"王曰:"寡人之过一至此乎!为之奈何?"优孟曰:"请为大王六畜葬之。以垅灶为椁,铜历为棺,赍以姜枣,荐以木兰,祭以粮稻,衣以火光,葬之于人腹肠。"于是王乃使以马属太官,无令天下久闻也。(《史记·滑稽列传》)

[이 우화는 초장왕이 말을 귀히 여기고 사람을 천히 여긴 이야기를 통하여 착취계급의 부화하고 잔폭한 반동본질을 생동하고도 심각하게 폭로하였다.]

《신서(新序)》의 우화

숙오가 뱀을 죽여 파묻다
叔敖埋蛇

손숙오(孫叔敖)가 어렸을 때 한번은 밖에 나가놀다가 머리가 두개인 뱀을 보고는 그것을 잡아죽여 땅에 파묻었다. 그러고 나서 집에 돌아와 슬프게 엉엉 울었다. 어머니가 의아하여 왜 우느냐고 그 까닭을 물으니 손숙오가 말하였다.

"내 들을라니 대가리가 둘인 뱀을 본 사람은 죽는다고 하는데 제가 오늘 그런 뱀을 보았습니다. 그러니 전 이제 죽을 겁니다."

"그래서 그 뱀을 어떻게 하였느냐?" 어머니가 다잡아 물었다.

"다른 사람이 또 볼가봐 죽여서 땅에 파묻었습니다."

"잘했구나. 내 듣기로는 착한 덕을 쌓은 사람은 하늘이 복을 내려준다고 한다. 넌 죽지 않는다." 어머니는 이렇게 말하며 아들을 안심시켰다. 손숙오는 후날 장성하여 초나라의 령윤이 되였는데 부임하기도 전에 벌써 온 나라 사람들이 그의 인덕을 믿고 있었다.

(원문)

孙叔敖为婴儿之时，出游，见两头蛇，杀而埋之。归而泣，其母问其故，叔敖对曰："吾闻见两头之蛇者死，向者吾见之，恐去母而死也。其母曰："蛇今安在？"曰："恐他人又见，杀而埋之矣。"其母曰："吾闻有阴德者，天报之福，汝不死也。"及长，为楚令尹，未治而国人信其仁也。

[이 우화는 량두사를 잡아 땅에 파묻은 손숙오의 이야기를 통해 일이나 문제를 처리함에 있어서 언제나 남을 배려하여야 한다는 것을 설명하였다. 이래야만 대중의 신임과 애대를 받을 수 있는 것이다.]

가죽옷을 뒤집어 입고 시초를 지다
反裘负刍

위문후(魏文侯)[1]가 밖에 나가 유람하다가 길에서 양가죽털옷을 털이 안으로 들어가게 뒤집어입고 어깨에다 땔감으로 쓸 마른 풀단을 메고 가는 한 사내를 만났다. 문후가 궁금해서 그 사내에게 물었다.

"왜 털옷을 뒤집어입고 시초(柴草)[2]를 메였는가?"

그 사람은 이렇게 대답하는 것이었다.

"저는 이 털옷의 털을 무척 아낍니다. 그래서 양털이 땔감에 쓸

---

1) 위문후(魏文侯): 동주(东周) 전국(战国) 시기 위(魏)나라 건립자. 성은 희(姬), 위씨(魏氏)이며 이름은 사(斯) 또는 도(都)라고도 함. 위혜왕(魏惠王)의 조부임.

2) 시초(柴草): 땔나무로 쓰는 풀.

려 떨어질가봐 이렇게 뒤집어 입었습니다.

그 말을 들은 위문후는 이런 말로 그 사내를 일깨워주었다.

"털은 가죽에 붙은 것이 아닌가. 가죽이 쓸려 해지게 되면 털은 어디 붙어있단 말인가?"

이듬해, 위나라 동양지역에서 전량을 평시의 10배나 되게 바쳤다. 이에 대신들이 모두 위문후를 축하하였다. 하지만 위문후는 이런 상황이 근심스러워 말하였다.

"이게 축하할 일인 것 같지 않소. 똑 마치 털옷을 뒤집어 입고 땔감을 지고가는 그런 짓거리 같구먼. 가죽에 붙은 털이 아까운 줄만 알지 가죽이 없어지면 그 털도 붙을 데 없다는 리치를 모른단 말이오. 지금 동양의 경작지는 더 늘지 않았고 백성의 인구도 더 불어나지 않았는데 바친 전량이 10배나 늘다니 말이 안되오. 이건 틀림없이 사대부들에게서 수탈해낸 것이오. 내 들으매 아래 백성이 안정치 못하면 그 우의 조정도 불안하다고 하오. 그러니 이게 어디 축하할 일이요?"

(원문)

魏文侯出游, 见路人反裘而负刍, 文侯曰: "胡为反裘而负刍?" 对曰: "臣爱其毛。" 文侯曰: "若不知其里尽而毛无所恃耶?" 明年, 东阳上计, 钱布十倍, 大夫毕贺。文侯曰: "此非所以贺我也。譬无异夫路人反裘而负刍也, 将爱其毛, 不知其里尽, 毛无所恃也。今吾田地不加广, 士民不加众, 而钱十倍, 必取之士大夫也。吾闻之, 下不安者, 上不可居也, 此非所以贺我也。《新序・杂事二》)

[이 우화에서 유래된 한자 성어 '반구부추(反裘負芻)'가 바로 털옷을 뒤집어 입고 꼴을 지다라는 뜻으로 우매하여 일의 본말을 알지 못함을 비유한 말로 쓰이게 되였다.]

범으로 의심하여 바위를 쏘다
疑虎射石

예전에 초(楚)나라에 웅거자(熊渠子)¹⁾라는 사람이 밤길을 가는데 앞에 바위가 놓여있는 것을 범이 엎디여 있는 것으로 여기고 활을 꺼내 시위에 살을 먹이고 만궁으로 당겼다가 힘껏 쏘았더니 화살이 쌩하니 날아가 바위에 꽂혔는데 웅거자가 다가가 자세히 살펴보니 범이 아니라 바위였고 화살깃까지 바위 속으로 꽂혀들어갔다. 웅거자가 다시 제자리로 돌아가 바위를 겨냥해 활을 쏘았는데 화살이 바위에 꽂히기는커녕 아무 흔적도 남기지 않았다.

(원문)
昔者楚熊渠子夜行，见寝石以为伏虎，关弓射之，灭矢饮羽，下视，知石也。却复射之，矢摧无迹。(《新序・杂事四》)

[이 우화는 정신을 고도로 집중시키면 왕왕 뜻밖의 효과가 나타날 수 있음을 우리에게 시사해준다. 이 이야기는 후세에 전하는 과정에서 많이 변모되여 서한시대의 명장 리광의 이야기로 변해버리기도 하였다.]

---

1) 웅거자(熊渠子): 서주(西周)시기 초(楚)나라 군주.

섭공이 룡을 좋아하다
叶公好龙

섭공(葉公)[1] 자고는 룡을 좋아하기로 이름난 사람이였다. 그의 집 방안에는 벽에도 룡을 그렸고 기둥에도 룡을 새겼다. 그야말로 어디라없이 온통 룡이였다.

섭공이 룡을 좋아한다는 말을 들은 하늘의 진짜 룡이 섭공의 집에 날아왔다. 그 룡은 머리를 남쪽 창문에 들이밀고 꼬리를 북쪽 창문에 드리웠다.

룡을 본 섭공은 어찌나 놀랐던지 얼굴색이 하얗게 질리고 혼백이 허공에 뜬 채 집을 버리고 급급히 도망질쳤다.

그러니 섭공이 좋아하는 룡은 진짜 룡인 것이 아니라 룡과 비슷하지만 룡이 아닌 가짜 룡이였다.

(원문)
叶公子高好龙, 钩以写龙, 凿以写龙, 屋室雕文以写龙。于是天龙闻而下之, 窥头于牖, 施尾于堂。叶公见之, 弃而还走, 失其魂魄, 五色无主。是叶公非好龙也, 好夫似龙而非龙者也。
(《新序·杂事五》)

[이 우화는 겉으로는 좋아하는 듯 또는 말로는 좋아하는 듯 극성을 떨지만 실제로는 좋아하지 않고 두려워하는 자들을 신랄하게

---

1) 섭공(葉公): 춘추(春秋) 시기 초(楚)나라 섭현(葉縣) 현령 심저량(沈諸梁)임. 자는 자고임.

풍자하였다.]

수탉과 기러기
雄鸡与鸿雁

전요(田饒)[1]가 로애공(魯哀公)[2]을 섬겨 일하였지만 로애공은 그를 잘 료해하지 못하였다. 하루는 전요가 마침내 로애공에게 이런 말을 내비치였다.

"저 기러기가 높이 떠서 멀리 가듯이 저도 이제 대왕님을 떠나 멀리 갈가 합니다."

"그게 무슨 말씀이오?" 로애공이 묻는 말에 전요는 이렇게 대답하였다.

"대왕님은 저 수탉을 못 보셨습니까? 머리에 붉은 관을 썼으니 문아하고 발에 며느리발톱이 있으니 영무하고 적과 감히 맞서 싸우니 용감하고 모이가 있으면 서로 불러 같이 먹으니 인자하고 밤을 지켜 새벽을 제때에 꼭꼭 알리니 성실합니다. 수탉이 이런 '문, 무, 용, 인, 신' 오덕을 갖추고 있지만 대왕님께서는 사람을 시켜 그 수탉을 튀하여 삶아먹습니다. 왜 그럴 수 있겠습니까? 그건 수탉이 대왕님하고 지내 가깝게 있었기 때문입니다. 하지만 기러기를 놓고 말하면 기러기는 한번 날아가면 천리를 갑니다. 어떤 때는 대왕님의 늪에서 물고기나 자라를 잡아먹기도 하고 어떤 때는 대왕님의 전원에 들어가 콩이나 다른 작물들을 쪼아먹기도 합니다. 비록 수탉과

---

1) 전요(田饒): 사람 이름. 로(魯)나라에 있다가 후에 연(燕)나라로 가 재상이 되였음.
2) 로애공(魯哀公): 춘추(春秋)시기 로(魯)나라의 군주(君主). 이름은 장(蔣). 정공(定公)의 아들, '애(哀)'는 시호(諡號)임.

같은 오덕을 갖추지 못하였어도 대왕님께서는 아주 극진히 중히 여기십니다. 그러시는 건 바로 기러기가 먼 곳에서 왔기 때문입니다. 그런즉 저도 기러기처럼 멀리 떠나가게 해주십시오."

"남아 계시도록 하오. 당신의 말씀을 잘 적어두리다." 로애공의 말에 전요가 말하였다.

"제가 들으매, 남에게서 음식을 먹는 자는 그 그릇을 깨지 않고 나무 밑에서 그늘의 덕을 보는 사람은 그 나무가지를 찍지 않는다고 합니다. 능력 있는 사람을 버려둔 채 쓰지 아니하고 그 사람 말을 적어두어서는 무슨 소용이 있습니까?"

그러고는 드디어 연(燕)나라로 가버렸다. 연나라에서는 그를 재상으로 등용하였다. 3년이 지나자 연나라의 정치는 많이 호전되었고 나라 안에 도적이 없어졌다. 로애공이 이 소식을 듣고 개연히 탄식해마지 않다가 그만 3개월 독거생활에 들어갔고 자책하는 의미로 의식 기준도 낮추었다. 로애공은 이런 후회를 남겼다.

"이전에 신중하지 못하였기에 이런 후회가 생기게 되는구나. 이젠 어디 가서 전요 같은 사람을 찾을 수 있단 말인가!"

(원문)
田饶事鲁哀公而不见察。田饶谓鲁哀公曰:"臣将去君而鸿鹄举矣。"哀公曰:"何谓也?"田饶曰:"君独不见夫鸡乎? 头戴冠者,文也; 足傅距者,武也; 敌在前敢斗者,勇也; 见食相呼,仁也; 守夜不失时,信也。鸡虽有此五者,君犹曰瀹而食之。何则? 以其所从来近也。夫鸿鹄一举千里,止君园池,食君鱼鳖,啄君菽粟; 无此五者,君犹贵之,以其所从来远也。臣请鸿鹄举矣。"哀公曰:"止! 吾书子之言。"田饶曰:"臣闻食其食者不毁其器；荫其树者不折其枝。有士不用，何书其言为？"遂去之燕。燕立以为相。三年，燕之政大平，国无盗贼。哀公闻之，慨然太息，为之避寝三月，抽损上服，曰："不慎其前而悔其后，何可复得！"（《新序·杂事五》）

[먼 곳의 인재는 중시하고 가까운 곳의 인재는 몰라보는 집권자를 풍자한 것이다. 우리 말에 '가까운 무당보다 먼 데 무당이 령험하다'는 말도 이런 맥락에서 나온 말이다.]

《설원(説苑)》의 우화

악사 경이 거문고를 타다
师经鼓琴

악사 경(經)[1]이 거문고를 타니 위문후(魏文侯)가 일어나 춤을 추면서 이렇게 읊었다.

"내가 하는 말을 어기지 않도록 하라."

악사 경이 이 말을 듣자 거문고를 들어 문후를 쳤는데 머리를 맞히지 못하고 면류관 줄이 맞아 끊어져버렸다.

문후가 좌우를 돌아보며 물었다.

"신하로서 임금을 치면 무슨 죄에 해당하는가?"

좌우가 말했다.

"그 죄 팽형(烹刑)[2]에 처해야 마땅합니다."

이에 악사 경이 결박되어 당하로 끌려내려가게 되었는데 섬돌 하나 내려서자 경이 문후에게 말했다.

---

1) 악사 경(經): 이름이 경인 악사.
2) 팽형(烹刑): 삶아죽이는 혹형.

"신이 한마디 말씀을 드리고 죽어도 되겠습니까?"

문후가 말했다.

"어디 말해보아라."

악사 경이 말했다.

"옛날 요임금, 순임금 적에는 임금이 자기가 한 말을 어기는 사람이 없을가봐 걱정하였고 걸(桀)왕이나 주(紂)왕이 임금일 적에는 자기가 한 말을 어기는 사람이 있을가봐 걱정하였습니다. 그런즉 신은 걸주(桀紂)를 친 것이지 우리 임금을 친 것이 아닙니다."

문후가 말했다.

"석방하라. 이건 내 잘못이다. 거문고는 성문 우에 달아매놓아 내가 잘못했다는 증거로 삼고 면류관 줄은 수선하지 말고 그대로 두어 내가 보면서 스스로 경계하도록 하겠다."

(원문)

师经鼓琴，魏文侯起舞，赋曰："使我言而无见违！"经援琴而撞文侯，不中，中旒(liú)溃之。文侯谓左右曰："为人臣而撞其君，其罪如何？"左右曰："罪当烹。"提师经下堂一等。师经曰："臣可一言而死乎？"文侯曰："可。"师经曰："昔尧、舜之为君也，惟恐言而人不违。桀、纣之为君也，惟恐言而人违之。臣撞桀、纣，非撞吾君也。"文侯曰："释之！是寡人之过也。悬琴于城门，以为寡人符；不补旒以为寡人戒。"(《说苑·君道》)

[이 우화는 형벌을 받는 한이 있어도 국왕께 충언을 드리는 신하 그리고 충언을 받아들이고 자기의 잘못을 과감히 시정하는 문후의 이야기를 통하여 충언은 귀에 거슬리나 자신에게 리롭다는 도리

를 다시금 되새기게 한다.]

한입같이 갈채하다
唱善若一

안자(晏子)가 죽은 지 17년이 지나서였다. 경공(景公)이 여러 대부들을 청하여 술을 마셨다. 경공이 활을 쐈으나 과녁을 맞히지 못하고 빗나갔는데 당상의 대부들이 일제히 훌륭하다고 소리치는 것이 모두들 마치 한입같이 갈채하는 것이였다.

이에 경공은 안색이 확 변하면서 활을 내던지고는 크게 탄식하였다. 그 때 마침 현장(弦章)¹⁾이 들어오니 경공이 말했다. "현장, 내가 안자를 잃은 이래로 지금 17년이 되였는데 그 후로는 나의 잘못과 좋지 못한 일을 지적하는 말을 듣지 못했소. 지금 활을 쏜 것이 과녁을 명중 못하고 빗나갔는데도 다들 한입으로 갈채를 하는구려."

현장이 대답했다.

"이는 여러 신하들이 현명하지 못하여 그들의 지혜가 임금의 잘못을 알기에 부족하고 용기 또한 임금의 안색을 거스르기에 부족하기 때문입니다. 하지만 한가지 말씀드리고저 합니다. 신이 들을라니 '임금이 어떤 옷을 좋아하면 신하들도 그런 옷을 즐겨 입고 임금이 어떤 음식을 즐기면 신하들도 그 음식을 즐겨 먹는다.' 합니다. 자벌레가 노란 걸 먹으면 그 몸뚱이가 노랗게 되고 파란 걸 먹으면 그 몸뚱이가 파랗게 됩니다. 임금께서는 그래도 아첨하는 사람의 말을 좋아하시겠습니까?"

---
1) 현장(弦章) : 사람 이름. 일찍 제환공 때 대사리(大司理) 벼슬을 하였음.

경공이 말했다.

"훌륭하오그려. 오늘 이야기는 현장 그 쪽이 마치 임금이 되여 말하고 난 신하가 되여 듣는 것 같구먼!"

이 때에 바다가의 어부가 생선을 바치자 경공이 그중 생선 50 수레를 현장에게 하사하였다.

현장이 집에 돌아오니 생선 수레가 길을 가득 메웠다. 이에 현장은 마부의 손을 만지면서 말했다.

"아까 훌륭하다고 갈채한 자들은 다들 당신이 보낸 물고기를 얻어가지려고 그러는 겁니다. 옛날 안자가 하사하는 상을 거절한 것은 바로 임금을 보좌하기 위해서였습니다. 그러하였기에 안자는 임금의 잘못을 숨기려고 하지 않았습니다. 지금 여러 신하는 한결같이 아첨하며 리익만 추구하기 때문에 임금의 화살이 과녁을 맞히지 못하고 빗나갔건만 마치 한 사람의 입에서 나온 것처럼 다들 훌륭하다고 갈채를 한 것입니다. 지금 나는 임금을 보좌하는 일을 제대로 잘하지 못하고 있는데도 이렇게 임금이 하사하신 생선을 받으면 이는 안자의 도의를 어기고 아첨배들의 욕망에 부응하는 것이 됩니다."

그리고는 한사코 생선을 받지 않았다.

(원문)

晏子没十有七年，景公饮诸大夫酒，公射出质，堂上唱善，若出一口。公作色太息，播弓矢。弦章入，公曰："章！自吾失晏子，于今十年有七，未尝闻吾不善，今射出质，而唱善者若出一口。"弦章对曰："此诸臣之不肖也，知不足以知君之不善，勇不足以犯君之颜色，然而有一焉。臣闻之，君好之则臣服之，君嗜之则臣食之。夫尺蠖食黄则身黄，食苍则其身苍。君其犹有谄人言乎？"公曰："善。今日之言，章为君，我为臣。"是时海人入鱼，公以五十乘赐弦章。弦章归，鱼乘塞涂，抚其御之手曰："曩之唱善者，皆欲若鱼者也。昔者晏子辞以正君，故过失不掩。今诸臣谄谀以干利，故出质而唱善，如出一口。今所辅于君未见于众，而受若鱼，是反晏子之义而顺谄谀之欲也。"故辞鱼不受。(《说苑·君道》)

[이 우화는 당권자들에게 노상 칭송만 들을 때는 자신을 반성해 보아야 하며 또한 자신에 대하여 엄격히 단속하고 남의 말을 잘 들을 줄 알아야만 진실한 상황을 료해할 수 있다는 도리를 깨우쳐주고 있다.]

윤작의 관심
尹绰之爱

조간자(趙簡子)에게 윤작(尹綽)과 사궐(赦厥)이라는 가신이 있었는데 간자가 말했다.

"사궐은 나를 아끼기에 사람들이 많은 데서는 간언하지 않고 윤작은 나를 아끼지 않는지 꼭 사람들이 많을 때 나한테 권간하는구먼."

윤작이 말했다.

"사궐은 임금께서 창피스러워할가봐 그것에 신경 쓰는 것이고 임금의 과오 같은 것엔 관심도 없습니다. 저는 임금이 과오를 범하는 것에 대해 신경 쓰고 임금의 창피 같은 건 관심하지 않습니다."

공자께서 말씀하셨다. "윤작이야말로 참으로 군자로구나! 면전에서 비판은 하고 면전에서 칭찬은 하지 않는구나."

(원문)
简子有臣尹绰、赦厥。简子曰："厥爱我，谏我必不于众人中；绰也不爱我，谏我必于众人中。"尹绰曰："厥也爱君之丑而不爱君之过也，臣爱君之过而不爱君之丑。"孔子曰："君子哉！尹绰，面訾不誉也。"

[남이 어디서 언제 의견을 제기하든 간에 장소나 시간 같은 것에 신경 쓰지 말고 옳은 의견이면 채납하고 개진할 점은 개진해야 함을 일깨워준 것이다.]

늘그막 공부는 초불 켠 것과 같다
炳烛而学

진평공(晉平公)[1]이 하루는 신하 사광(師曠)[2]에게 말하였다.
"난 나이가 벌써 일흔이 되였네. 비록 뭘 좀 배우려고 해도 인제는 때가 너무 저물었다는 생각이 드네!"
"그러면 왜 초불을 켜시지 않습니까?"
"신하로서 어찌 군주를 놀리려고 드는가?"
평공의 말을 듣고 사광이 이렇게 아뢰였다.

---

1) 진평공(晉平公) : 춘추시기 진(晉)나라 임금.
2) 사광(師曠) : 진(晉)나라의 악사. 맹인 악사이기에 세간에서는 '사광'이라고 함.

"저 같은 소경신하가 어찌 감히 대왕님을 놀리겠습니까? 신이 들으매, 소년시절에 공부를 열심히 하는 것은 마치 떠오르는 태양과 같이 찬란한 빛이고 장년시절에 공부를 열심히 하는 것은 한낮의 태양과 같이 눈부신 빛이며 로년에 공부를 열심히 하는 것은 마치 초불과 같이 그런 밝은 빛이라고 합니다. 초불을 켜들고 가지만 어둠속을 헤매는 것과 비기면 어느 것이 더 낫겠습니까?"

그 말에 평공은 "옳은 말씀이오!"라고 하면서 수긍하였다.

(원문)
晋平公问于师旷曰："吾年七十，欲学，恐已暮矣。"师旷曰："何不炳烛乎？"平公曰："安有为人臣而戏其君乎？"师旷曰："盲臣安敢戏其君？臣闻之，少而好学，如日出之阳；壮而好学，如日中之光；老而好学，如炳烛之明。炳烛之明，孰与昧行乎？"平公曰："善哉！"(《说苑·建本》)

[이 우화는 역시 배움의 중요성을 강조한 우화이다.]

우공골
愚公之谷

제환공이 사냥하러 가서 사슴 한마리를 뒤쫓아 어떤 산골짜기에 들어섰다. 거기서 그는 한 늙은이를 만나자 다가가 물어보았다.

"여기가 무슨 곳인가?"

"우공골이라고 부릅니다."

"왜 이런 이름이 붙여졌는가?"

"제가 어리석은 사람이라서 다들 저를 우공이라고 부르고 있습니다."

"보아하니 지금 의표며 모양이 하나도 어리석어보이지 않는데 왜 우공이라 한단 말인가?"

이에 늙은이가 죽 이야기하였다.

"그럼 제가 말씀드리겠습니다. 저는 원래 어미소를 기르고 있었습니다. 어미소가 새끼를 낳아 점점 크게 자라니 저는 그걸 팔아서 망아지 한마리 샀습니다. 그런데 이러는 걸 웬 젊은이가 보고서 다가오더니 '소가 어떻게 말새끼를 낳아?'라고 하면서 다짜고짜 내 망아지를 빼앗아 끌고 가버렸습니다. 이렇게 당하는 꼴을 보고 마을 사람들 모두 나를 어리석다고 하였습니다. 그래서 이 골짜기 이름도 우공골이라고 부릅니다."

"당신 정말 어리석구먼, 왜 말을 내준단 말인가?"

이렇게 말하고 나서 환공은 회궁하였다.

이튿날 아침, 조회를 할 때 환공은 이 일을 상국인 관중에게 말하였다. 관중은 듣고 나서 엄숙하게 옷섶을 여미고 환공에게 두번 절하고 나서 말하였다.

"이건 저의 불찰입니다. 가령 요임금 시절의 고요가 형옥을 관리하였다면 어디 감히 남의 망아지를 빼앗는 일이 일어나겠습니까? 만약 다른 사람들이 이런 강탈을 당했다면 한사코 내주지 않았을 것입니다. 이 늙은이는 지금의 사건 소송 처리가 공정하지 못한 것을 아는 까닭에 망아지를 뺏기고도 그저 그만두고 말았던 것입니다. 제가 이제 정사를 다시금 잘 정돈하겠습니다."

(원문)

　　齐桓公出猎，逐鹿而走入山谷之中，见一老公而问之，曰："是为何谷？"对曰："为愚公之谷。"桓公曰："何故？"对曰："以臣名之。"桓公曰："今视公之仪状，非愚人也，何为以公名？"对曰："臣请陈之，臣故畜牸牛，生子而大，卖之而买驹。少年曰：'牛不能生马。'遂持驹去。傍邻闻之，以臣为愚，故名此谷为愚公之谷。"桓公曰："公诚愚矣！夫何为而与之。"桓公遂归。明日朝，以告管仲。管仲正衿再拜曰："此夷吾之愚也。使尧在上，咎繇为理，安有取人之驹者乎？若有见暴如是叟者，又必不与也。公知狱讼之不正，故与之耳，请退而修政。"(《说苑·政理》)

　　[이 우화는 위정자들은 모름지기 사소한 것에서도 본질적인 문제를 찾아 수시로 자신을 반성하고 자책도 하면서 일단 문제를 발견하면 제때에 대책을 세우고 조치를 취해야 한다는 것을 일깨워주고 있다.]

사마귀가 매미를 잡다
螳螂捕蝉

　　오(吳)나라 왕이 초(楚)나라를 토벌하려고 좌우 대신을 불러놓고 이렇게 말하였다.

　　"이번 출병을 감히 나서서 말리려고 권간하는 자가 있으면 죽임을 당하리라."

오왕(吳王)의 시중중에 한 젊은이가 있었는데 오왕께 권간하려 하고 싶지만 감히 그러지 못하고 품에 탄환을 지니고 손에 탄궁을 들고서 후원에서 어정거리고 있었다. 이슬에 옷이 흠뻑 젖었다. 이렇게 며칠 동안 있을라니 드디어 오왕의 눈에 뜨이게 되였다.

"왜 이렇게 옷이 푹 젖어가지구 고생을 하느냐?" 오왕이 묻자 젊은이는 이렇게 아뢰였다.

"저기 저 나무에 매미가 있는데 높은 가지에 붙어서 울어대는 한편 이슬을 빨아먹고 있습니다. 그런데 매미는 옆에 사마귀가 자기를 노리고 있는 것을 전혀 모르고 있습니다. 사마귀는 몸을 잔뜩 구부리고 매미한테 바싹 다가가며 앞발을 가다듬었다가 덮치려고 하지만 사마귀 또한 옆에서 참새란 놈이 기다리고 있는 걸 전혀 모르고 있습니다. 참새는 목을 빼들고 기웃거리며 사마귀를 쪼아먹으려 하지만 밑에서 탄궁에 재워진 탄환이 자기를 이제 곧 쏠 것을 전혀 모르고 있습니다. 저것들 셋은 눈앞의 리익에만 눈독을 잔뜩 들이고 있으나 뒤에 닥칠 환난은 고려하지 않습니다."

오왕은 "네 말이 옳구나!" 라고 말하고는 드디어 출병하는 것을 그만두었다.

(원문)

吳王欲伐荆, 告其左右曰:"敢有諫者死!"舍人有少孺子者欲諫不敢, 則懷丸操彈, 游于后園, 露沾其衣, 如是者三旦。吳王曰:"子来, 何苦沾衣如此?"對曰:"園中有樹, 其上有蟬, 蟬高居悲鳴飲露, 不知螳螂在其後也;螳螂委身曲附, 欲取蟬, 而不知黄雀在其傍也;黄雀延頸, 欲啄螳螂, 而不知彈丸在其下也。此三者皆務欲得其前利, 而不顧其後之患也。"吳王曰:"善

哉!" 乃罷其兵。(《说苑・正谏》)

[이 우화는 눈앞의 리익에만 정신이 팔려 뒤에 닥칠 위험을 모르는 어리석음을 범하지 말 것을 우리들에게 경계하고 있다. 한자성어 '당랑포선(螳螂捕蟬)', '당랑포선 황작재후(螳螂捕蟬黃雀在後)'가 바로 이 우화에서 유래된 것이다.]

딴 녀자 쫓다가 제 안해를 잃다
追女失妻

조간자(趙簡子)가 군대를 일으켜 제(齊)나라를 공격할 때 군중에 이런 명령을 내렸다.

"감히 나서서 간하는 자가 있으면 그 죄는 사형에 처할 것이리라."

갑옷을 입은 무사중에 공로(公盧)라는 자가 있었는데 조간자를 바라보고 크게 웃었다. 이에 조간자가 물었다.

"그대는 왜 웃는가?"

그 군사는 대답했다.

"옛날 일이 떠올라서 웃었습니다."

조간자는 말했다.

"이를 해명할 말이 있으면 괜찮겠지만 해명할 말이 없으면 죽을 줄 알아라."

이에 공로가 대답하였다.

"뽕을 딸 때가 되여 저의 이웃집 사내가 그의 안해와 함께 밭에

갔습니다. 사내가 뽕밭의 한 여자를 보고 그녀를 뒤쫓아 갔지만 뒤쫓지 못하고 돌아오자 안해가 노하여 그만 떠나버렸습니다. 저는 사내가 외톨이 된 걸 웃고 있었던 것입니다."

이 말을 듣고 조간자는 말하였다.

"지금 내가 남의 나라를 치다가 내 나라를 잃는다면 이는 내가 외톨이 되는 것이다."

이에 군대를 해산하고 돌아왔다.

(원문)

赵简子举兵而攻齐，令军中有敢谏者罪至死。被甲士，名曰公卢望，望简子大笑。简子曰："子何笑？"对曰："臣有宿笑。"简子曰："有以解之则可，无以解之则死。"对曰："当桑之时，臣邻家夫与妻俱之田，见桑中女，因往追之，不能得，还反。其妻怒而去之。臣笑其旷也。"简子曰："今吾伐国失国，是吾旷也。"于是罢师而归。(《说苑·正谏》)

[이 우화는 우리에게 무슨 일을 하나 전반적으로 고려해야 하며 어느 한쪽에 너무 치우치면 다른 한쪽을 잃을 수 있음을 일깨워주고 있다.]

백룡이 물고기로 변장하다
白龙鱼服

춘추(春秋) 때였다. 오왕(吳王)이 백성들과 자리를 함께하고 술을 마시려고 하자 오자서(伍子胥)가 나서서 권간하였다.

"그러시면 안됩니다. 예전에 하늘에서 내려온 백룡이 청령지(淸泠池)에 들어가 물고기로 변해 있었는데 어부 예차(豫且)가 그 백룡의 눈을 쏘아맞혔습니다. 이에 백룡이 천제에게 예차를 고발하자 천제가 백룡을 보고 '당시 너는 네 몸을 어떤 모양으로 하고 있었냐?'라고 물었습니다. 백룡이 '저는 그 때 청령지에 들어가 물고기 모양을 하고 있었습니다.'라고 대답을 올리자 천제는 '물고기는 본래 어부가 잡는 것이니 그러하다면 무슨 죄가 있겠느냐?' 백룡은 천제가 기르는 진귀한 동물이고 예차는 송나라의 한낱 비천한 노예에 지나지 않습니다. 백룡이 물고기로 변하지 않았으면 예차가 감히 쏠 수가 있겠습니까? 지금 임금께서 임금의 자리를 버리고 평민백성들과 함께 술을 마시면 저는 예차가 백룡을 쏘는 그런 화난이 생길까봐 두렵습니다."

그래서 오왕은 그러지 않기로 작정하였다.

(원문)

春秋时，吴王欲与民共饮，伍员谏曰："不可！昔天上白龙下于清泠之渊，化为鱼时，为渔人豫且射中其目。白龙诉于天帝，天帝问曰：'其时，汝以何形而现？' 白龙答曰：'吾下于清泠之渊后，便化为鱼。' 天帝曰：'鱼本为人所射杀也，既为如此，豫且何罪之有？' 白龙乃天帝之宠物，豫且为宋国之下民。白龙若不化为鱼，豫且便不敢射杀之。今王罔顾万乘之尊位，而与寻常百姓共饮，臣恐有豫且之虞也！" 吴王於是取消原意。(《说苑·正谏》)

[이 우화에서 유래된 한자 성어 '백룡어복(白龍魚服)'은 신분이

높고 귀한 사람이 남 모르게 미복잠행(微服潛行)하는 것을 비유하여 이르기도 하지만 또한 그런 사람이 미복잠행하다가 뜻밖의 일로 욕을 볼 수도 있음을 비유하여 이르기도 한다.]

로애후가 나라를 버리고 제나라로 도망가다
鲁哀侯弃国走齐

로소공(魯昭公)이 나라를 버리고 제(齊)나라로 달아나자 제후(齊侯)가 말했다.

"그대는 나이도 젊은데 어찌하여 일찌감치 나라를 버렸소?"

로소공은 대답하였다.

"제가 처음 태자가 되였을 때 많은 사람들이 나에게 간언했으나 나는 듣기만 하고 쓰지 않았고 많은 사람들이 나를 사랑했으나 나는 그들을 사랑하면서도 친근히 하지 않았습니다.

이는 안으로는 좋은 말을 듣지 못하고 밖으로는 보좌하는 사람이 없게 된 것이니 마치 가을 쑥이 뿌리는 약하고 가지와 잎만 성한 것과 같습니다.

가을바람이 한번 불어오면 뿌리가 이제 뽑히고 말 것입니다."

(원문)

鲁哀侯弃国而走齐,齐侯曰:"君何年之少而弃国之蚤?"鲁哀侯曰:"臣始为太子之时,人多谏臣,臣受而不用也;人多爱臣,臣爱而不近也,是则内无闻而外无辅也。是犹秋蓬,恶于根本而美于枝叶,秋风一起,根且拔也。"(《说苑·敬慎》)

[이 우화는 사업에서 인적인 토대가 튼튼하지 못하면 쉽게 실패함을 알려주고 있다.]

어린 새만 다 잡다
黄口尽得

그물로 새를 잡은 사람이 있어서 공자가 가보니 그가 잡은 것이 모두 어린 새였다.

공자가 물었다. "어린 새들만 잡고 큰 새는 하나도 잡지 않았으니 무슨 까닭인지?"

그물질하는 사람은 대답하였다. "어린 새가 큰 새를 따라 날 수 있으면 잡을 수 없어요. 그리고 큰 새가 어린새를 쫓아서 날아다니면 큰 새를 잡을 수가 있습니다."

이에 공자께서 제자들을 돌아보면서 말하였다.

"군자는 따를 사람을 신중히 가려보아야 하니 따르기에 알맞는 사람을 얻지 못하면 그물에 걸리는 환난이 생길 수 있는 것이다."

(원문)

孔子见罗者, 其所得者皆黄口也, 孔子曰: "黄口尽得, 大爵独不得, 何也?" 罗者对曰: "黄口从大爵者不得, 大爵从黄口者可得。" 孔子顾谓弟子曰: "君子慎所从, 不得其人则有罗网之患。"(《说苑·敬慎》)

[이 우화는 어떤 사람과 상종하는가 하는 것이 한 사람의 장래와 운명에 왕왕 커다란 영향을 끼치기 때문에 사람을 사귐에 있어서 신중해야 함을 일깨워주고 있다.]

소리없는 데서 듣다
听于无声

제환공(齊桓公)이 관중(管仲)과 거(莒)나라[1]를 토벌할 일을 모의만 하고 아직 계획을 발표하지도 않았는데 이미 국내에 소문이 나고 말았다. 환공이 괴이하게 여겨 관중에게 묻자 관중이 대답했다.

"나라 안에 필시 성인이 있을 것입니다."

환공이 탄식하며 말했다.

"아, 어느 날인가 복역하는 사람중에 산뽕나무 공이를 들고 우에 올라 보는 사람이 있었는데 혹시 이 사람인가?"

환공이 곧 다시 명령을 내려 그 때 노역하던 사람들이 다시 와 복역하되 서로 교대함이 없도록 했는데 조금 뒤에 동곽수(東郭垂)[2]가 당도하였다.

관중이 말했다.

"필시 이 사람일 것입니다."

이에 곧 빈자(儐者)를 시켜 그를 맞이해 나오게 하여 계단을 나누어 따로 섰다. 관중이 말했다. "그대가 거나라를 토벌할 것이라고 말한 사람이오?"

---

1) 거(莒)나라: 서주 때 분봉한 제후국. 지금의 산동성(山東省) 교주시(膠州市) 서남쪽에 있었음.
2) 동곽수(東郭垂): 사람 이름. 제(齊)나라의 처사임.

동곽수가 대답했다.

"그렇습니다."

관중이 말했다.

"제가 거나라를 토벌한다고 말하지 않았는데 그대는 무슨 까닭으로 거나라를 토벌할 것이라 말했소?"

동곽수가 대답했다.

"제가 듣건대 군자는 계책을 잘 세우고 소인은 남의 뜻을 잘 리해한다고 하니 저는 삼가 이렇게 리해하였습니다."

관중이 말했다.

"나는 거나라를 토벌할 것이라고 말하지 않았는데 그대는 어떻게 이를 리해하였소?"

동곽수가 대답했다. "제가 듣건대 군자는 세가지 표정의 안색이 있다고 하니 여유롭게 기쁘고 즐거워하는 표정은 음악을 감상할 때의 안색이고 슬프고 청정한 표정은 상을 당해 상복을 입었을 때의 안색이며 발끈 노한 감정이 충만한 표정은 바로 전쟁을 하려는 안색입니다.

전일에 제가 루대 우에 있는 군주를 바라보았는데 발끈 노한 감정이 충만한 표정을 짓고 있었으니 이는 전쟁을 하려는 안색입니다. 주군께서 아! 하고 탄식하면서 입을 다물지 않은 것은 거나라를 말한 것이고 주군께서 팔을 들어 가리킨 것은 거나라에 해당합니다. 제가 가만히 생각해보니 작은 제후국중에 신복하지 않는 나라는 단지 거나라 뿐입니다. 저는 그 때문에 거나라를 토벌할 거라고 말한 것입니다."

군자가 다음과 같이 론평하였다.

"귀가 듣는 것은 소리인데 지금 그 소리를 듣지 않고 그의 안색과 팔의 동작에 의거하였으니 이는 동곽수가 귀로 듣지 않고 실정을 안 것이다. 환공과 관중이 계책을 잘 세웠지만 이를 숨기지 못하였다. 성인이 소리 없는 데에서 들으며 형체 없는 데에서 보는 것을 동곽수가 소유하였다. 그러므로 환공이 마침내 높은 록봉을 주어 례우하였다."

(원문)
齐桓公与管仲谋伐莒, 谋未发而闻于国。桓公怪之, 以问管仲。管仲曰:"国必有圣人也。"桓公叹曰:"歆! 日之役者, 有执柘杵而上视者, 意其是邪!"乃令复役, 无得相代。少焉, 东郭垂至。管仲曰:"此必是也。"乃令傧者延而进之, 分级而立。管仲曰:"子言伐莒者也?"对曰:"然。"管仲曰:"我不言伐莒, 子何故言伐莒?"对曰:"臣闻君子善谋, 小人善意, 臣窃意之也。"管仲曰:"我不言伐莒, 子何以意之?"对曰:"臣闻君子有三色: 优然喜乐者, 钟鼓之色; 愀然清净者, 缞绖之色; 勃然充满者, 此兵革之色也。日者, 臣望君之在台上也, 勃然充满, 此兵革之色也, 君呼而不吟, 所言者莒也, 君举臂而指所当者莒也。臣窃虑小诸侯之未服者, 其惟莒乎? 臣故言之。"君子曰:"凡耳之闻, 以声也。今不闻其声而以其容与臂, 是东郭垂不以耳听而闻也。桓公、管仲虽善谋, 不能隐圣人之听于无声, 视于无形, 东郭垂有之矣。故桓公乃尊禄而礼之。"

[이 우화는 종합적인 관찰과 추리를 통하여 능히 숨겨진 미지의 것을 알아낼 수 있음을 말한다.]

부엉이가 동쪽으로 이사가다
枭将东徙

부엉이가 산비둘기를 만났다. 산비둘기가 부엉이를 보고 물었다.
"넌 어디 가는 길이냐?"
"난 저기 동쪽으로 이사 가는 길이다." 부엉이가 말하였다.
산비둘기는 궁금해 캐여물었다.
"그건 왜?"
"서쪽 사람들은 다들 내 목소리가 듣기 싫다면서 나를 미워한단다. 그래서 거기서는 살 수 없으니 동쪽으로 이사 가는 수 밖에 없지 않냐."
부엉이의 말에 산비둘기는 이렇게 타일렀다.
"넌 그 목소리를 고치면 모르지만 고치지 않는 한 동쪽 사람들도 마찬가지로 널 싫어할 게다."

[원문]
枭逢鸠。鸠曰:"子将安之?"枭曰:"我将东徙。"鸠曰:"何故?"枭曰:"乡人皆恶我鸣, 以故东徙。"鸠曰:"子能更鸣, 可矣;不能更鸣, 东徙犹恶子之声。"(《说苑·谈丛》)

[이 우화에서는 자기의 잘못을 고치지 않는 한 어디를 가도 환영받지 못함을 부엉이와 산비둘기의 대화를 통해 교훈적으로 일깨워주고 있다.]

스스로는 강을 건너지 못하다
不能自渡

감무(甘戊)[1]가 제(齊)나라에 사신으로 가던 중 배로 황하를 건너가게 되었다. 배사공이 말을 걸었다.

"이 황하는 그저 틈새기에 불과한데 당신이 제힘으로 건너지도 못하면서 어떻게 임금을 위해 유세하러 다닐 수 있단 말입니까?"

감무가 그 말에 반박하고 나섰다.

"그렇지 않습니다. 당신은 아직 잘 몰라서 그러는데 이 세상 사물들은 죄다 저마다의 단점과 장점을 갖고 있습니다. 성실하고 근신하며 돈후하고 충성스런 사람은 임금을 보좌는 할 수 있지만 그렇다고 그 사람더러 군사를 거느리고 싸움판에 나가라고 할 수는 없습니다. 천리마나 록이(騄耳)[2] 같은 명마는 하루에 천리를 뛰는데 이 말들을 보고 쥐를 잡으라고 한다면 아마 고양이보다도 못할 것입니다. 날카롭기로 유명한 간장(干將)[3] 같은 명검이라 할지라도 산에서 벌목할 때는 도끼보다 못합니다. 지금 당신이 노를 잡고 이리저리 배를 몰아 나가는데 이렇게 하는 건 내가 당신에게 미치지 못하지만 천승의 군주나 만승의 왕후(王侯)를 만나 유세를 하는 데 있어서는 당신은 이 감무보다 못할 것입니다!"

---

1) 감무(甘戊): 사람 이름.
2) 록이(騄耳): 주(周)나라 목왕(穆王)이 사랑했던 준마의 이름으로 명마(名馬)를 가리킴.
3) 간장(干將): 춘추(春秋)시대에 간장이라는 장인이 만든 명검.

(원문)

甘戊使于齐，渡大河。船人曰："河水间耳，君不能自渡，能为王者之说乎？"甘戊曰："不然，汝不知也。物各有短长，谨愿敦厚，可事主，不施用兵；骐骥騄駬，足及千里，置之宫室，使之捕鼠，曾不如小狸；干将为利，名闻天下，匠以治木，不如斤斧。今持楫而上下随流，吾不如子；说千乘之君，万乘之主，子亦不如戊矣。"《说苑·杂言》）

[이 우화에서는 사람을 대함에 있어서 너무 완전무결을 강요하지 말아야 하며 능력에 따라 채용하고 장점을 발양하고 단점을 피해 가며 인재를 적재적소에 배치해야 한다는 것을 강조하였다.]

미자하가 위나라 임금의 총애를 받다
弥子瑕宠于卫君

미자하(彌子瑕)[1]는 위(衛)나라 임금의 총애를 받았다. 위나라 법에 임금의 수레를 몰래 훔쳐서 타면 발꿈치를 자르는 형벌을 내리였다. 미자하의 어머니가 병이 났는데 어떤 이가 이를 듣고 밤에 미자하에게 가서 알려주니 미자하가 급히 임금의 수레를 사사로이 타고서 어머니가 있는 곳으로 달려갔다. 임금이 이 소식을 듣고는 갸륵하게 여겨 말했다.

"효성스럽다. 어머니 때문에 발꿈치가 잘리는 죄를 지었구나!"

---

1) 미자하(彌子瑕): 춘추시대 위령공(衛靈公)에게 총애를 받던 대부임. 미(彌)는 성이고 하(瑕)가 이름임. 후에 총애를 잃고 죄를 얻어 폐출되였음.

임금이 과수원에 가서 놀 때 미자하가 복숭아를 먹다가 맛이 달자 다 먹지 않고 임금께 바치니 임금이 말했다. "나를 사랑하여 좋은 맛마저 잊었구나!" 그러다가 미자하의 아름다운 용모가 늙고 애정이 식어 임금에게 죄를 지었다.

임금은 옛일에 대해 말했다. "이 자는 예전에 내 수레를 나의 이름으로 속여 탔고 또 자기가 먹다 남긴 복숭아를 나에게 먹였다."

그 때문에 미자하의 행위는 처음과 변함이 없건만 전일에는 훌륭히 여겨지고 후일에는 그것이 죄가 된 것은 임금이 사랑하고 미워하는 마음에 변화가 생겼기 때문이다.

(원문)

昔者弥子瑕有宠于卫君。卫国之法，窃驾君车者罪刖。弥子瑕母病，人闲往夜告弥子，弥子矫驾君车以出，君闻而贤之曰："孝哉，为母之故，忘其刖罪。"异日，与君游于果园，食桃而甘，不尽，以其半啖君，君曰：'爱我哉，忘其口味，以啖寡人。'"及弥子色衰爱弛，得罪于君，君曰："是固尝矫驾吾车，又尝啖我以余桃。"故弥子之行未变于初也，而以前之所以见贤，而后获罪者，爱憎之变也。(《说苑·杂言》)

[이 우화는 미자하가 군주의 총애를 받을 때는 무슨 행동이나 다 기특하고 사랑스럽게 보이지만 일단 총애를 잃게 되면 그 때 그 행동이 다 죄목이 되는 것을 통해 인간 마음의 변덕스러움을 표현하였으며 애증의 변화에 따르는 인간의 복잡한 심리를 말해주고 있다.]

《법언(法言)》의 우화

양의 바탕에 범의 가죽
羊质虎皮

누가 물었다.

"어떤 사람이 스스로 자기는 성이 공(孔)이고 자는 중니(仲尼)라고 하면서 그 문안에 들어가 그 당상에 올라 그 책상을 마주하고 그 의상을 입고 있으면 중니라고 할 수 있겠습니까?"

이에 이렇게 대답하였다.

"겉은 그럴듯 하나 그 속은 전혀 아니다."

"감히 그 본질을 묻고자 합니다."

"바로 양의 바탕에 범의 가죽을 씌운 꼴이다. 풀을 보면 좋아하고 이리를 보면 무서워 벌벌 떨면서 자기가 범의 가죽을 쓰고 있는 것조차도 잊고 있다."

(원문)

或曰:"有人焉, 自云姓孔, 而字仲尼。入其門, 升其堂,伏其几，袭其裳，则可谓仲尼乎？"曰："其文是也，其质非也。""敢问质。曰："羊质而虎皮，见草而说，见豺而战，忘其皮之虎矣。"(《法言义疏》卷四〈吾子〉)

[이 우화는 대화 형식으로 되였다. 한자 성구 '양질호피(羊質虎皮)'가 이 우화에서 유래되였다.]

《론형(論衡)》의 우화

기회를 한번도 만나지 못하다
未尝一遇

　　옛날 주(周)나라에 한 사람이 벼슬길이 불우하여 머리가 백발이 되여 길가에 나앉아 울고 있었다. 누가 이 광경을 지켜보다가 그에게 물었다.
　　"로인님, 무슨 까닭에 이리 슬피 우십니까?"
　　"난 벼슬길이 너무 불우하다오. 이젠 나이도 들어 때를 잃었으니 그래서 우는 거라오."
　　"벼슬길이 왜 불우했다고 하십니까?"
　　"난 말이지, 젊었을 때에는 문과에 뜻을 두고 글을 읽어 문덕을 쌓아 벼슬을 하려 했네. 그런데 임금님은 늙은이들만 기용하기 좋아했다오. 그 임금이 죽고 새 임금이 올라왔는데 그 임금은 무예만 중시하였다오. 나는 또 무과로 뜻을 바꿨다오. 무예를 다 배우고 나니 그 임금이 죽고 말았지 않겠소. 어린 임금이 그 뒤를 이어 올랐는데 젊은이들만 기용하였소. 나는 이미 늙어버렸으니 어찌하오! 이렇게 되여 좋은 기회를 한번도 만나지 못했단 말이요."

로인의 대답이였다.

이런 사실로부터 본다면 좋은 시기만 만나려 하는 사람은 흔히 헛물을 켜게 되는 법이다.

(원문)

昔周人有仕数不遇, 年老白首, 泣涕于途者。人或问之：“何为泣乎？”对曰：“吾仕数不遇, 自伤年老失时, 是以泣也。”人曰：“仕奈何不一遇也？”对曰：“吾年少之时学为文, 文德成就, 始欲仕宦, 人君好用老。用老主亡, 后主又用武。吾更为武, 武节始就, 武主又亡。少主始立, 好用少年, 吾年又老, 是以未尝一遇。”(《论衡·逢遇》)

[이 우화는 우리들에게 학업은 반드시 견실하게 닦아 정통하여야 하며 투기하면서 권세에 빌붙어서는 실패하기 마련이라는 것을 일깨워준다.]

《한서(漢書)》의 우화

본래의 걸음걸이를 잊어버리다
失其故步

예전에 어떤 사람이 한단(邯鄲)[1]에 가서 그 곳 사람들의 걸음걸이를 배우려다가 끝내 배우지 못하고 또한 본래의 걸음걸이도 잊어버려 드디어 할 수 없이 기여서 돌아왔다.

(원문)
昔有学步于邯郸者, 曾未得其仿佛, 又复失其故步, 遂匍匐而归耳。(《汉书·叙传》)

[이 우화는 우리에게 함부로 자기 본분을 버리고 남의 행위를 따라 하면 두가지 모두 잃는다는 것을 일깨워준다. 한자 성어 '한단학보(邯鄲學步)'가 이 우화에서 유래되었다.]

---

1) 한단(邯鄲): 전국(戰國) 시기의 조(趙)나라 도성. 지금의 하북성(河北省) 한단(邯鄲) 지역임.

굴뚝을 고치고 땔나무를 옮기다
曲突徙薪

어느 한 집이 있었는데 그 집 취사칸의 굴뚝이 너무 낮아서 밥을 지을 때면 불길이 곧추 아궁으로 나왔다. 게다가 부엌아궁 앞에는 또 땔나무까지 가득 쌓아두었다.

이웃의 한 로인이 그것을 보고 그 집 주인에게 타일렀다.

"이 집에서 굴뚝을 빨리 고쳐세워야 하오. 굴뚝을 높이 세워야 불을 때도 연기가 아궁으로 나오지 않소. 그리고 부엌아궁 앞에다 땔나무를 많이 쌓아놓으면 불이 나기 쉬우니까 다른 데로 옮겨야 하오."

이웃 로인이 이렇게까지 일깨워주었으나 그 집 주인은 듣는 둣 마는 둣 불응하였다.

어느 날, 불꽃이 땔나무 우에 떨어져서 불이 일어나 집에까지 불이 붙은 것을 이웃들이 달려와 도와준 바람에 다행히 불을 꺼버렸다.

주인은 불을 꺼준 이웃사람들에게 사의를 표시하기 위하여 술상을 차렸다. 그리고 불을 끌 때 상한 사람들 가운데서 특히 머리를 그슬리고 이마를 데운 사람들을 청해다가 상석에 앉게 하였다. 그러나 굴뚝을 고쳐세워야 한다고 사전에 주인한테 일깨워준 로인은 청하지 않았다.

곁의 한 사람이 주인에게 말하였다.

"혹시 그 로인의 말씀 대로 사전에 굴뚝을 고치고 아궁 앞의 땔감들을 치웠더라면 화재가 나지 않았을 것이요. 오늘 주인이 술좌석을 베풀고 불을 끈 사람들에게 사례하는 건 마땅한 일이지만 내가 보기엔 사전에 일깨워주었던 그 로인을 청해다가 상좌에 모셔야 할 것 같소. 왜 그분을 청하지도 않았소?"

주인은 그제야 문득 깨닫고 그 로인을 청하였다.

(원문)

臣闻客有过主人者，见其灶直突，傍有积薪。客谓主人：'更为曲突，远徙其薪；不者，且有火患。'主人嘿然不应。俄而，家果失火，邻里共救之，幸而得息。于是杀牛置酒，谢其邻人，灼烂者在于上行，余各以功次坐，而不录言曲突者。人谓主人曰：'向使听客之言，不费牛酒，弱亡火患。今论功而请宾，曲突徙薪亡恩泽，焦头烂额为上客耶？'主人乃寤而请之。(《汉书·霍光传》)

[미연에 화환을 방지하여야 하는 것이 사후에 하는 것보다 얼마나 중요한지를 보여주는 우화이다.]

《공총자(孔叢子)》의 우화

큰미끼로 대어를 낚다
大饵钓大鱼

　　자사(子思)가 위나라에 있을 때였다. 위나라 사람이 강에서 낚시하다가 환어(鰥魚)라는 대어를 낚았는데 어찌나 큰지 수레에 넘쳐났다. 자사가 물었다.
　　"이 환어라는 고기는 잡기 어려운 고기인데 어떻게 잡았습니까?"
　　"나는 처음에 낚시를 넣을 때 큰 방어 한마리를 미끼로 했댔습니다. 그런데 그 놈의 환어가 지나가면서 거들떠보지도 않습디다. 그래서 아예 돼지를 잡아 몸통 절반을 낚시에 꿰였더니 그 놈이 와서 덥석 무는 게 아니겠습니까?"
　　자사가 듣고나서 위연히 탄식하고 나서 말하였다.
　　"환어는 잘 안 잡히지만 욕심 때문에 끝내 낚시에 걸리고 선비는 비록 도리를 알고 있지만 봉록에 탐심이 나서 죽게 되는구나."

(원문)

子思居卫，卫人钓于河，得鳏鱼焉，其大盈车。子思问之曰：“鳏鱼，鱼之难得者也。子如何得之？”对曰：“吾始下钓，垂一鲂之饵，过而弗视也；更以豚之半体，则吞之矣。”子思喟然叹曰：“鳏虽难得，贪以死饵；士虽怀道，贪以死禄矣。”(《孔丛子·抗志》)

[사람은 재물에 죽고 새는 먹이에 죽는다는 말이 있다. 이는 본성이지만 다가 이런 것이 아니다. 이 우화는 사람들에게 모름지기 명예와 생명을 귀히 여겨야 하며 록위 따위는 몸 이외의 것에 불과한 바 본인이 죽으면 아무런 의미가 없다는 것을 알려주고 있다.]

발을 동동거리며 후회하다
高蹈而恨

예전에 어떤 사람이 자기는 장생불로의 법술을 안다고 자처하고 다녔다. 한 도사가 듣고서 이 법술을 배우려고 마음을 먹고 그를 찾아갔다. 찾아갔더니 장생불로 법술을 아는 그 사람이 이미 사망한 뒤였다. 이에 도사는 가슴을 쾅쾅 치며 발을 동동 구르며 뒤늦게 찾아온 것을 여간만 후회하지 않았다. 이 도사는 도대체 무엇을 배우려는지 모르겠다.

(원문)
昔人有言能得长生者，道士闻而欲学之。比往，言者死矣。

道士高蹈而恨。夫所欲学，学不死也。其人已死，而犹恨之，是不知所以为学也。(《孔丛子·陈士义》)

[이 우화는 세상에 근본 존재하지도 않는 허황한 것을 얻으려는 어리석은 자에 대한 신랄한 풍자이다.]

《공자가어(孔子家語)》의 우화

초나라 활을 초나라 사람이 가지다
楚弓楚得

초나라 왕이 외지로 순유하다가 활을 잃어버렸다. 좌우 신하들이 찾겠다고 청하니 왕이 있다가 이렇게 말하였다.

"그만두오. 초나라 왕이 잃어버린 활을 초나라 사람이 주어가 질 텐데 굳이 찾을 필요가 없소."

(원문)
楚王出游, 亡弓, 左右请求之。王曰：'止！楚王遗弓, 楚人得之, 又何求之？'"(《孔子家语・好生》)

[비록 자기 것을 잃어버렸으나 그것이 외부 사람이 아니고 자기 사람이 주어서 갖게 되기에 외부로 류출되지 않았음을 말한다.]

《풍속통(風俗通)》의 우화

밥은 동쪽 집에서 먹고 잠은 서쪽 집에 가서 자다
东食西宿

전에 어떤 제(齊)나라 사람이 딸을 하나 두었는데 두 집에서 청혼이 들어왔다. 동쪽 집은 잘살지만 총각이 못났고 서쪽 집은 총각은 잘생겼는데 집이 가난하였다. 부모가 궁싯궁싯 유예하다가 결정 못하고 어느 쪽이 좋은지 딸의 의중을 알아보기로 하였다.

"얘야, 처녀가 그런 말 하기는 좀 무엇하니까 어느 한쪽 소매를 걷어올리면 그 쪽 집을 가리키는 걸로 우리가 알아서 결정할 테다."

그러자 딸은 두 팔을 다 걷어올렸다. 부모가 이상해서 왜 그러냐고 물어보니 딸의 대답이 이러했다.

"밥은 동쪽 집에서 먹고 잠은 서쪽 집에 가서 잘래요."

(원문)
齐人有女, 二人求之。东家子丑而富, 西家子好而贫。父母疑不能决, 问其女, 定所欲适: "难指斥言者, 偏袒, 令我知

257

之。"女便两袒，怪问其故。云："欲东家食，而西家宿。"(《风俗演义·怪神》)

[이 우화는 겸용할 수 없는 것을 자기 좋게만 생각하고 편의만 탐내는 뻔뻔스러운 인물을 풍자한 것이다.]

큰 늪의 신 위이
泽神委蛇

　　제환공(齊桓公)이 큰 늪을 지나다가 자주색 옷을 입은 사람이 굵기가 수레바퀴통 만 하고 길이가 수레끌채 만 한 것을 두 손에 마주 잡고 서있는 것을 보고 크게 놀라 회궁하여서 그만 그대로 병석에 드러누운 것이 몇달째나 밖에 나가지 못하였다. 황사(皇士)¹⁾라는 제나라 사람이 제환공을 뵙고저 청하여 환공이 그에게 자기가 놀란 이야기를 죽 들려주었다. 황사는 환공의 이야기를 다 듣고 나서 이렇게 말하였다.

　　"그런 괴물이 어떻게 당신을 상해할 수가 있습니까? 당신 스스로가 놀란 것입니다. 그 괴물은 바로 큰 늪에 있는 위이(委蛇)²⁾라는 늪의 신입니다. 이 신은 여늬 사람들은 볼 수도 없고 오로지 당신 같은 우이를 쥔 패주(霸主)만이 볼 수 있습니다!"

　　이 말을 듣자 제환공은 너무도 좋아서 싱글벙글 웃기만 하였다. 그리고 병은 그 날로 씻은 듯 나았다.

---

1) 황사(皇士) : 제(齊)나라 사람 이름.
2) 위이(委蛇) : 뱀의 이름. 전설에 나오는 늪의 신. 고대우화에 괴물로 나옴. '(蛇)'는 'yí'로 발음함.

(원문)

齐公出于泽，见衣紫衣，大如毂(gǔ)，长如辕，拱手而立。还归寝疾，数日不出。有皇士者见，公语惊，曰："物恶能伤公？公自伤也。此所谓泽神委蛇(yí)者也，唯霸主乃得见之。"于是桓公欣然笑，不终日而病愈。(《风俗演义・怪神》)

[이 우화는 한 사람의 심리활동이 그 사람에게 얼마나 중요한가를 생동하게 보여준다.]

들에서 노루를 잡다
于田得麢

들판 소택지에서 노루를 잡은 사람이 있었다. 그는 잡은 노루를 그대로 거기에 두고 집으로 돌아왔다. 마침 장사군들이 수레 10여대를 몰고서 이 곳을 지나다가 바라보니 노루가 바줄에 발목이 묶여있는지라 그대로 차에 싣고 갔다. 그러면서 이렇게 가는 것이 아니라는 생각이 들어 그 자리에다가 전복 한마리를 놓고 갔다. 이윽하여 주인이 노루를 가져가려고 와보니 노루는 오간데 없고 웬 전복이 그 자리에 오도카니 있는 것이였다. 그래서 이 곳은 행인들이 다니는 곳도 아닌데 이런 괴상한 변화가 일어났으니 이건 신선이 틀림없다고 생각하였다. 이 일이 한입 건너고 두입 건너 소문이 나 사람들이 찾아와 병을 고쳐달라 복을 내려달라 빌게 되였는데 효험도 많이 보았다. 그래서 거기에 사당을 짓고 무당 수십명을 두고 휘장이며 북,

종 따위를 모두 갖춰놓았다. 사방 수백리에서 사람들이 이 곳을 찾아와서 기도를 드리는데 전복신이라고들 불렀다. 그 후 몇년 지나서 전복을 두고 간 자가 돌아가는 길에 이 곳을 들리게 되어 사당 아래서 웬 영문인가고 물어 자초지종을 듣고 나서 아연실소를 금치 못하다가 실정을 말하였다.

"그건 내가 두고 간 전복입니다. 신이라니 무슨 소리입니까?"

말을 마치고는 당상에 올라가 그 전복을 가지고 그대로 가버리고 말았다. 그 후부터 향화가 끊겼고 사당도 차차 파락하고 말았다.

(원문)
有于田得麞者，其主未往取也，商车十余乘，经泽中行，望见此麞着绳，因持去。念其不事，持一鲍鱼置其处。有顷，其主往，不见所得麞，反见鲍鱼。泽中非人道路，怪其如是，大以为神。转相告语，治病求福，多有效验。因为起祀舍，众巫数十，帷帐钟鼓。方数百里，皆来祷祀，号鲍君神。其后数年，置鲍鱼者来，历祠下寻问其故。曰："此我鱼也，当有何神？"堂上取之，遂从此坏。

[이 우화는 이른바 신이라는 것은 사실 없는데 사람들이 모여들어서 만들어낸 데 불과하다는 것을 잘 설명해주고 있다.]

《홍명집(弘明集)》의 우화

소에게 거문고를 타주다
对牛弹琴

 예전에 공명의가 소에게 거문고 곡을 들려주려고 〈청각(清角)〉이라는 고상한 곡을 탔다. 그런데도 이 소는 전과 마찬가지로 아무 반응 없이 덤덤히 풀만 뜯어먹고 있었다. 원래 소가 그 곡을 안 듣는 것이 아니라 그 곡이 소의 귀에 곡으로 들리지 않아서였다. 후에 모기나 등에의 소리 그리고 송아지가 어미 찾는 소리 따위를 거문고에 담아 연주하니 그제야 소가 꼬리를 홰홰 내젓고 귀를 쫑긋거리며 잔걸음으로 오가면서 그 소리를 듣는 것이었다.

(원문)
 昔公明仪为牛弹《清角》之操, 伏食如故。非牛不闻, 不合其耳矣。转为蚊虻之声, 孤犊之鸣, 即掉尾奋耳, 蹀躞而听。

[이 우화는 '소귀에 경 읽기'라는 속담과 뜻이 비슷하다. '소귀

에 경 읽기'는 소의 귀에 대고 경을 읽어 봐야 단 한마디도 알아듣지 못한다는 뜻으로 아무리 가르치고 일러주어도 알아듣지 못하거나 효과가 없는 경우를 이르는 말이다.]

《후한서(後漢書)》의 우화

료동의 돼지
辽东有豕

료동지방의 돼지는 털빛이 다 검었다. 그런데 돼지를 치는 어느 한 집의 암돼지는 대가리가 흰 새끼를 한마리 낳았다. 이웃사람들은 대가리가 흰 돼지를 본적이 없기 때문에 모두들 희귀한 보배라고 하였다. 그 집 주인은 이런 말들을 듣고 보배를 나라에 바치려는 생각이 났다. 그리하여 그 머리가 흰 돼지를 서울까지 실어다가 임금에게 바치려 하였다. 그런데 료동을 떠나 하동지경에 이르러보니 그곳의 돼지는 거의다 머리가 희였다. 그래서 그는 내심 참괴해하면서 도로 그 돼지를 싣고 돌아오는 수밖에 없었다.

(원문)
　　往时，辽东有豕，生子白头，异而献之。行至河东，见群豕皆白，怀惭而还。"释义辽东有头猪生个白头小猪，主人以为奇异,便送去进献,走到河东,看见很多猪全身都是白的,便羞惭地回去了。

[이 우화는 후에 견문이 좁아 세상일을 모르고 저 혼자 득의양양해 하다가 문득 깨닫고 참괴해 함을 표현하는 데 쓰이게 되였다.]

《송서(宋書)》의 우화

광 천
狂 泉

옛날 어떤 나라에 물이라곤 온 나라에 단 줄기 샘물 밖에 없었다. 그 샘 이름이 광천이였다. 온 나라 사람들이 그 물을 마시고는 죄다 미쳐버리고 마는데 유독 임금만이 우물을 파서 길어다 마시기에 아무 탈 없었다. 그래서 온 나라 사람들은 이미 미쳐가지고 도리여 멀쩡한 임금이 미쳤다고 여기고 모여들어 대책을 의논하기에 이르렀다. 그들은 방법을 대여 임금을 붙잡아서는 침도 놓고 뜸도 뜨고 별별 방법을 다 써가면서 임금의 '미친병'을 고쳐주려고 하였다. 임금이 그 고통을 견디다 못해 광천 샘터에 가서 물을 퍼마시고는 그들과 같이 미쳐버리니 군신상하 남녀로소가 다 같은 병이므로 모두들 기뻐하였다.

(원문)
昔有一国，国中一水，号曰"狂泉"。国人饮此水，无不狂；惟国君 穿井而汲，独得无恙。国人既并狂，反谓国王之不狂为狂。于是聚谋，共执国君，疗其狂疾，火艾针药，莫不毕具。国主不任其苦，遂至狂泉酌而饮之。于是君臣大小，其狂若一，众乃欢然。(《宋书·袁粲传》)

['광천'은 가상적인 이야기에 불과하다. 하지만 우리에게 하나의 계시를 주는 것이 있으니 그것은 곧 온 나라가 일종 이상한 의식에 젖어 일종 허위적인 것만 관철되고 있으면 이런 상황에서는 두뇌가 건전하고 행위가 정상적인 사람이 흑백이 전도된 상황에서 공정한 원칙을 견지한다는 것이 사실 아주 힘들다는 것이다.]

≪금루자(金樓子)≫의 우화

부자가 양을 빌다
富者乞羊

초(楚)나라에 한 부자가 있었는데 양을 아흔아홉마리나 기르고 있지만 백마리를 채우지 못해 안달했다. 그래서 그는 잘 아는 마을 사람을 찾아갔다. 그 마을 사람은 양을 한마리 기르고 있는 가난한 사람이였다. 부자는 그를 찾아가 애걸하였다.

"나한테 양이 아흔아홉마리 있는데 당신의 그 양 한마리를 나에게 주면 난 양이 백마리라는 수자를 다 채울 수 있소."

(원문)
楚富者, 牧羊九十九, 而愿百。尝访邑里故人, 其邻人贫有一羊者, 富拜之曰: 吾羊九十九, 今君之一盈成我百, 则牧数足矣。

[이 우화는 아흔아홉 섬을 추수한 자가 한섬 추수한 자 보고 백 섬을 채우게 그 한섬을 달란다는 말과 같이 부를 위해서라면 불인도 서슴지 않는 탐욕스럽기가 그지없는 자를 풍자한 것이다.]

《계안록(啓顔録)》의 우화

고슴도치와 상수리열매
刺猬与橡壳

　　범 한마리가 먹이를 찾아 헤매다가 고슴도치가 벌렁 누워있는것을 보았다. 범은 그것이 고기덩이인가 해서 덥석 물려고 하였다. 그런데 고슴도치가 몸을 잔뜩 움츠린 바람에 고슴도치가시에 코를 찔렸다. 범은 화뜰 놀라서 그만 고슴도치를 코에 단 채로 줄행랑을 놓았다. 쉴 새도 없이 산속까지 도망쳐 온 범은 기진맥진해서 그만 소르르 단잠이 들고 말았다. 고슴도치는 그 사이에 살그머니 빠져나와 도망쳤다. 범이 깨여나보니 고슴도치가 없는지라 기뻐하며 껑충껑충 뛰여가다가 그만 상수리나무 밑에까지 왔다. 고개를 숙여 상수리들을 보고는 조심스레 몸을 한쪽으로 돌리면서 깍듯이 말하는것이였다.

　　"여러 도련님들, 이자 방금 도련님들의 부친을 만나서 인사까지 했소. 그래서 하는 말인데 내 좀 지나갈 수 있게 자리를 내주면 안되겠소?"

269

(원문)

有一大虫，欲向野中觅食，见一刺猬仰卧，谓是肉脔，欲衔之。忽被猬卷着鼻，惊走，不知休息，直至山中，困乏，不觉昏睡，刺猬乃放鼻而走。大虫忽起欢喜，走至橡树下，低头见橡斗，乃侧身语云："但来遭见贤尊，愿郎君且避道！"（《启颜录》）

[이 우화는 큰것이 우락부락하고 데면데면해서 작은것한테 수모당하는 것을 범과 고슴도치를 의인화하여 잘 표현하였다. 또한 이 우화는 "자라 보고 놀란 가슴 솥뚜껑 보고 놀란다"는 심리 상태를 잘 설명하였다.]

《류하동집(柳河東集)》의 우화

부판이 갖기를 좋아하다
蝜蝂嗜取

　　부판(蝜蝂)[1]이라고 불리는 작은 벌레가 있는데 기여가다가도 무엇을 만나면 닥치는 대로 붙잡아 머리를 딱 쳐들고 등에다 올려놓기를 좋아하였다. 그렇게 짊어진 것이 점점 많아지고 무거워져서 걷기가 아주 힘겹지만 이 벌레는 그런 행동을 그만두지 않았다. 게다가 잔등이 우둘투둘하여 무엇이나 한번 등에 올려놓으면 웬만해서는 떨어지지 않아 나중에는 그 무게에 저절로 눌리워 꼼짝달싹 못하게 된다. 누가 있다가 가련하게 여겨 등에 진 것을 내려주면 이 벌레는 기여가면서 또 원래 대로 만나는 족족 등에다 올려놓는다. 또한 높은 곳에 오르기 좋아하여 그렇게 잔뜩 등에 지고서 안깐힘을 다해 기여오르다가 나중에는 높은 곳에서 굴러떨어져 죽고 만다.

　　요즘 세상에 이런 벌레처럼 욕심이 많은 자들이 있으니 돈만 보

---

1) 부판(蝜蝂): 전설에 나오는 벌레 이름. 기여가다가 뭐나 보면 그것을 자기 잔등에다 올려놓는다고 함.

면 한사코 그걸 차지하여서는 집안 가득 채워둔다. 이들은 이런 재부가 자기에게 얼마나 큰 부담인지 모르고 오히려 늘 모자랄가봐 안달이다. 그러다가 일단 부주의로 들통이 나 무너지게 되면 어떤 자는 파면당하고 어떤 자는 멀리 귀양살이 가 고생하게 된다. 그러다가도 일단 다시 기용되면 잘못을 뉘우칠 대신 날마다 어떻게 하면 우로 더 바라올라 봉록을 더 많이 받을가 궁리하며 그전보다 더 악착하게 탐욕을 부리며 재물을 그러모으려고 광분하는데 이제 곧 낭떠러지에서 굴러떨어질 정도이다. 이전에 그렇게 기를 쓰고 벼슬을 더 얻으려 하고 그렇게 악착같이 재물을 탐내다가 스스로 멸망된 자들이 아직도 교훈을 접수할 줄 모르고 있으니 이런 자들은 겉보기에 덩치가 크고 이름이 사람이지만 기실은 하는 꼴이 부판이란 벌레와 같으니 참으로 슬픈 일이다.

(원문)
蝜蝂者，善负小虫也。行遇物，辄持取，昂(ǎng)其首负之。背愈重，虽困剧不止也。其背甚涩，物积因不散，卒踬仆不能起。人或怜之，为去其负。苟能行，又持取如故。又好上高，极其力不已。至坠地死。今世之嗜取者，遇货不避，以厚其室。不知为己累也，唯恐其不积。及其怠而踬也，黜弃之，迁徙之，亦以病矣。苟能起，又不艾(yì)，日思高其位，大其禄，而贪取滋甚，以近于危坠，观前之死亡不知戒。虽其形魁然大者也，其名人也，而智则 小虫也。亦足哀夫！

[이 우화는 부판의 특징을 상세히 묘사하면서 그것을 탐관오리들의 행실과 맞대여 비교하여 두가지 공통점을 부각시키고 있다. 하

나는 끝없는 탐욕이고 다른 하나는 악착같이 우로 기여오르는 근성이다. 묘사가 잘되고 풍자가 아주 신랄하다.]

돈꿰미를 차고 물에 빠져죽다
腰钱溺死

　　영주(永州)[1] 사람은 헤염을 잘 쳤다. 어느 하루, 큰물이 져 강물이 엄청 불었는데 대여섯사람이 배를 타고 대안으로 건너가고 있었다. 그러다가 그만 강심에 이르러 배가 파손되였다. 사람들은 저저마다 살려고 물에 뛰여들어 헤염쳤다. 그중 한사람만은 안깐힘을 다해 헤염치는데도 멀리 나가지 못하고 다른 사람들보다 한참 뒤처져 있었다. 동료가 물었다.

　　"넌 우리보다 헤염을 더 잘 치는데 왜 뒤떨어지고 있냐?"

　　"내 허리춤에 돈을 너무 많이 꿰여찬 바람에 몸이 무거워서 뒤에 떨어진 거야!"

　　"그럼 그걸 어서 풀어버려라." 동료들이 소리쳤다.

　　하지만 그는 대답하지 않고 머리만 설레설레 가로저을 뿐이였다. 좀 있으려니 기진하여 더 위태위태해졌다. 이 때 이미 언덕에 오른 동료들이 또 소리쳤다.

　　"너 참 미련하구나! 왜 그리 어리석어? 너 죽으면 그 돈은 해서 뭐하냐?"

　　하지만 그 사람은 머리를 절레절레 흔들었고 드디여 물에 빠져 죽고 말았다.

---

[1] 영주(永州): 고장 이름. 호남성(湖南省) 남부에 있음.

(원문)

　　永之氓咸善游。一日，水暴甚，有五六氓乘小船绝湘水。中济，船破，皆游。其一氓尽力而不能寻常。其侣曰：“汝善游最也，今何后为？”曰：“吾腰千钱，重，是以后。”曰：“何不去之？”不应，摇其首。有顷益怠。已济者立岸上呼且号曰：“汝愚之甚, 蔽之甚！身且死，何以货为？”又摇其首，遂溺死。（《哀溺》）

　　[이 우화는 돈에 대한 탐욕을 풍자한 것이다. 돈이 중하여 목숨까지 바친 자를 말하면서 당시 사회 상층부 탐관오리들의 탐욕성을 풍자하였다.]

복어가 성을 내다
河豚发怒

　　복어라는 고기가 있는데 머리는 작고 배가 크다. 나무다리 기둥 사이를 헤엄치며 노닐기 좋아하였다. 그런데 하루는 기분좋게 노닐다가 기둥에 머리를 들이받았다. 복어는 삽시에 노기가 치밀어 올랐다. 그래서 그 곳을 떠나지 않고 계속해서 기둥에 대고 화풀이를 하였다. 복어는 아가미를 잔뜩 벌리고 몸뚱이의 지느러미를 쫙 펴고 배에 기운을 넣어 퉁퉁 불어나게 해가지고 수면에 떠올랐다. 그리고는 꼼짝 않고 기둥과 맞서있었다. 이 때 매가 날아와서 복어를 채가지고 가서 발톱으로 배를 가르고 잡아먹었다.

(원문)

　　河之鱼，有豚其名者，游于桥间，而触其柱，不知远去。怒其柱之触己也，则张颊植鬣，怒腹而浮于水，久之莫动。飞鸢过而攫之，磔其腹而食之。

　　[이 우화는 불유쾌한 일을 당하더라도 마음을 넓게 가지고 랭정한 태도로 원인을 분석하고 그 속에서 필요한 교훈과 계시를 얻어내야 하며 만약 복어처럼 남만 탓하며 성깔을 부리면 일이 점점 더 잘못된다는 것을 일깨워주고 있다.]

채찍을 파는 상인
鞭子商人

　　저자거리에서 채찍을 파는 사람이 있는데 남이 값을 물으면 채찍값이 기껏해야 쉰냥 밖에 안되겠건만 부르는 값은 꼭 사오만냥을 부르는 것이였다. 오십냥으로 흥정하면 그 자는 허리를 잡고 웃어대고 오백냥으로 흥정하면 막 신경질을 쓰고 오천냥으로 흥정하면 성을 내며 펄펄 뛰였다. 오만냥이 아니면 절대 팔지 않는다는 것이였다. 한 부자집 아들이 저자에 와서 오만냥을 주고 채찍을 샀다. 그것을 나한테 가져와서 자랑하였다. 채찍초리는 구부러진 채 펴지지 않았고 손잡이부분은 곧지 않고 비뚤어져 있었다. 채찍에 달아맨 술도 앞뒤가 제대로 조화가 되지 않았고 마디도 썩었는지 무늬도 보이지 않았고 손톱으로 누르면 패일 정도고 탄성도 없었다. 채찍을 들어보니 가벼운 품이 아무 것도 든 것 같지가 않았다. "무슨 이따위 것을 오만냥이나 주고 산단 말이요?"라고 내가 말하자 그는 이렇게 대꾸하는 것이였다.

"난 이 노란 색갈하고 반짝거리는 광이 맘에 들었단 말이요. 게다가 채찍 파는 사람이 하는 말을 들으니…"

내가 동자를 시켜 더운물로 채찍을 닦게 하였더니 채찍이 인차 쭈그러들면서 허연 색갈로 변하는 것이였다. 알고보니 그 노란 색갈은 물들인 것이고 광이 나는 것은 밀랍을 발랐기 때문이였다. 그는 기분이 언짢았지만 그래도 그것을 한 삼년 썼다. 그러다가 하루는 동교로 나가다가 장락파에서 남과 길을 다투게 되였다. 말들이 서로 발길질하며 들뛰는데 그는 죽어라고 말에게 채찍을 안겼다. 그러다가 그만 채찍이 부러져 네댓 토막이 나고 말았다. 말이 발길질하며 싸우다가 쓰러지는 바람에 부상을 입었다. 부러진 채찍을 살펴보니 속이 빈 것으로 그 질이 개똥 같아 근본 믿을 것이 아니였다.

(원문)

市之鬻鞭者，人问之，其贾宜五十，必曰五万。复之以五十，则伏而笑；以五百，则小怒；五千，则大怒；必五万而后可。有富者子，适市买鞭，出五万，持以夸余。视其首，则拳蹙而不遂；视其握，则蹇仄而不植；其行水者，一去一来不相承；其节朽黑而无文，拊之灭爪，而不得其所穷；举之翻然若挥虚焉。余曰："子何取于是而不爱五万？"曰："吾爱其黄而泽。且贾者云。"余乃召僮爚汤以濯之，则遬然枯，苍然白，向之黄者栀也，泽者蜡也。富者不悦。然犹持之三年。后出东郊，争道长乐坂下，马相踶，因大击，鞭折二为五六。马踶不已，坠于

地, 伤焉。视其内则空空然, 其理若粪壤, 无所赖者。(《柳河东集・鞭贾》)

[이 우화는 장사군의 속임수와 그 속임수에 넘어간 부자집자제의 일을 풍유하면서 가짜가 판치는 풍기를 엄정하게 견책하였다.]

림강의 고라니
临江之麋

림강(臨江)[1]의 한 사람이 사냥하러 갔다가 고라니새끼를 얻었다. 그는 그 고라니새끼를 집으로 가져와 기르려고 하였다. 집대문에 들어서자 개들이 꼬리를 젓고 침을 흘리며 달려왔다. 그 사람이 성을 내며 개들을 물리쳤다. 그 후부터는 날마다 고라니새끼를 안고 개들을 어르면서 개들과 친하게 지내게 하면서 개들이 물지 못하게 하였다. 이러니 개들도 점차 고라니와 친해져 같이 놀게 되었다.

이러구러 시일이 오래되자 개들은 주인의 뜻 대로 하게 되고 이에 고라니는 자라면서 자기가 고라니라는 것을 잊고 개를 자기의 좋은 친구로 여기게 되었다. 이래서 고라니는 개와 서로 몸을 비비기도 하고 같이 바닥에 나뒹굴기도 하면서 스스럼없이 정답게 놀았다. 개들은 주인이 두려워 고라니와 머리를 들었다 내렸다 하면서 사이좋게 놀기는 하였지만 늘 입맛을 다시며 혀를 감빨았다.

삼년이 지나갔다. 하루는 고라니가 대문 밖에 나가니 숱한 동네 개들이 길가에 몰켜있는 것이 보였다. 그래서 함께 놀려고 그 쪽

---
1) 림강(臨江): 고장이름. 지금의 강서성(江西省) 청강현(清江縣)임.

으로 달려갔다. 동네 개들은 고라니를 보자 좋아날뛰다가 사납게 으르렁거리며 달려들어 잡아먹었다. 길에 고라니 피가 랑자하였다. 고라니는 죽을 때까지도 자기가 왜 죽는지 알지 못했다.

(원문)

临江之人, 畋得麋麑, 畜之。入门, 群犬垂涎, 扬尾皆来。其人怒, 怛之。自是日抱就犬, 习示之, 使勿动。稍使与之戏。积久, 犬皆如人意。麋麑稍大, 忘己之麋也, 以为犬良我友, 抵触偃仆, 益狎。犬畏主人, 于之俯仰甚善, 然时啖其舌。三年, 麋出门, 见外犬在道甚众, 走欲与为戏。外犬见而喜且怒, 共杀食之, 狼藉道上。麋至死不悟。(《柳河东集・三戒》)

[이 우화는 자신을 모르고 분수 넘게 행동하다가 비극을 맞은 고라니의 이야기를 통하여 사회생활에서 자신의 정체성을 알아야 하며 신분에 맞게 처사해야 함을 일깨워주고 있다.]

검중도 당나귀의 재주
黔驴之技

검중도(黔中道)[1]에는 당나귀가 없었다. 어떤 호사자가 당나귀를 배에 싣고 와서 여기에 부려놓고 본즉 쓸모 없는지라 그대로 산 밑에 풀어놓았다. 범은 이 당나귀가 굉장한 대물인지라 신으로 여

---

1) 검중도(黔中道): 당나라 때의 행정구의 하나. 지금의 호남(湖南) 서부, 사천(四川) 동남부, 호북(湖北) 서남부와 귀주(贵州) 북부 일대임.

기고 감히 범접 못하고 숲속에 숨어서 엿보았다. 그러다가 조금 가까이 다가가 조심조심 관찰하여 보았으나 그게 무엇인지 도통 알 수 없었다. 그러던 어느 날 당나귀가 한번 크게 울었다. 이에 화뜰 놀란 범은 멀리 도망가면서 자기를 잡아먹을가봐 두려워하였다. 하지만 후에 오가며 보아도 이외 별다른 재주가 있는 것 같지 않았고 내지르는 소리도 귀에 익숙해져서 더는 무섭지 않았다. 그래서 범은 당나귀 앞뒤를 슬슬 돌며 가까이 다가서려고 시도해 보았다. 하지만 감히 달려들지는 못하고 가까이서 치근대도 보고 밀쳐도 보고 툭툭 쳐보기도 하니까 당나귀가 성이 나서 뒤발질로 걷어차는 것이였다. 이에 범은 속으로 크게 기뻐하면서 '네 재주가 고작 이것 뿐이구나.'라고 판단하고서 어흥 소리 내지르고는 달려들어 숨통을 물어뜯고 고기를 다 먹고 가버렸다. 아, 보기에 대물이고 덕도 있는 것 같고 소리도 우렁차고 재주 있는 듯 하므로 가만히 있으면서 재간을 보여주지 않았더라면 범이 제아무리 사납다해도 의심이 들어 감히 달려들어 잡아먹지 못했을 것이다. 이제 이렇게 되고 말았으니 참으로 슬픈 일이다!

(원문)

　　黔(qián)无驴，有好事者船载以入。至则无可用，放之山下。虎见之，庞然大物也，以为神，蔽林间窥之。稍出近之，慭慭然，莫相知。他日，驴一鸣，虎大骇，远遁；以为且噬己也，甚恐。然往来视之，觉无异能者；益习其声，又近出前后，终不敢搏。稍近，益狎，荡倚冲冒。驴不胜怒，蹄之。虎因喜，计之曰："技止此耳！"因跳踉大㘎，断其喉，尽其肉，乃去。噫！形之庞也类有德，声之宏也类有能。向不出其技，虎虽猛，疑畏，

卒不敢取。今若是焉, 悲夫!《柳河东集·三戒》)

[한자 성어 '검려지기(黔驢之技)'가 바로 이 우화에서 유래된 것이다.]

영주 아무개 집의 쥐들
永某氏之鼠

영주(永州)에 사는 아무개가 기일을 유난히 꺼리였다. 그는 자기가 태여난 해가 쥐띠해이기에 쥐를 신처럼 여기고 아껴 집에 고양이나 개 같은 건 근본 기르지 않고 하인들보고도 절대 쥐를 잡지 못하게 단속시켰다. 그래서 창고며 주방에 쥐들이 제멋대로 쏘다녀도 그대로 내버려두고 있었다.

쥐들은 이 사실을 서로 알려 모두 이 아무개의 집에 몰려와서 처먹고 마셔댔지만 아무런 화도 입지 않았다. 하여 이 아무개의 집은 그릇이며 옷가지들이 성한 것이 하나 없고 음식도 거개가 쥐가 먹다가 남긴 것들이였다. 낮에는 무리지어 사람과 같이 다니고 저녁이면 저희들끼리 물고뜯고 찍찍거렸다. 그 소리가 하도 극성스러워 사람들은 잠들 수 없었지만 주인은 종래로 싫어하지 않았다.

몇년이 지나서 이 아무개가 다른 곳으로 이사를 가고 후에 다른 사람이 이 집에 들게 되였다. 하지만 쥐들은 의연히 전과 매한가지로 우글거렸고 여기저기 제멋대로 뛰여다녔다. 새로 든 집주인은 화가 났다.

"음지의 악물이 드러내 놓고 날쳐대는 것이 너무 극심하구나.

어찌하여 이 지경이 되도록 놔두었단 말인가!"

그러고는 고양이 대여섯마리 가져다가 놓고 또 일군도 청해왔다. 그러고 나서 문을 닫고 기와장도 벗겨내고 쥐구멍에다가는 물을 부어넣었다. 쥐들이 배겨있지 못하고 모두 밖으로 나와 갈팡질팡하는 것을 고양이들이 내달아 잡아죽이고 또 그물을 쳐 잡기도 하였다. 이렇게 잡아죽인 쥐들이 자그만치 언덕처럼 쌓였다. 으슥한 곳에 갖다버렸는데 악취가 몇달 동안 풍겼다.

(원문)

永有某氏者，畏日，拘忌异甚。以为己生岁直子，鼠，子神也，因爱鼠。不蓄猫犬，禁僮勿击鼠。仓廪庖厨，悉以恣鼠，不问。由是鼠相告，皆来某氏，饱食而无祸。某氏室无完器，椸无完衣，饮食大率鼠之馀也。昼累累与人兼行，夜则窃啮斗暴，其声万状，不可以寝，终不厌。数岁，某氏徙居他州，后人来居，鼠为态如故。其人曰："是阴类恶物也，盗暴尤甚。且何以至是乎哉？"假五六猫，阖门撤瓦灌穴，购僮罗捕之，杀鼠如丘，弃之隐处，臭数月乃已。(《柳河东集·三戒》)

[이 우화의 풍자대상은 당시 온갖 못된 짓을 거리낌없이 하던 환관 세력일 수 있다. 쥐들이 기승부리게 된 것은 바로 집주인 아무개가 쥐를 신처럼 끔찍이 아끼였고 그런 환경조건을 만들어주었기 때문이다. 주인이 바뀌여 단호한 조치를 취하자 쥐들은 박멸되였다. 이 우화는 사회부패세력을 방임하지 말고 단호하고 엄정하게 처단하여야 하며 그러한 부패세력이 산생할 수 있는 환경조건을 철저히 개조하여야 함을 말해주고 있다.]

《애자잡설(艾子雜説)》의 우화

개구리가 밤에 울다
蛤蟆夜哭

애자(艾子)[1] 배를 타고 바다를 가다가 한 작은 섬에 머물게 되였는데 밤에 물밑에서 사람의 소리가 들렸다. 마치 우는 것 같기도 하고 쑤근덕거리며 대화를 하는 것 같기도 하였다. 그래서 귀를 강구고 들으니 이렇게 말하는 것이였다.

"어제 룡왕님이 명령 내렸는데 수족중에서 무릇 꼬리가 달린 자는 모조리 목을 벤다고 하셨소. 난 악어[2]니깐 이제 곧 머리를 잘릴거요. 당신은 개구리니깐 꼬리가 없어서 괜찮을 텐데 왜 이리 울음을 그치지 않는 거요?"

그러자 이런 소리가 들렸다.

"난 지금 다행하게도 꼬리가 없지만 전날 올챙이 적에는 꼬리가 있었댔소. 그래서 룡왕님이 내 올챙이 적 일을 추궁할가봐 겁이

---

1) 애자(艾子): 작자가 설정한 허구적인 인물임.
2) 악어: 원문에는 '鼉'로 되여 있음. '鼉'는 양자강악어임.

나오."

(원문)

艾子浮于海，夜泊岛峙中，夜闻水下有人哭声，复若人言，遂听之。其言曰："昨日龙王有令：'应水族有尾者斩。'吾鼍(tuó)也，故惧诛而哭。汝蛤蟆无尾，何哭？"复闻有言曰："吾今幸无尾，但恐更理会科斗时事也。"(《艾子杂说》)

[이 우화는 마음 먹고 한 사람의 허물을 들추어 내려면 꼭 무슨 구실이라도 둘러대여 만들어 낼 수도 있다는 것을 말해주고 있다. 이런 학정에서는 민심만 소란해지고 백성들이 살아가기가 어렵게 될 뿐이다.]

귀신이 악인을 겁나하다
鬼怕恶人

애자가 물옆에 난 길을 가다가 절간이 하나 있는 것을 보았다. 절간은 작지만 장식이 아주 장엄하였고 그 앞으로 작은 물도랑이 흐르고 있었다. 한 사람이 오더니 도랑을 건너갈 수 없으니까 절간에 들어가 신상을 메다가 그걸로 다리를 놓고 밟고서 건너갔다. 뒤이어 또 한 사람이 와서 신상이 도랑에 가로 걸터있는 것을 보고 혀를 끌끌 찼다.

"신상이 이렇게 모욕을 받다니!" 그러고는 그 신상을 옷으로 닦은 후 메여다 도로 신좌에다 모셔놓고 절 세번 하고 떠나갔다. 이윽고 애자는 절간에서 들려오는 대화를 듣게 되였다.

"대왕께서 여기서 신이 되여 계시면서 마땅히 향민들이 올리는 제사를 흠향하셔야 하거늘 어찌 저런 우매무지한 자의 모욕을 받고 계십니까? 왜 그 놈에게 화를 내려주지 않으십니까?"

"그러면 화를 방금 온 자에게 내려볼가?"

"먼저번 사람이 대왕을 밟고 지나갔으니 수모도 이리 큰 수모가 없는데 그 자를 처벌하지 않고 후의 그 사람은 대왕을 공경하고 례를 갖췄는데 오히려 그 사람을 처벌하려고 하니 무슨 까닭이십니까?"

귀왕이 말하였다. "먼저번 그 놈은 귀신이란걸 믿지 않는 자이다. 그러니 내가 무슨 수로 그 놈에게 벌을 준단 말이냐?"

귀왕과 귀졸의 대화를 듣고 나서 애자가 말하였다.

"귀신도 악인을 두려워하는구나!"

(원문)

艾子行水涂, 见一庙, 矮小而装饰甚严。前有一小沟, 有人行至, 水不可涉。顾庙中, 而辄取大王像横于沟上, 履之而去。复有一人至, 见之, 再三叹之曰:"神像直有如此亵慢!"乃自扶起, 以衣拂饰, 捧至座上, 再拜而去。须臾, 艾子闻庙中曰:"大王居此以为神, 享里人祭礼, 反为愚民之辱, 何不施祸以谴之?"王曰:"然则祸当行于后来者。"小鬼又曰:"前人以履大王, 辱莫甚焉, 而不行祸; 后来之人敬大王者, 反祸之, 何也?"王曰:"前人已不信矣, 又安祸之!"艾子曰:"真是鬼怕恶人也!"(《艾子杂说》)

[이 우화에서는 착한 것은 릉멸하고 악한 것은 두려워하는 관료통치배들의 역겨운 몰골을 신랄하게 풍자하였으며 이런 관료배를 숭배하고 미신하는 것은 마치 귀신을 믿는 것과 같아 화를 초래한다는 것을 일깨워주고 있다.]

《일기고사(日記故事)》의 우화

쇠공이를 갈아서 바늘을 만들다
铁杵磨针

리백(李白)이 어린 시절에 공부를 할 때 학업을 이루지 못하고 중도에서 그만두고 떠났다. 도중에 그는 웬 할머니가 쇠공이를 갈고 있는 것을 보고 그 연고를 물어보았더니 할머니가 하는 말이 "갈아서 바늘을 만들려고 그런다."라고 하는 것이었다. 이에 리백은 그 말에서 문뜩 깨달음을 얻어 도로 돌아와서 다시금 학업에 열중하였다.

(원문)
李白少读书, 未成, 弃去。道逢老妪磨杵。白问其故。曰: "欲作针。" 自感其言, 遂卒业。

[이 우화는 한마음으로 항심을 갖고 노력하면 아무리 힘든 목표라도 달성할 수 있음을 알려준다. 한자 성어 '철저마침(鐵杵磨鍼)'이 이 우화에서 유래한 것이다.]

《욱리자(鬱離子)》의 우화

중산국의 고양이
中山之猫

조나라의 아무개가 쥐의 피해 때문에 너무도 속을 썩이다 못해 중산국(中山國)[1]에 가서 고양이를 얻어오려고 하였다. 그래서 중산국 사람이 그에게 고양이를 주었다. 고양이는 쥐를 잘 잡았을 뿐만 아니라 또한 닭까지 잘 잡아먹었다. 한달 남짓한 시간에 고양이는 쥐를 다 잡아먹었을 뿐만 아니라 집의 닭까지도 몽땅 결딴냈다. 이 집의 아들은 닭이 없는 것이 걱정되어 아버지를 보고 말하였다.

"이제는 고양이를 내다버려야 하지 않겠습니까?"

그러자 아버지가 아들을 타일렀다.

"이런 건 네가 잘 모르는 것 같구나. 내가 걱정한 건 쥐라는 놈들이지 닭이 없어서가 아니다. 쥐만 있으면 음식을 훔쳐먹지 옷을 쏠아놓지 담벼락에 구멍을 뚫지 우리 그릇들을 마사놓는단 말이다.

---

1) 중산국(中山國) : 옛날 나라 이름. 지금의 하북(河北)의 정정(正定) 동북쪽에 있었음.

이러면 우리는 굶주림과 추위에 시달리게 되는데 이게 닭이 없는 것보다 얼마나 더 큰 골치거리냐? 닭이 없으면 닭을 먹지 않으면 된다. 그렇다고 배고픔과 추위에 시달리게까지는 되지 않는다. 왜 고양이를 꼭 버려야만 하겠니?"

(원문)

趙人患鼠, 乞猫于中山, 中山人予之。猫善扑鼠及鷄。月余, 鼠尽而鷄亦尽。其子患之, 告其父曰:"盍去諸?"其父曰:"是非若所知也。吾之患在鼠, 不在乎于鷄。夫有鼠, 則窃吾食, 毁吾衣, 穿吾垣墉, 坏伤吾器用。吾将饥寒焉, 不病于无鷄乎? 无鷄者, 弗食鷄則已耳, 去饥寒犹远。若之何而去夫猫也?"(《郁離子·枸橼》)

[이 우화는 우리들에게 장원한 관점으로 문제를 보아야 하며 문제의 해결에 있어서도 주요모순을 해결하는 데 력점을 두어야 하며 지엽적인 일로 근본적인 것을 대체하여서는 안된다는 것을 말해주고 있다.]